狼與辛香料

V

倉凍砂
una Hasekura

Illustration
文倉 十
Jyuu Ayakura

修女梅爾妲
下一秒鐘，赫蘿驚訝地發出「喔？」的一聲。
羅倫斯則是驚訝過度，連聲音都發不出來。

「耶！看到這樣的反應真教人開心。
梅爾妲，妳看！他們被我嚇著了耶。」
充滿青春活力的聲音在屋內響起，
名叫梅爾妲的修女隨之發出如鈴聲般的清脆笑聲。
編年史作家里戈羅・德多里

「或許現在正是踏上巡禮之旅的好時機吧。」
這句話幾乎代表著打算前去尋找葬身之地的意思。

「所以呢——」
伊弗說道，並吸引了羅倫斯的目光。
「你借錢給我好不好？」
於民宿結識的商人伊弗・波倫
民宿老闆阿洛德・伊克勞德

赫蘿再次緩緩倚靠在羅倫斯胸前，
一邊不鎮靜地微微動著身子，一邊低聲說：
「就在這裡結束旅行唄？」

Contents

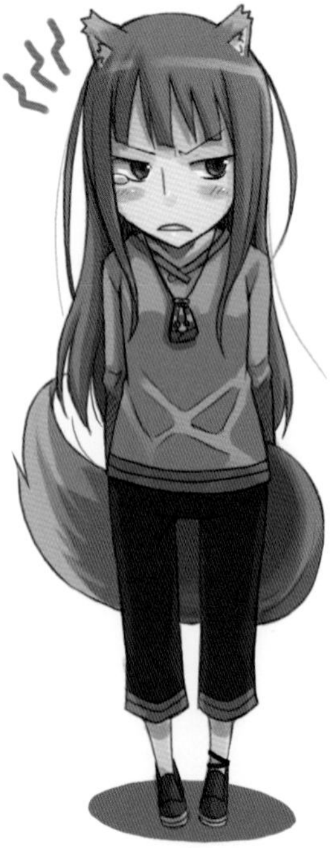

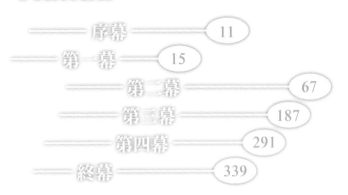

狼與辛香料 V

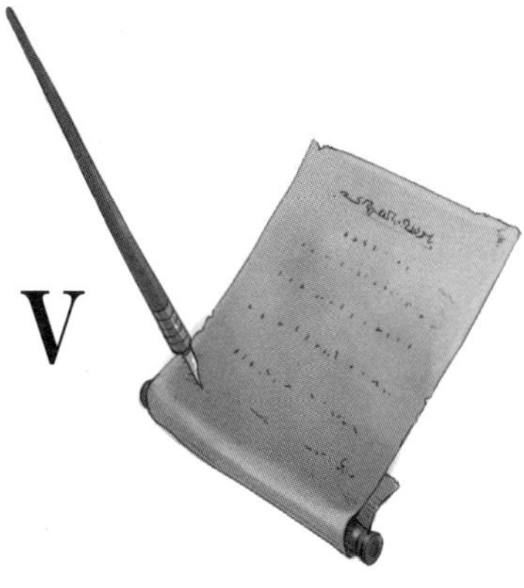

序幕

這是一趟平靜的旅行。

旅途上沒有交談，只有馬車行走的聲音。

每天只是吃飯睡覺，隨著馬車搖晃前進。

手握韁繩，坐在馬車駕座上的青年克拉福．羅倫斯，是一名自十八歲自立門戶起，至今已走過七年歲月的旅行商人。

獨自行走荒郊野外的行商生活必定伴隨孤單，讓人不是會不經意地對著馬兒說話，不然就是自言自語的次數變得異樣地多。這幾天羅倫斯也幾乎沒有開口說話，只是延續著平靜的旅程。

不過，如果問羅倫斯是否感到寂寞，答案會是否定的。

他之所以不會感到寂寞，無疑是因為身邊有個呼呼大睡的夥伴。

雖然這個夥伴身上裹著長袍及棉被在睡覺，讓人無法分辨出是男是女，但是她擁有十人當中有十人會回頭看的美貌。那一頭如貴族女孩般的亞麻色長髮，也會讓回頭看的傢伙們捨不得移開視線。

這個夥伴如果裝出一副楚楚動人的安靜模樣，無論帶她到多麼盛大的場合，想必都不會讓人覺得丟臉。

然而，這般模樣的夥伴卻不能隨隨便便在正式場合現身。

這不是因為這個夥伴惡名昭彰，而是因為她是一名擁有動物耳朵和尾巴的少女。

這個夥伴的名字是赫蘿。

其真實模樣是一隻寄宿於麥子裡，並掌控麥子豐收，體型巨大得足以一口吞下人類的巨狼。

「唔……」

這般模樣的赫蘿好像說了什麼，她應該是醒來了吧。赫蘿會醒來大多有一定的原因。

赫蘿才調整了尾巴的位置不久，所以這次應該是耳朵的位置。羅倫斯戴著獐鹿皮製成的手套，幫赫蘿稍稍拉高兜帽。

羅倫斯透過手套感覺到赫蘿在兜帽底下動了動耳朵，尋找讓她合意的位置。在經過一陣微微顫動後，終於停了下來。就像難以取悅的貴婦神經質地調整著花瓶裡的鮮花位置一樣，赫蘿在經過一番精密調整後，似乎找到了合意的位置。她淺淺嘆了口氣後，從棉被底下輕輕用頭蹭了蹭羅倫斯的手。

赫蘿應該是在道謝吧。

羅倫斯把視線移回前方，再次回到平靜的旅行。

他們已是互相了解的兩個人。

就算沒有交談，當然也不會感到寂寞。

第一幕

羅倫斯與赫蘿兩人離開不幸牽扯到紛爭，險些成為罪人被送上斷頭台的特列歐村後，已過了一星期。

兩人目前正往留有赫蘿傳說的城鎮雷諾斯前進。

雷諾斯是北方地區數一數二的大城鎮，以木材和皮草的市場馳名。

到訪雷諾斯的人當然也不在少數。在通往雷諾斯的路上，不時有同行與兩人擦身而過，或是追過兩人。在過去，羅倫斯也曾去過雷諾斯幾次，但此次前去的目的不是為了做生意。

而是為了收集情報，好幫助他的旅伴赫蘿回到故鄉。

所以，這次馬車貨台上不見總會有的裝載貨物。

羅倫斯原本計畫能多少賣些從特列歐村分來的滿山餅乾，無奈卻被在他身邊睡覺的狼吃個精光。只要是好吃的食物，無論再多，赫蘿都吃得下。不僅如此，她自己吃光食物後，還會發起脾氣來。

赫蘿不僅食量、酒量好得驚人，而且還很能睡。

因為氣候寒冷，如果手中沒有握著韁繩，確實也只能睡覺而已。即便如此，仍然教人不得不佩服白天幾乎都在睡覺，晚上卻還能入睡的赫蘿。羅倫斯不禁幾度懷疑起赫蘿可能在半夜偷偷起床，對著月亮長嚎。

這般悠閒安逸的平靜旅程持續了一星期後，終究還是下起雨來了。

不知道是用了什麼伎倆，赫蘿在兩天前便預測到即將下雨。或許是這樣的緣故，當天空下起雨時，赫蘿慢吞吞地從棉被底下探出頭來，沉默地對著羅倫斯投來責備的目光。

羅倫斯別開視線心想：「就算妳這樣看我，我也沒輒。」

中午開始落下的雨滴並非會打痛人的豆大雨滴，而是如煙霧般的濛濛細雨。雖說這算是不幸中的大幸，但是在這般寒天裡，就跟淋上碎冰沒什麼兩樣。

赫蘿用棉被從頭部蓋住整個身子，一副「不關我事」的模樣。羅倫斯心想如果這時要求赫蘿分出一床棉被讓他取暖，赫蘿肯定會露出有如看見弒親仇人般的凶狠目光吧。

羅倫斯已經感覺到指尖變得僵冷，他考慮著是否該躲到馬車貨台底下。不過，老天爺似乎不會忘記眷顧日常言行舉止良好的人。

有所察覺的赫蘿從棉被底下探出頭來，打了一個哈欠說：

「呵……啊呼，看來汝能夠免於就這麼被凍死。」

「這是看見別人一邊冷得發抖一邊握著韁繩，卻自己獨享棉被的人應該說的話嗎？」

「嗯。因為咱是個冷血的人，不好好暖和身子不行。」

看見赫蘿一臉開心的模樣笑著說道，羅倫斯也生不起氣來了。

羅倫斯在兩人前進的道路前方，看見一片乳白色景色之中出現一個黑色影子。

「這該怎麼形容吶，很像奶油燉湯上面浮了一塊焦掉的東西。」

都怪赫蘿用了這樣的形容，讓羅倫斯近來沒吃過什麼像樣食物的空腹，不禁發出少根筋的咕嚕叫聲。極度壞心眼的賢狼，似乎也沒預料到羅倫斯的肚子會在這時候叫出來。她愣了一會兒後，露出天真的笑容，就連揶揄羅倫斯都忘了。

雷諾斯是個大型河口城鎮，面向擁有寬敞河道、河流緩緩而過、名為羅姆河的河川。當看見雷諾斯城景時，理應也看得見羅姆河；但現在因為下著濛濛細雨，使得河川與天空的景色融在一塊了。若是天氣晴朗，想必還能看見許多船隻在羅姆河上穿梭吧。

等到進入雷諾斯後，除了平時穿梭於羅姆河的船隻之外，還能看見數量多得驚人的停泊船。另外，城裡也有無數赫蘿最愛的攤販，那裡的酒也多是酒精濃度很高的烈酒。

就算遇到下雪天而被困在雷諾斯城裡，肯定也能夠愉快度過整個冬季。

不過，有一點讓羅倫斯擔心。

「話說，為了以防萬一，我還是先跟妳說件事。」

「嗯？」

「雖然妳以前好像來過這裡，但我想妳有可能已經不記得了，我還是先說一遍的好。雷諾斯是個以木材和皮草出名的城鎮。」

「嗯。」

雖然羅倫斯覺得現在才做確認有點晚，但是先做確認與否，他的應對態度也會隨之不同。

「妳如果在那些皮草當中發現狼皮，也別生氣啊？」

赫蘿沒有生氣，也沒有展露笑容，她臉上浮現難以分辨情緒的曖昧表情。跟著在領口摸索一陣後，取出狐狸皮草圍巾。

那是在卡梅爾森時，魚商阿瑪堤送給赫蘿的禮物。

因為物品本身沒有罪過，而且皮草在寒冷季節裡確實很管用，所以羅倫斯沒多說什麼。不過，當他看見圍巾時，不禁有種如坐針氈的感覺。

赫蘿肯定是察覺到羅倫斯這樣的心境，才會一副感到很溫暖的模樣把圍巾圍在脖子上。她取出圍巾後，把狐狸臉部朝向羅倫斯說：

「我有時會被大野狼咬，有時也會咬小老鼠。」

可能是在學狐狸說話，赫蘿變換聲音說道。

羅倫斯輕輕聳了聳肩。

誰叫他的對手是賢狼赫蘿呢。

「哼。有時狩獵，有時被獵，這是理所當然的事。說起來，汝等人類才會做一些教人難以置信的事情。汝等人類還會買賣自己的同伴，是唄？」

「沒錯。奴隸商的利潤很好，也是門不可或缺的生意。」

「就像汝等人類能夠心平氣和地把這樣的行為形容成有如世間常理一般，咱們對狩獵物也是抱持冷漠的態度。而且，如果立場反過來會如何吶？」

赫蘿瞇起帶點紅色的琥珀色眼睛看向羅倫斯。

羅倫斯這時記起初遇赫蘿時，曾經與她交談過的內容。那時赫蘿提出狼喜歡吃聰明人類的惡劣話題。

羅倫斯也認為闖進狼群地盤而無法逃脫的旅人會因此喪命，是旅人自身太大意。如果說旅人因此畏懼狼，那還說得過去，但如果說因此怨恨狼，那恐怕是搞錯對象了。

因為狼會攻擊人類太理所當然了。

「可是吶，如果實際面對與自己有關的人在眼前被狩獵，到底還是無法保持冷靜唄。」

羅倫斯也能明白赫蘿的這番話。

看見羅倫斯點點頭，赫蘿繼續說：

「汝看見咱快被雄性人類狩獵成功時，不是也表現得很慌張嗎？」

赫蘿瞇起的眼睛散發出與幾秒鐘前完全不同感覺的目光。

羅倫斯心想：「赫蘿還真是玩不膩。」不禁揚起了嘴角。

「是啊，我很慌張，慌張極了。」

羅倫斯一邊把視線拉回馬兒，一邊敷衍了事地答道。赫蘿見狀，立刻露出不悅表情說：

「汝怎麼說得一點感情都沒有？」

「那是因為……」

羅倫斯先這麼回答，然後保持視線看向前方，一副受不了的模樣閉上眼睛說：

「我會不好意思啊。」

這什麼回答啊，真是難為情極了。

羅倫斯不禁在心中這麼嘀咕。

可是，誰叫坐在他身邊的這隻狼不愛清淡食物，只愛吃重口味的東西。

赫蘿噗嗤笑了出來，她呼出的白色氣息都快遮住了她的臉。

「好難為情吶。」

「就是啊。」

在寒冷又無趣的旅途上，對話自然而然地會減少。如果是熟悉彼此的兩人，即使是沉默的互動也足以讓心靈獲得慰藉。不過，仍然不比方才這樣的互動來得愉快。羅倫斯與赫蘿兩人笑著時，馬兒快速來回甩動尾巴，一副像是在說「你們該適可而止了吧」似的模樣。兩人見狀，忍不住再次發出陣陣笑聲。

赫蘿一邊輕輕笑笑，一邊重新圍上狐狸皮草圍巾，羅倫斯從她身上把視線移向城鎮全貌已呈現在眼前的雷諾斯。

雷諾斯的面積差不多比異教徒城鎮卡梅爾森大了兩圈，其四周被約在一百年前建蓋的壯觀城牆包圍。城裡的住宅早已增建到靠近城牆的位置，所以無法再拓寬城鎮範圍。這麼一來，建築物自然會變得密集，不斷朝向天空延伸。

不過，緊接著出現在眼前的奇異光景，不禁讓羅倫斯以為塞滿城裡的建築物，終於溢出到城牆外頭。

在濛濛細雨中，羅倫斯看見通往雷諾斯的道路兩旁搭有多數帳篷。

「這就是所謂的門前市集嗎？」

「如果是建蓋在荒野上的教會門前，那就是吧。如果是在城牆前面大搖大擺地做起生意來，那就太奇怪了。」

為了讓城鎮繁榮發展，就必須徵收稅金；為了徵收稅金，就必須在城牆設置關卡。

當然了，小城鎮有時會在城牆外舉辦大規模的市集，但這種時候通常會利用繩索或柵欄設下市集範圍。

「嗯。什麼嘛，大家好像也沒有在做生意的樣子。」

如赫蘿所說，來到帳篷附近後，羅倫斯發現每個人都穿著旅行裝扮，而且似乎只是在帳篷旁烹煮食物或閒聊而已。雖說都是旅行裝扮，但每個人的裝扮不一，其中有來自更北方國家的人，也有來自西方或南方的人。羅倫斯大概數了一下帳篷數量，發現有多達二十幾座的帳篷，每座帳篷裡頭都有三至四人。

這些人的共通點是，他們好像都是買賣某種商品的商人。另外，有一半左右的人帶著體積龐大的貨物，甚至有裝載了巨大桶子的馬車。

每個人都帶著倦容，臉上還沾有污垢，目光銳利的商人眼神裡流露出帶點焦躁的情緒。

雖然羅倫斯猜測著會不會是雷諾斯發生了政變，但是他想不透一點，那就是在路上往來的人們似乎並非全是住在帳篷裡的人。路上可看見牽著驢子的農夫，或是背著行李、看似商人的人們為了躲雨而步伐快速地朝向雷諾斯城裡走去，或是朝向各自的目的地前進。

光就這點來看，雷諾斯似乎與平常沒什麼兩樣。

「不會又遇上什麼紛爭唄。」

赫蘿加重語氣說了「又」字，跟著在帽子底下露出不懷好意的笑容。

羅倫斯露出彷彿在說「這到底是誰害的？」似的表情斜眼看向赫蘿，身為加害者的赫蘿卻同樣用斜眼看向他說：

「或許汝自從與咱相遇後，老是被扯進一些紛爭之中也說不定，不過沒有一次糾紛是咱直接引起的。」

「唔。」

「第一次的紛爭……嗯，或許有一部分是因為咱而引起，但最初是因為汝太貪心；第二次的紛爭完全是因為汝太貪心才會失敗；再來的那次是汝自己亂了方寸；最後一次純粹是因為運氣太差。咱沒說錯唄？」

無論在任何時候，赫蘿的話語總是很準確。

羅倫斯因為沒有勇氣在寒天裡沒使用熱水就刮鬍子，所以留了頗長的鬍鬚。他撫摸著象徵旅行商人的鬍鬚，儘管心裡明白赫蘿的話沒錯，卻還是不肯直率地點頭。

「我是能夠理解妳的意思，只是……」

「嗯。」

「我就是沒辦法接受。的確，每次事件的起因都不在於妳……」

儘管如此，羅倫斯還是覺得難以接受事實。

不知怎地，他就是想說所有事件都是赫蘿引起的。

對於自己如此難以理解的心態，羅倫斯不禁暗自呻吟著。這時，赫蘿一副「這種簡單的事情有什麼好煩惱的」的模樣回答說：

「咱非～常地了解咱明明不是引起事件的最主要原因，汝卻無法認同事實的心情。」

「……」

就在羅倫斯提高警覺地心想不知赫蘿又要用什麼權謀術數來胡亂瞎掰時，赫蘿發出「嘻嘻嘻」

的笑聲說：

「因為汝總是把咱列入汝的行動基準考量，所以才會覺得老是被咱耍得團團轉吶。」

羅倫斯不由地只動了一下左眉。

赫蘿的答案相當接近正確解答。

然而，如果在這隻狼面前這麼承認，羅倫斯就輸了。

也就是說——

「呵，真固執。」

赫蘿用著像是在空中飛舞的細雨互相摩擦般的聲音說道。

她臉上浮現顯得虛幻又清高，像是想逃跑似的笑臉。

必須趕快追上赫蘿！

她的笑臉強烈地呼喚著羅倫斯非理性的部分。

就算自己此刻會衝向前抱住赫蘿，羅倫斯也不覺得奇怪。

他有種到了下一個瞬間，赫蘿的嬌小身軀就會在他懷裡的感覺。

「唔。」

從頭到尾只經過了馬兒走四步路的時間。

羅倫斯最後沒有失去冷靜地抱住赫蘿。他讓馬車排在從雷諾斯城門往外延伸、排成一列等待盤查的隊伍末尾。

他沒有失去冷靜的理由很簡單。

因為四周有太多人的目光了。

儘管羅倫斯是個不斷旅行的旅行商人，而四周的人們也跟他一樣，但行商的世界畢竟太狹小了。如果羅倫斯不在意人們目光地在城門與赫蘿打情罵俏，那肯定會被看笑話。

赫蘿一副感到很無趣的模樣別開了臉。

事實上，她是真的覺得很無趣吧。

不過，羅倫斯已不是從前那個無論看見女人露出什麼樣的笑臉，都覺得沒什麼不同的他；如果對象是赫蘿，哪怕是細微的表情變化，現在他都能夠分辨出來。羅倫斯看出赫蘿感到無趣的表情裡，還流露出不安的情緒。

看見這般表情的赫蘿，羅倫斯察覺到一件事。他察覺到自己有兩種行動基準。

一種是赫蘿。

另一種是商人。

赫蘿比羅倫斯更懼怕孤獨，或許她很害怕自己哪天會被放上天秤，與名為「生意」的物品秤重。天秤最後會傾向哪一端，恐怕只有神明能夠知道答案。當然了，天秤兩端有可能勉強保持平衡也說不定。

就算赫蘿沒有被放上天秤，兩人的旅途終點也不遠了。

所以赫蘿為了確認自己有多重，才會在羅倫斯在意商人顏面的情況下，故意做出讓羅倫斯感到動搖的行為。

也就是詢問羅倫斯：「錢跟咱哪個重要？」

羅倫斯不禁也想著赫蘿根本沒必要如此不安，因為她的重量不可能太輕。

當馬車隨著緩慢向前移動的隊伍前進時，一大團白色煙霧從赫蘿的帽子底下升起。她依然一臉不快地看向羅倫斯說：

「咱要吃奶油燉湯。」

赫蘿指的應該是晚餐吧，她像個年輕女孩般的確認動作似乎結束了。

「畢竟天氣這麼冷嘛。如果價位還可以，用小麥麵粉仔細經過烹煮的奶油燉湯也不錯。」

「呵呵呵，牛奶的香甜氣味有時更勝於酒香吶。」

赫蘿一邊縮起脖子，讓半張臉埋進脖子上的狐狸皮草圍巾裡，一邊露出再期待不過的表情。

看見赫蘿這般模樣，羅倫斯不禁忘了她平時惹人生氣的言行舉動。

他心想偶爾點個放了豐盛食材的奶油燉湯來吃，也不為過吧。

「用這個季節的蔬菜烹煮出來的奶油燉湯也是別具風味喔。」

「蔬菜？難道汝不知道浮在乳白色湯汁裡，那黑色的柔軟牛肉塊有多美味嗎？」

明明在鄉村的麥田裡待了好幾百年，赫蘿對吃的卻比貴族更加挑剔。

心想：「早知道就不該太寵赫蘿」的羅倫斯在雷諾斯的宏偉城牆前，就算知道可能沒用，但還是試圖做出反擊說：

「人家說昂貴東西還是不要輕易嘗試的好。」

「咱好幾百年沒吃過汝說的昂貴東西，汝不覺得這樣的咱太可憐了嗎？」

赫蘿突然垂下頭，抬高視線地注視著羅倫斯說道。

她沒有半點動搖、泛著紅光的琥珀色眼珠有如仔細琢磨過的珠寶。

當看見閃爍耀眼光輝的珠寶，人們總會不由地屈服。

然而，羅倫斯是個商人，不是以收集珠寶為樂的貴婦。一旦發現價格不划算，就是再漂亮的珠寶出現眼前，他仍會說出這句理所當然的話：

「我會先算算荷包裡還剩多少錢。」

赫蘿聽了，像個小孩子一樣鼓起臉頰看向前方。

儘管經過這番互動，羅倫斯覺得自己最後肯定會點加了肉的奶油燉湯，而赫蘿一定也幾乎百分之百相信羅倫斯會這麼做吧。

即便如此，兩人還是情願假裝吵架，反覆總會有的互動。

羅倫斯操縱著韁繩讓馬車前進。

他一邊仰望被雨淋濕而呈現青苔色的城牆，一邊穿過盤查關卡。

羅倫斯之所以會稍微低下頭，並不是為了隱藏商品好逃避關稅，而是為了遮掩他鬍鬚底下不經意浮現的笑容。

可能是冬日裡飄落濛濛細雨的緣故吧。

路上的行人寥寥可數。

可以看見的身影就只有一邊按住胸口，一邊拖長著白色氣息跑去的小孩子，而他們肯定是某處商店的跑腿。穿著一身如破布織成的怪物般裝扮，在路上行走的身影一定是同行吧。

攤販裡也幾乎不見人影，只見被輕柔細雨淋濕的攤子時而垂下雨滴。

攤販前面只見平時會被老闆驅趕的乞丐身影，如此和平的光景是雨天裡常見的典型街景。

不過，在城門外一字排開的許多帳篷，還有看似商人的人們在烹煮食物，這樣的光景就有些奇怪了。

在穿過盤查關卡之際，羅倫斯拿到一張「外地商人證明牌」，他一邊在手中把玩這張木牌，一邊附和著赫蘿的抱怨話語。

「沒錯，咱也不認為咱們是萬物之上的存在。可是吶，那不過是因為動物種類不同而無法超

越的差異，並非優劣之差。汝也這麼認為唄？」

「是啊。」

「如果一個是原本就很優秀的種類裡的劣等者，另一個是原本不算優秀的種類裡的優等者，那應該對後者表示敬意唄。不是嗎？」

「……是啊。」

或許是因為旅途勞累，赫蘿的生氣方式不像平時那樣乾脆爽快，而是顯得拖泥帶水地不停發牢騷。

羅倫斯不禁暗自抱怨：「盤查的衛兵好端端地何必加上那句話。」這時，他總算發現因為自己的回答太敷衍了事，赫蘿的怒氣矛頭已經轉向了他。

「是啊，如果一個是沒名聲、沒人格、沒財產，就只有家世的貴族，另一個是有名聲、有人格，也有財產的平民，那當然要對後者表示敬意了。」

如果是在平常，如此容易被識破的奉承話語肯定會惹得赫蘿更加生氣，但現在的赫蘿似乎什麼都好。

赫蘿像個糾纏不清的醉漢般動作誇張地點頭說：「一點也沒錯。」然後像牛一般用鼻子大大呼氣。

事情是這樣子的，羅倫斯兩人在接受盤查時，衛兵仔細地做了身體檢查，結果赫蘿的尾巴被衛兵發現了。

當然了，赫蘿一點兒也沒有顯得慌張，她露出一副彷彿在說「這是腰帶」似的鎮靜模樣。如赫蘿所願，衛兵信以為真了。只是，衛兵說了這麼一句話：

「什麼嘛，原來是便宜貨的狼皮啊。」

不愧是在皮草和木材的流通據點負責盤查的衛兵，那名衛兵沒有猜測是狐狸皮或狗皮，一眼就看出是狼皮。

那名衛兵給的評價其實也沒錯。在皮草種類之中，狼皮是僅次於狗皮的便宜皮草。事實上，就算是品質再好、能夠讓皮草商垂涎三尺並給予最高評價的狼皮，也絕對無法勝過鹿皮。

不過，問題在於儘管狼皮廉價，狼本身的自尊卻不廉價。就這點來說，赫蘿的自尊可說昂貴無比。

因為這樣的緣故，赫蘿像個鬧脾氣的小孩子般不停發著牢騷，讓一旁的羅倫斯看了，不禁想摸摸她的頭安撫她。

如果是在沒有其他事情可做，只能手握韁繩的旅途上，羅倫斯當然願意聽赫蘿發牢騷，但現在他只是斜眼看著赫蘿而已。羅倫斯用木牌一角搔了搔下巴，冷靜地心想：「如果不讓赫蘿吃頓飯，恐怕很難安撫她吧。」

現在的羅倫斯對手上的木牌比較感興趣。

他手上的木牌沒有騎縫印，也沒蓋上任何印章，是張臨時製作的簡素木牌。
衛兵告訴羅倫斯在城裡採購時，必須提示這張木牌，否則店家不會賣東西給他。
羅倫斯只得到這麼一點說明後，就像鰻魚穿過細窄長筒似的，被趕出不斷有旅人通行的盤查關卡。
沒有一個商人會不在意這張木牌。
不僅是在雷諾斯，就是在其他城鎮，羅倫斯也不曾拿過這樣的木牌。
「話說，汝啊。」
「咦，啊？」
被輕輕踢了一腳的羅倫斯把思緒拉回現實後，看見赫蘿的銳利眼神，不禁有些畏縮。
他心想自己該不會漏聽了什麼，但是赫蘿在他開口說話前，早一步接續說：
「旅館還沒到嗎？」
不管是寒冷的天氣、肚子餓，還是繼續坐在一路坐來的馬車上，想必都讓赫蘿覺得不高興吧。羅倫斯指著轉角方向，告訴赫蘿：「在那個轉角轉彎後，再一下子就到了。」赫蘿聽了，一副像是因為旅館不在眼前而生氣的模樣嘆了口氣後，鑽進了帽子底下。
看這樣子得慎重斟酌一下奶油燉湯的肉量多寡了。
羅倫斯一邊這麼想著，一邊駕著馬車前進不久後，終於抵達了目的地。

眼前的建築物實在很難用「宏偉」來形容，不過是一棟四層樓高的一般住家而已。

這棟建築物面向街道的一樓牆面是由兩扇百葉窗構成。如果打開下方的百葉窗，使其保持水平狀態，即可成為商品陳列架；如果打開上方的百葉窗，即可作為遮棚。為了避免戶外的冷空氣竄進室內，目前上下兩扇百葉窗都關上了。

或許是以為羅倫斯會找一家有一定水準的旅館，赫蘿刻意露出不滿的表情看向羅倫斯。

「不是付了大筆錢，就能夠找到讓身心放鬆的旅館。」羅倫斯省略掉這句反駁話語，像是要逃離赫蘿的煩人視線似的走下駕座，小跑步地來向大門前敲了敲門環。

因為這裡是連招牌都沒有設置的民宿，所以應該不至於客滿，不過很有可能會因為今天天氣太冷而提早結束營業。

由於有這層顧慮，所以當羅倫斯察覺到門內有動靜，大門跟著打開時，不禁有些鬆了口氣。

「住宿還是寄放貨物？」

可能是因為天氣太冷，大門只被打開一點點縫隙。一名面帶憂鬱表情、被雪白長鬍鬚遮住半張臉的中等身材老人從門縫裡簡短地問道。

「住宿，兩個人。」

老人輕輕點點頭後，便立刻轉身走去。

他沒關上大門，想必是還有空房的意思吧。

羅倫斯先回頭看向赫蘿詢問說：

「溫暖的房間和光線明亮的房間，哪一個好？」

可能是羅倫斯的問題讓赫蘿感到意外，她皺起眉頭說：

「……還有什麼比溫暖的房間更好麼？」

「那這樣我把馬兒帶到馬廄去，妳先進去跟老闆……跟剛剛的老頭這麼說，他就會告訴妳空房在哪。」

「嗯。」

羅倫斯與赫蘿交棒走上駕座，並握住韁繩。馬兒似乎察覺到自己總算能夠不再受寒風吹襲，進到馬廄休息，便像在催促羅倫斯似的甩動脖子。羅倫斯拉動韁繩讓興奮的馬兒前進，同時眼角看見赫蘿推開大門走進民宿。

雖然赫蘿在蒙上薄薄一層塵垢的長袍底下穿了好幾層衣服，但就是在百人群集之中，羅倫斯也能夠立刻分辨出她的背影。

因為即使赫蘿穿了好幾層衣服，還是看得出來她變得膨大的尾巴把衣服撐高了。

羅倫斯輕輕笑了一下後，讓馬兒進到馬廄去。馬廄有兩名負責看守，同時也是居民的衣衫襤褸乞丐打量著羅倫斯。

因為他們絕對不會忘記來過這裡的人，所以當然認得羅倫斯。他們輕輕頂起下巴，示意羅倫斯讓馬兒停下的位置。羅倫斯沒理由反對，於是讓馬兒朝指示的位置走去。走到定位一看，才發現旁邊拴了一匹四肢粗壯的登山馬，馬兒從其灰色長毛底下斜眼瞥了羅倫斯一眼，讓羅倫斯心想這匹馬兒應是從北方運送皮草來的吧。

「別吵架啊。」

羅倫斯拍了拍自己的馬兒背部說道。他走下駕座，把兩枚銅幣交給兩名乞丐後，便拿起行李走進民宿。

這家民宿原本是皮繩工匠的工廠兼住家。因為一樓曾經是皮繩工匠的工廠，所以牆壁很少，而且還是石板地，現在作為倉庫利用，從各地前來的商人們，會因為各種目的而把貨物長期寄放在這裡。

羅倫斯穿過顯得雜亂無序、堆積如山且高過人頭的貨物堆，來到一樓唯一收拾得很乾淨的一角，也就是老闆的起居室。

這個收拾乾淨的起居室裡有一組小桌椅，以及用來支撐鐵鍋的三腳鐵架。老闆總是在鐵鍋裡放入木炭，從早到晚在這裡一邊喝著加熱過的葡萄酒，一邊讓思緒在遙遠的土地奔馳。「明年我準備踏上南方巡禮之旅」這句話，是老闆的口頭禪。

老闆一發現羅倫斯的身影，便從長眉毛底下用著藍色眼睛看向羅倫斯說：

「三樓，靠窗。」

「好的，三樓。咦？靠窗？」

雖然這裡不要求預付住宿費，可以在離開時再支付，但如果預付住宿費，多少能夠討好沉默寡言的老闆。羅倫斯多放了些預付的住宿費在桌上後，轉身準備離去。當他聽見老闆的話語時，不禁驚訝地回過頭看。

「靠窗。」

老闆再次輕聲說道，然後閉上了眼睛。

這是老闆示意別再跟他說話的動作。

羅倫斯微微傾著頭後，心想：「算了。」於是離開了那裡。

他扶著因手垢而變了色的扶手爬上階梯。

就像所有工匠的工廠兼住家的構造一般，這棟建築物的二樓同樣有設置了暖爐的起居室、屋主房間以及廚房。這裡比較不一樣的地方是，為了盡量讓三、四樓較多的房間能夠從煙囪取暖，所以特別把暖爐設置在起居室的正中央位置。

當然了，採用這樣的暖爐設計後，屋內的隔間相對地會顯得奇怪，而且為了避免煙囪經過的房間煙霧瀰漫，還必須大費周章地整修過。即便如此，屋主仍選擇了提供住在三、四樓的徒弟們良好的居住環境。

這位雖然沉默寡言，卻很體貼的師傅即是現在的旅館老闆。他就是已經退休的皮繩工匠師傅阿洛德．伊克勞德。

羅倫斯聽見起居室傳來木柴在暖爐裡燃燒的微弱聲音。他心想到了晚上，房客們想必會各自帶著酒，聚集在這個橢圓形的起居室談天說笑吧。

羅倫斯爬上三樓，看見有四間房間。

由於在工廠時代，四樓的房間是供給新進學徒、和負責打雜的人們居住，因此三樓的房間比較寬敞。

不過，三樓並非每間房間都能夠藉由暖爐煙囪取暖；四間房間當中，只有一間房間面向街道，這間房間擁有窗戶帶來的明亮光線，卻少了溫暖。

靠窗房間就等於不溫暖的房間。

羅倫斯一邊心想：「奇怪了，我記得赫蘿應該是說要溫暖的房間啊。」一邊走進房間，便發現赫蘿早已亂丟一地濕漉漉的衣服，鑽進被窩裡了。

羅倫斯心想赫蘿會不會是太懊惱，所以躲在被窩裡哭，但是他從捲成一團的棉被形狀看出赫蘿似乎是早早入睡了。

赫蘿會發脾氣發個沒完，或許主要還是因為疲勞吧。

羅倫斯一一撿起被赫蘿亂丟一地的衣服，把衣服暫時披在椅背後，自己也開始脫去旅行重裝。旅途中讓羅倫斯感到最放鬆的時刻，就是這個在旅館脫去潮濕衣服的瞬間。他脫去彷彿用沉重黏土做成的衣服，恢復成沒有被雨淋濕的平時裝扮。
雖然羅倫斯一身輕薄裝扮免不了覺得空氣冰冷，但總比一身濕漉漉的好。
而且，他必須趁著沒有人的時候，利用二樓的暖爐烘乾衣服。
到了晚上，待在無法取得暖爐溫暖的這間房間，就跟在沒起火之下露宿野外沒兩樣。
如果只蓋棉被睡覺，恐怕無法禦寒吧。這麼想著的羅倫斯連同自己的衣物，抱起因為吸水而變得沉重的赫蘿衣物，表現得有如絕不偷懶的勤勞男僕般準備離開房間時，發現了那樣東西。
他看見赫蘿從床上如麵包夾著培根和起士般層層相疊的棉被間，露出一小部位的尾巴。
不禁心想真是個狡猾的傢伙。
赫蘿這樣的舉動與貴族女孩為了吸引心儀騎士的目光，刻意從窗戶縫隙間露出美麗長髮的舉動意義並不相同。
即便如此，羅倫斯卻只能選擇這麼說：
「很漂亮的尾巴，是既溫暖又優質的皮草。」
隔了一會兒後，赫蘿迅速把尾巴收進棉被底下。
羅倫斯見狀，也只能搖搖頭嘆氣。
赫蘿是個我見猶憐的女孩，只要能夠得到羅倫斯的誇獎，不管受到任何恥辱她都甘願——羅倫斯當然知道赫蘿不可能這麼想。他相信就算是現在這個瞬間，赫蘿心中依然是滿腔怒火未消。

即便如此，赫蘿仍然做出要羅倫斯誇獎尾巴的舉動。

走下階梯的羅倫斯一邊露出苦笑，一邊再次搖搖頭嘆了口氣，他會有這樣的反應當然不會有其他原因了。

因為他知道赫蘿是以她的方式在向自己撒嬌。

就算那是赫蘿設下的一流陷阱，羅倫斯也不會因為受騙而感到不悅。

趁著能夠識破人類心聲的賢狼不在身邊的時候，羅倫斯不知害臊地一邊想著這些事情，一邊走下二樓來到設有暖爐的起居室。

起居室裡不見任何人影，只有木柴燃燒的聲音輕輕響起。

這裡也幾乎沒有擺設家具，只見一張椅子投出的陰影隨著暖爐光線晃動。只有一張椅子當然不夠羅倫斯烘乾用兩手抱住的大量衣物，不過他並沒有顯得特別慌張。

起居室的牆上隨處有著半根長度嵌在牆內的釘子，每根釘子前端都被彎曲成鉤狀。其中有幾根釘子垂掛著皮繩，只要拉長皮繩，就能夠連接到對面牆壁的釘子。

皮繩的目的是在雨天時讓從外地來到這裡的旅人晾乾衣服，並在晴天時讓準備從這裡出發的旅人晾乾生肉或蔬菜。

羅倫斯身手俐落地綁上皮繩，動作迅速地一一掛上潮濕衣服。

衣料比他想像中的大，結果占用了一整條皮繩的空間。

希望衣服烘乾前，不要有人來這裡晒衣服才好。

羅倫斯一邊暗自這麼嘀咕，一邊在暖爐正前方的頭等座位坐了下來。他一坐下，便聽見階梯嘎吱作響的聲音傳來。

「……」

不過，正確來說，嘎吱作響的聲音似乎是從走廊地板傳來。

羅倫斯朝聲音傳來的方向一看，正好與爬完階梯、正準備探頭看向起居室的旅人對上視線。

旅人以不像兜帽，而是像頭巾般的布料緊緊纏住頭部。因為頭上的布料也遮住旅人的嘴巴直到鼻子上方的位置，所以無法確認旅人的表情，不過羅倫斯看見旅人的眼神相當銳利。旅人的身高不算高，但也不算矮，差不多比赫蘿高了些。

旅人的旅行裝備相當齊全，呈現四角形的身形說出旅人身上穿著相當多層的衣服。旅人的所有裝備當中，最吸引羅倫斯目光的是用繩子纏繞到小腿位置的厚重皮靴。這代表著這名旅人不乘坐馬匹，而是徒步旅行。這名旅人應當走了相當遠的一段路來到這裡，腳上的繩結卻絲毫沒有鬆散，可見是個經驗老道的旅人。

旅人的淡藍色眼珠從纏繞好幾層的布料縫隙間注視著羅倫斯，其銳利眼神之中流露出清澈的目光，不過似乎是個不善於交際的人。

就像羅倫斯如此觀察著旅人一樣，旅人也打量著羅倫斯。打量完後，旅人沒打招呼地爬上階梯而去。

儘管背著沉重行李，旅人卻是幾乎沒有發出腳步聲。

即便如此，羅倫斯還是知道了旅人租下三樓的房間。因為他聽見微弱的開關房門聲從頭頂上方傳來。

因為阿洛德對房客幾乎沒什麼興趣，所以不擅於社交的人都相當珍惜這家民宿的存在。就算是商人，當然也不可能人人都擅長社交。

羅倫斯每次來到雷諾斯之所以會利用這家民宿，純粹是因為這裡的設備和價格合算，以及阿洛德原本隸屬於羅恩商業公會的緣故。聽說阿洛德原本是買賣皮草的旅行商人，後來以贅婿身分繼承皮革工匠的師傅一職。

因為雷諾斯沒有羅恩商業公會的洋行，所以公會所屬的商人多會利用這家民宿。

再加上羅倫斯這次是帶著赫蘿行動，所以投宿在不愛打聽房客私事的阿洛德經營的這家民宿相當方便。

不過，此刻讓羅倫斯最感頭痛的不是怕人打聽私事，而是為了平息赫蘿的怒氣，必須點加了肉的奶油燉湯當晚餐這件事。如果能夠平息赫蘿的怒氣，花錢買一、兩碗奶油燉湯當然值得，但羅倫斯擔心只要寵赫蘿一次，兩人在雷諾斯停留的花費就會急遽增加。

當羅倫斯思索著該如何度過這個難關時，就因為旅途疲累，而不知不覺地在暖爐前面打起瞌睡來了。

在阿洛德前來添加木柴時，羅倫斯醒來過一次。那時阿洛德當然什麼也沒說，他甚至還為羅倫斯多加了一些木柴，所以羅倫斯也就接受了他的好意。

羅倫斯第二次醒來時，天色已是一片黑茫茫，在暖爐光線的照射下，瀰漫在四周的濃濃黑影彷彿能夠用杯子舀起似的。

察覺自己睡了太久的羅倫斯慌張地坐起身子，然而時間不可能倒流。任性的赫蘿一定早已醒來，因為沒衣服穿而被困在房間裡出不了門，並且因為餓肚子而急得暴跳如雷吧。

羅倫斯嘆了口氣，跟著慢吞吞地站起身子。他確認皮繩上的衣服已晒乾後，動作迅速地收起衣服，並回到三樓。

不用說也知道，赫蘿當然氣炸了。

最後，兩人在隨便找到的一家酒吧點了價格昂貴、放入大量牛肉的奶油燉湯。

隔天早晨，羅倫斯醒來時發現天氣已轉晴，暖烘烘的陽光從木窗縫隙間流瀉進來。雖然這間房間無法藉由暖爐取暖，但不知道是拜暖烘烘的陽光所賜，還是身體早已適應風餐露宿的生活，羅倫斯覺得似乎沒有那麼寒冷。

不管怎樣，如果只是這般寒冷的程度，羅倫斯覺得自己能夠理解赫蘿為何會選擇光線明亮的房間了。

人還是會希望早晨時能看到曙光。

羅倫斯坐起身子後，看見赫蘿難得還沒醒來，而且還讓臉露出棉被外睡覺。因為赫蘿睡覺時總是像動物般把身體縮成一團，所以看見她像普通女孩一樣的睡相讓羅倫斯感到新鮮。

不過，在過去赫蘿也曾經睡過頭幾次，而幾乎都是因為宿醉，所以羅倫斯不禁感到有些擔心。可是，他看見赫蘿的氣色很好，心想應該不是宿醉吧。

赫蘿似乎純粹是睡過頭，她露出毫無防備的睡臉熟睡著。

「起床吧。」

雖然羅倫斯覺得一直望著赫蘿的睡臉也不錯，但是他想到如果被壞心眼的賢狼察覺，事後會變得很麻煩。

這麼一來，現在應該做的就是準備出門上街去。這麼想著的羅倫斯先摸了摸下巴。

雖然在北方地區留長鬍鬚很正常，但羅倫斯覺得自己的鬍鬚還是稍嫌長了些，而且雜亂生長的鬍鬚看起來也顯得沒精神，便決定向阿洛德要點熱水來刮鬍子。當他在行李之中摸索著毛巾和薄小刀時，擁有好耳力的狼似乎被聲音吵醒了。

在傳來顯得不悅的呻吟聲後，羅倫斯察覺到背後有視線盯著他。

「我去梳理一下毛髮。」

羅倫斯一轉身，隨即用小刀頂著下巴這麼說。赫蘿打了個哈欠後，瞇起眼睛沒出聲地笑笑，看來她的心情似乎還不錯。羅倫斯補充一句說：

「總得梳理好來，才能賣得高價，對吧？」

赫蘿用棉被遮住嘴巴回答：

「咱覺得汝已經夠高價了吶。」

或許是剛睡醒，赫蘿看來迷濛的眼神顯得十分溫柔。

儘管知道赫蘿可能一半是在調侃人，但聽到如此直接的讚美，還是讓羅倫斯感到開心。

即便如此，羅倫斯還是不由地聳聳肩掩飾他的難為情。赫蘿見狀繼續說：

「高價得找不到買家吶。」

說著，原本保持俯臥姿勢的赫蘿轉身換成仰臥姿勢時，眼神裡已流露出壞心眼的光芒。

「到目前為止，出現過買家麼？」

真是的，這傢伙最會讓人空歡喜一場。

這麼想著的羅倫斯輕輕揮動小刀表示投降，赫蘿見狀，發出咯咯笑聲後，鑽進被窩裡準備睡回籠覺。

「唉～」

羅倫斯又跟平常一樣遭到赫蘿的敷衍對待，雖然這讓他覺得不甘心，卻也覺得是一種樂趣。

羅倫斯走出房間後，臉上依舊帶著苦笑，並伸手扶住階梯扶手。

接著忽然收起了笑容，因為他察覺到有人出現。

「早安。」

下一秒鐘，羅倫斯露出親切笑容對著出現在階梯下方的房客打招呼。

那是昨天羅倫斯利用暖爐烘乾衣服時視線相交、當時身穿齊全旅行裝備的房客。

房客依舊戴著頭巾，但裹住身體的布料少了幾層，腳上也換了涼鞋。可能是外出買了剛出爐的派，房客拿在右手上的袋子冒著熱氣。

「……喔。」

與羅倫斯擦肩而過時，只從布料縫隙間露出一隻藍色眼睛的房客輕聲說道。

房客的聲音沙啞，是很適合在乾燥砂土與岩石遍佈的大地出沒的旅人聲音。

雖然態度顯得冷淡，但是光聽到那聲音，就讓人不禁有種親切感。

聞著與房客擦身而過時飄來的肉派香味，羅倫斯腦中立刻浮現一個想法——這下子赫蘿絕對會說要吃肉派。

「話說，接下來怎麼安排？」
嘴角沾上肉塊的赫蘿單手拿著肉派，這麼切入話題。
「應該先收集妳的傳說吧？」
「嗯。收集咱的傳說，還有約伊茲的位置……」
赫蘿僅僅不聲不響地咬了三口如她手掌般大的肉派，便全吞進了肚裡。
「跟在卡梅爾森的時候一樣，先找編年史作家吧。」
「這方面就交給汝處理。因為汝比咱更知道方法……怎麼著？」
羅倫斯方才不經意地笑了一下。看見赫蘿投來懷疑的視線，他輕輕揮了揮手說：
「不，我只是在想如果說我知道方法，那妳知道什麼？」
赫蘿有些愕然地看著羅倫斯。
「有句話是這麼說的：『知道方法的人會求得工作，知道這些人為何要工作的人，則會成為雇主。』」
「嗯。原來如此，咱知道汝為何會勤快地工作。」
「以前的人真的很會形容。」
說罷，羅倫斯咬了一口肉派。赫蘿在床上重新盤腿坐好說：
「如果咱是汝的雇主，那得好好獎賞一下汝。」

「獎賞?」

「嗯，也就是……」

如果用少量的水溶解了「妖豔」兩字，再往臉上塗抹之後，應該就會浮現出赫蘿此刻臉上的笑容吧。

「汝有什麼想要的東西嗎?」

如果是在四周一片昏暗、浪漫氣氛十足的時候聽到這樣的話語，或許還會讓羅倫斯的心臟噗通噗通地亂跳。但在赫蘿嘴角還沾了肉塊的情形下聽到這樣的話語，就算是羅倫斯，也不會有所動搖。

比赫蘿慢了一步吃完肉派後，羅倫斯指著自己的嘴角，讓赫蘿知道她的嘴角沾了肉塊。

「沒特別想要的東西。」

「唔。」

就在赫蘿有些不甘心的模樣抓起嘴邊的肉塊往嘴裡送時，羅倫斯接續說：

「只要妳不亂發脾氣就好了。」

赫蘿抖了一下的手停在半空中，跟著嘟起嘴巴把手指上的肉塊彈向羅倫斯。

「汝把咱當成難搞的小孩子嗎?」

「如果是小孩子那還好。因為小孩子挨罵了後，還知道要聽話。」

羅倫斯拿起手邊的水壺，喝了口冰涼的水停頓一下後，繼續說：

「我看，就先問問這裡的老闆好了。不管怎樣，他畢竟是個民宿老闆。」

羅倫斯站起身子，只套上外套便完成了外出準備。說到赫蘿，她仍是鑽出被窩時的模樣。

「妳要跟我去吧？」

「就是被撥開手也要去吶。」

赫蘿不忘挖苦一下羅倫斯後，依序穿上靴子、腰巾、長袍以及帽子。雖然赫蘿的整裝動作顯得匆忙，身手卻相當熟練。看著看著，羅倫斯不禁有種彷彿看見了什麼魔法似的感覺。這時，被盯著看的狼女裝模作樣地轉了一圈說：

「如果這時被汝撥開手，說不定咱對汝施下的魔法會因此解除。」

來這招啊。

這麼想著的羅倫斯決定配合赫蘿演演戲。

「嗯？我在這裡做什麼啊？對了，這裡是以皮草和木材出名的城鎮雷諾斯。我得趕快採購皮草，到下一個城鎮去。」

在旅行途中，能夠看到旅行演員演戲的機會並不算少。

聽到羅倫斯加上誇張動作這麼說，赫蘿一副像是看見絕佳喜劇般的模樣捧腹大笑。

大笑一陣後，赫蘿快步走到依舊用手扶著門把的羅倫斯身邊說：

「汝是不斷旅行的旅行商人嗎？咱懂得分辨皮草的好壞吶。」
羅倫斯牽起赫蘿的手，一邊轉動門把，一邊回答：
「喔？看起來的確很有眼光。那麼，妳能夠看出人的好壞嗎？」
在充滿早晨寧靜空氣的民宿裡，階梯發出嘎吱嘎吱的聲響。
走下二樓後，赫蘿左一次右一次地凝視著羅倫斯開口說：
「咱可能被下了惡毒的魔法。」
羅倫斯心想：「什麼意思啊。」不由地笑了出來。
「那這樣，我不能撥開妳的手，免得妳醒過來。」
「咱已經被撥開一次了。」
「意思是說妳就快要醒來了嗎？」
羅倫斯完全不知道赫蘿在對話之中早已設下了陷阱。
這下子赫蘿就找到藉口，要求羅倫斯在攤販買好吃的食物給她了。
羅倫斯一邊告訴自己必須想點辦法不要再掉進赫蘿這樣的陷阱，一邊看向在二樓起居室的暖爐前睡覺的兩名旅人，他們應該是聊天聊到睡著了。
然後，羅倫斯走下兩層通往一樓的階梯時，被赫蘿拉了一下手，於是回過頭看。
正確來說，應該是被他牽著手的赫蘿沒有跟著走下階梯。

赫蘿俯視著羅倫斯，並在帽子底下露出溫柔的笑臉。

「所以吶，汝重新施魔法讓咱不要醒來，好嗎？」

羅倫斯心想：「這簡直是惡魔的行徑。」

只要看見羅倫斯此刻答不出話來，赫蘿肯定會因此滿足吧。

不過，他偶爾也想贏過赫蘿。

所以羅倫斯當場轉過身子，重新握住赫蘿拉著他的手。

古今中外，男人在這種狀況下只會做一件事。

羅倫斯稍微舉高赫蘿的手後，輕輕吻了一下她白皙的手背。

「像這樣可以嗎，我的女士？」

他當然沒忘記用舊時代的口吻說出這句台詞。

羅倫斯不禁覺得自己若是放鬆下來，勉強抑止住的血液一定會猛衝上頸部，讓他變得滿臉通紅吧。

羅倫斯心情緊繃地抬起頭一看，發現赫蘿在帽子底下瞪大著眼睛。

「喏，走了啊。」

羅倫斯的嘴角不由地上揚，那是他覺得自己做了蠢事的自嘲笑容，以及成功打擊了赫蘿的勝利笑容。

他輕輕拉了一下赫蘿的手後，赫蘿就像個鬆垮了的牽線木偶似的跟著走下階梯。

因為赫蘿低著頭，所以羅倫斯看不清楚她被陰影遮住的表情，但是赫蘿似乎一副很不甘心的樣子。

羅倫斯暗自竊喜說：「強忍住害臊地這麼做，還挺值得的。」當他沉醉在勝利的餘韻之中時，赫蘿像是踩了空似的身體癱軟下來，使他慌張地用胸口接住赫蘿。

以為赫蘿不甘心到茫然自失程度的羅倫斯就快笑出來時，赫蘿在這個瞬間用力抱住了他，在他耳邊輕聲說：

「下太猛了，大笨驢。」

赫蘿的聲音聽起來像在生氣，也像在鬧彆扭。

如果是在初相遇時，或許羅倫斯的思緒會變成一片空白，或是忍不住也抱住赫蘿。

然而，現在的羅倫斯不會有這兩種反應，他只會笑著心想原來赫蘿是如此地不甘心。

在特列歐村時，羅倫斯試圖打開一只盒子。盒子裡裝了他不想見到的、與赫蘿這般甚至可以用甜蜜來形容的愉快旅行的結局。羅倫斯當然沒辦法獨力打開這只盒子，而是與赫蘿一起伸手，把盒蓋稍微打開了一些縫隙。

然而，當時羅倫斯與赫蘿兩人都沒有勇氣看盡盒子裡的東西，所以到現在仍未打開盒蓋。

即便如此，也讓羅倫斯知道了一個事實。

那就是赫蘿也不想看見結局。

面對被赫蘿從正面抱住，並且在耳邊輕聲細語的狀況，羅倫斯還能夠保持冷靜，全虧這個事實的存在。

赫蘿那沒什麼梳理過卻很柔順、沒使用香油卻散發出甜甜氣味的瀏海碰觸到羅倫斯的臉頰。她的髮絲之纖細，讓人不由得會想放棄去數她有幾根髮絲。

在羅倫斯想著這些事情時，察覺到羅倫斯絲毫沒有反應的赫蘿稍微挪開身子抬頭說：

「汝什麼時候才會失去冷靜吶？」

「這個嘛，等到妳不會再做出像這樣的舉動後吧。」

赫蘿的反應很快。

她似乎立刻察覺到羅倫斯的話中含意，一副不甘心模樣說：

「汝腦筋動得越來越快了吶。」

「當然囉。」

聽到羅倫斯這麼說，赫蘿輕輕用鼻子嘆了口氣挪開身子，然後緩緩走下階梯。

如果說赫蘿樂於見到羅倫斯失去冷靜的樣子，那麼她就必須想東想西地捉弄羅倫斯。然而，如果說羅倫斯是在赫蘿什麼也沒想的時候最有可能失去冷靜，那麼赫蘿只能乖乖地什麼也不做。

羅倫斯一邊暗自佩服自己想出了一個治赫蘿的好方法，一邊跟在赫蘿後頭走下階梯。這時，先走下階梯的赫蘿轉過身說：

「汝真的越來越會說話了，是誰教了汝嗎？」

羅倫斯感到很訝異，因為他看見赫蘿在帽子底下露出顯得心情特別愉悅的笑臉，彷彿用凍僵的手一碰，就能夠感受到溫暖。

照理說，赫蘿應該表現得很不甘心的模樣才對。心想「赫蘿到底想出什麼招？」的羅倫斯一邊稍微提高警戒，一邊站到赫蘿面前說：

「沒有，我只是臨時想出來……」

「臨時？呵，那更教人高興。」

赫蘿一副心情再好不過了的模樣說道。羅倫斯不禁覺得赫蘿如果是隻小狗，現在肯定會興奮地擺動尾巴吧。

不過，羅倫斯凝視著不知怎地突然用手指扣住他左手手指的赫蘿。

他催促著自己趕快動腦思考，因為他知道赫蘿這般模樣肯定有鬼。

「等到咱什麼也不做之後，是嗎？呵。」

赫蘿輕聲再說了一遍後，像在撒嬌似地讓身體貼近羅倫斯。

什麼也不做之後？

聽到赫蘿再說了一遍後，羅倫斯察覺到赫蘿話中有話。

當羅倫斯察覺到這句話所指的其他含意時，當場全身僵硬。

赫蘿如春天融雪般清澈的好心情裡，混雜著如泥沼般的粘稠感。

「呵呵呵，怎麼著？」

羅倫斯不敢看向赫蘿。

等到赫蘿什麼也不做之後，羅倫斯就會失去冷靜。

他在心中大喊：「我怎麼會說出這樣的話！」

這麼說就等於希望赫蘿在意他。

「喲？汝的血液循環好像也越來越快了吶。」

羅倫斯無法控制自己變得臉紅。

他用手摀住眼睛，心想至少要裝成是為了自己疏忽沒察覺到發言的意思，而覺得難為情。

然而，赫蘿當然沒有輕易放過他。

「真是的，汝竟然會說出像小孩子在撒嬌的話語，也不覺得害臊。」

赫蘿甩動尾巴的聲音傳來。

羅倫斯想要讓賢狼閉上嘴巴，恐怕是遙不可及的夢想。

「呵，汝真是可愛吶。」

羅倫斯從摀住眼睛的指縫間看見赫蘿露出滿面笑容，那笑容看起來壞心眼到了極點，讓人不禁想要用力捏她臉頰。

幸好阿洛德方才似乎在馬廄裡不知忙些什麼，所以沒聽見羅倫斯與赫蘿的愚蠢對話。不過，赫蘿當然是知道四下無人，才會捉弄羅倫斯。

「編年史作家？」

「是，或者是熟知城裡古老傳說的人。」

阿洛德坐在老位子上，把加熱過的葡萄酒倒進由敲打薄鐵板製成、方便實用的鐵杯裡。他揚起左眉，露出一副像是看見了稀奇動物般的表情。那表情彷彿在說：「世上怎麼有人會問這樣的問題啊？」

即便如此，阿洛德不會像其他旅館老闆那般，視打聽房客來歷為理所當然之事。他沒有詢問羅倫斯理由，輕輕摸了摸雪白的鬍鬚回答說：

「應該是一個名為里戈羅的男子負責這個職務，不過……很不巧地，現在正在召開五十人會議，他應該不會跟人見面。」

「五十人會議？」

聽到羅倫斯這麼反問，阿洛德倒了少許熱葡萄酒在單手持握的瓷瓶裡，並邀請羅倫斯與赫蘿兩人喝酒。

正如其命名，五十人會議是由五十名城裡的工匠、商人、貴族等人物以代表者身分參加的會議。這些人代表著自己所屬公會或家族的利益，在會議上展開議論。由於會議上的議論話題幾乎都是能夠左右城鎮命運的重要案件，所以參加者的責任相當重大。

據說從前為了爭奪席次，發生過許多次政治鬥爭；但是現在，因為幾年前發生過一場大規模的傳染病，反倒從缺了好幾個席次。

「你沒看到城門那裡的狀況……嗎？」

「看到了，有很多看似商人的人聚集在那裡。若那些人跟五十人會議有關係，也就是說城裡出了什麼事？」

赫蘿順著阿洛德的意思喝下葡萄酒後，立刻停止了動作。

想必她的尾巴一定膨大了吧。如果沒喝習慣這種葡萄酒，是很難品嚐出其中美味的。

「就是皮草……啊。」

「皮草？」

聽到「皮草」這個單字，羅倫斯不禁有種背上寒毛都豎了起來的感覺。羅倫斯不是因為在意赫蘿，所以才出現這種反應。反而是因為這個單字太耳熟，讓他憶起一路來與自己那麼熟悉親密的金錢味道。

儘管羅倫斯情緒激動地詢問，阿洛德卻是一副置若罔聞的模樣繼續說：

「那個人是五十人會議的書記。」

羅倫斯看得出來阿洛德似乎不願意談論會議內容，而且他也知道阿洛德本來就不是個性親切的人。

「那麼，熟知古老傳說的人也可以嗎？」

「是、是的，那也沒關係，您有認識的人嗎？」

不過，羅倫斯當然知道不能把內心的想法表現在臉上。

他的自我警戒似乎很成功，很快地就得到阿洛德的回應。阿洛德那雙快被眼瞼皺紋埋沒的藍色眼睛絲毫沒有看向羅倫斯，他像是在遙望遠方似的瞇起眼睛說：

「做鞣皮的伏達的祖母好像知道很多事情……不過，她在四年前染上傳染病死了。」

「還有其他人嗎？」

「其他人？我想想啊……拉通商行的老叔……不對，他也在前年夏天因為天氣太熱……沒想到是這樣子的啊……」

阿洛德發出「叩」的一聲放下原本打算往嘴邊送的杯子。

可能是因為聽見了聲音，赫蘿轉頭看向阿洛德。

「城裡的古老知識除了以書籍的形式保留之外，都會像這樣慢慢消失啊……」

阿洛德一臉愕然地說道。他保持看向遠方的姿勢，握住下巴的鬍鬚。

聽到阿洛德的話語，赫蘿在長袍底下的身體縮了一下。

世上沒有人直接知道赫蘿的存在，赫蘿自身正是阿洛德口中逐漸被遺忘的知識。

羅倫斯忘了自己剛剛被赫蘿百般捉弄，沒出聲地輕輕摸了一下赫蘿的背。

「這麼一來，只能請里戈羅先生讓我們看看他所擁有的記錄了？」

「只能這樣了吧……歲月甚至能夠風化石造建築物，更別說是人類的記憶了。太可怕了……」

阿洛德搖搖頭說道，他就這麼閉上眼睛陷入了沉默。

羅倫斯第一次見到阿洛德時，就覺得他像個隱士，而現在的他越來越像隱士了。

他不禁心想，或許到了能夠清楚聽見死亡腳步聲迫近的年紀時，就會變成像阿洛德這樣吧。

如果繼續跟阿洛德說話，肯定會被擺臭臉吧。這麼想著的羅倫斯一口飲盡阿洛德請他喝的葡萄酒後，催促赫蘿一同走出民宿。

今天路上的行人很多，與昨天截然不同，從左手邊照射過來的晨光，讓羅倫斯不禁感到一陣頭昏目眩。

他站在吸了水氣未乾的石板上，看向身邊的赫蘿。

不知道是不是羅倫斯多心，赫蘿的樣子顯得很沮喪。

「要吃點什麼嗎？」

這麼說出口後，就連羅倫斯自己都覺得這句話說得太爛；但凡事一旦過度，似乎就會帶來反效果。

赫蘿從帽子底下噗嗤一聲笑了出來，露出難以置信的笑容說：

「汝可不可以再多增加一些詞彙吶？」

說罷，赫蘿拉起羅倫斯的手。

羅倫斯以為赫蘿打算在眾目睽睽之下做出什麼事情，但結果似乎只是他自己胡亂猜疑。

在羅倫斯的手被拉起的同時，身後的民宿大門也打開了。

「……」

他看見方才在民宿裡遇見的房客走出大門。

雖然總是保持忙碌是旅行商人的標準表現，但是這名旅行商人一看見羅倫斯與他身邊的赫蘿，顯然很驚訝地停下了腳步。

「……抱歉。」

不過，旅行商人只愣住瞬間，便以先前羅倫斯聽見的沙啞聲音這麼說完後，迅速消失在人群之中了。

該不會是赫蘿的耳朵露出來了吧。這麼想著的羅倫斯看向赫蘿，發現赫蘿也稍微傾著頭。

「那個人是因為看見咱，才嚇了一跳唄。」

「說不定不是人類嗎？」

「是沒有那樣的感覺，不過……那女孩可能是因為咱的美貌而大受震驚唄。」

「怎麼可能。」

看見赫蘿刻意挺起胸膛一副得意的模樣，羅倫斯笑笑後，才發出「咦？」的一聲反問說：

「女孩？」

「嗯？」

「是女的啊？」

雖然那名旅行商人一副很習慣旅行的樣子，再加上沙啞的聲音讓羅倫斯一直以為是名男子，但是他也不覺得赫蘿在這方面會做出錯誤判斷。

羅倫斯一邊心想：「她到底在做什麼買賣？」一邊看向女旅行商人消失的方向時，赫蘿又拉了一下他的手。

「咱就在身邊，卻一直看著其他雌性，汝這是什麼想法吶？」

「這種事情不要直接說出來，應該用態度來表示比較可愛吧。」

赫蘿連眉頭也沒皺一下，露出輕蔑眼神回答說：

「因為汝是個大笨驢，如果沒說出來，汝根本察覺不到唄。」

因為方才的事件，使得羅倫斯無法明確地做出反駁，他不禁有種有苦說不出的感覺。

「那，妳打算怎麼做？」

羅倫斯心想差不多該結束兩人愚蠢的對話，也該重新安排過今天的行程。

「很難跟那個什麼名字來著的男人見面嗎？」

「好像是叫做里戈羅吧。如果是會議的書記，恐怕很難吧。不過，也要看會議是在議論什麼就是了……」

羅倫斯一邊摸著剛修剪過的鬍鬚，使其發出「唰唰」聲響，一邊說道。赫蘿聽了，向前踏出一步說：

「汝臉上寫著『我好想知道會議內容』吶。」

「有嗎？」

羅倫斯從下巴摸到臉頰反問道，赫蘿轉過身子露出極度壞心眼的表情說：

「既然這樣，汝可以完全不在意地陪咱每天悠哉過活，等到那個什麼會議結束唄？」

羅倫斯不由地笑了出來。

「真不愧是賢狼的好眼力。我真的很想知道城裡究竟發生了什麼事……還不止這樣。」

「汝還想趁機大撈一筆。」

看見羅倫斯聳了聳肩，赫蘿傾著頭露出微笑。

「連這種木牌都分發了，城裡一定發生了什麼有趣的事情。」

羅倫斯從腰袋裡拿出「外地商人證明牌」說道。

「可是，汝啊。」

「嗯？」

「適可而止好嗎？」

在經歷過被綁架、在地下水道被追殺、面臨破產危機或是大吵一架這些事情，聽到赫蘿的話語，羅倫斯當然會有所感觸地露出苦笑。

「我知道。」

所以，羅倫斯這麼回答了赫蘿。然而，在那瞬間，幾秒鐘前還一副可愛模樣的賢狼卻露出讓人看了就生氣的表情說：

「難說吶。」

赫蘿一副彷彿在說「男人只會說不會做」似的表情。羅倫斯想要反駁她只有一個辦法。

羅倫斯牽起赫蘿的手，努力維持商談用的表情和口吻說：

「那麼，我們先到城裡觀光一下，您意下如何？」

因為方才在階梯親吻過赫蘿的手背，所以羅倫斯現在這麼說似乎效果不彰。也或許是因為在那之後，被赫蘿確實逆轉了局勢。

還有，剛好經過眼前的馬車馬兒一邊拉屎，一邊走去也破壞了氣氛。

即便如此，赫蘿似乎仍給羅倫斯打了及格分數。她用鼻子發出「哼」的一聲後，站到羅倫斯身邊說：

「嗯，這安排還行唄。」

「遵命。」

半年前的羅倫斯如果看見自己現在的模樣，一定會嚇得腿軟吧。

「那，要從哪兒觀光起？這裡全變了樣，連咱都懷疑起自己是否真的來過這裡。」

「我們去港口吧，聽說船船最近才成為這裡的主流交通工具。雖然比不上在海上行駛的船，不過挺有看頭的。」

「喔？船嗎？」

羅倫斯牽著赫蘿的手走了出去。

兩個人走路走不快太麻煩了，這句話到底是誰說的啊？

羅倫斯一邊配合身邊的赫蘿步伐走路，一邊在心中笑著這麼說。

第二幕

「唉，最後總會變成這樣。」

「嗯？」

聽到羅倫斯的嘀咕，被啤酒杯遮住半張臉的赫蘿看向了他。

「沒事，小心別灑出來。」

「嗯。」

赫蘿沒兩三下就喝光比其他城鎮釀造的啤酒濃度更強，連名字都顯得重量級的啤酒，並伸手拿起烤過的貝類。

那是從流經雷諾斯邊緣的羅姆河撈起的雙殼貝類，與赫蘿的手掌差不多大小。這種貝類的肉質相當柔軟，雷諾斯的居民會先絞碎貝肉，再與麵包屑攪拌均勻，最後放回貝殼裡燒烤。這道料理是雷諾斯的名產。如果淋上大量罌粟子來吃，應該沒有比這道料理更適合搭配啤酒的料理了。

剛來到挖開羅姆河岸，使其呈巨大橢圓形內凹的港口前面時，赫蘿一看見停在港口的多艘平底船，便不斷地發出驚嘆聲。然而，當她聞到為了吸引空腹的船員或剛下船的旅人，而從攤販飄散出來的香味時，一下子就轉移了注意力。

堆起老舊木箱當成桌子的簡陋桌面上，擺著三人份的貝類料理，還有兩只空啤酒杯。

羅倫斯點了像阿洛德喝的那種熱葡萄酒時，赫蘿露出厭惡的表情。

有熱葡萄酒的酸味作伴，再來只要有充足的時間慢慢喝酒，羅倫斯就覺得很滿足了。

「不過，光這樣看，實在看不出來城裡有什麼異狀。」

羅倫斯看見不知裝了何物、有人那麼高的木箱被卸下船後，立刻有幾名商人衝向前撬開箱蓋，然後針對木箱內容物討論了起來。

眼前的港口規模如此龐大，運送到這裡的商品種類一定是多不勝舉。就算沒有港口，所謂的城鎮本來就是有很多商品聚集的地方，其種類之多，不是從旁觀看就能夠想像得到的。

日常食材當然不用多說。比方說當木材被運送到城鎮時，就會需要加工木材的鋸子、鑿子、釘子和斧頭，或是修理、製造這些工具的旅行打鐵匠聚集到城鎮；還有用來綑綁木材的繩索、皮繩、走陸路搬運用的馬匹及驢子，或是安裝在馬匹上的多種馬具；如果要一一數出所有商品，那是數也數不清。

或者是純粹就船隻靠岸來說，就會有造船技師、各種工具或本身也是商品的船隻聚集到城鎮。到底會有多少種類、有多少數量的商品進出城鎮，應該只有全知全能的神知道答案吧。

看著充滿活力、以「雜沓」來形容再適合不過了的港口全景，羅倫斯不禁覺得就是發生了什麼事，轉眼間也會被蒙蔽吧。

赫蘿用向羅倫斯借來的小刀，靈巧地挖起貝殼裡的碎貝肉送進嘴裡。她隨著羅倫斯說的話環視四周一遍後，咕嘟咕嘟地喝了口啤酒說：

「儘管狼群和狼群之間會為了爭奪地盤而展開熾烈戰鬥，但從遠方望去的森林永遠都是不變地寂靜。」

「像妳擁有這般好眼力和耳力，從遠方也看不出來嗎？」

赫蘿沒有立刻回答，她裝模作樣地低下頭，動著帽子底下的狼耳朵。

要是在平常，赫蘿一定會捉弄急著想知道答案的羅倫斯，不過羅倫斯今天有酸味嗆鼻的熱葡萄酒伴隨。他一邊啜飲熱葡萄酒，一邊等待赫蘿的報告。

「汝看到那個人了嗎？」

過了一會兒後，赫蘿以剛剛用來挖貝肉的刀子尖端指向全身冒著熱氣的男子。男子把身體靠在一只高度及腰、裝滿了如碎石般物品的桶子。他擁有一身隆起的肌肉，那外表說像海盜，確實也有幾分神似。

一名身形纖細、面帶不悅表情、手上拿著看似羊皮紙束的商人，正與擁有海盜般外表的男子交談。

看見羅倫斯做出點頭回應，赫蘿表情認真地說：

「那名男子在生氣。」

「喔？」

「似乎是船上的裝載貨物被課了相當重的稅金，那名男子不願意以原本的價格交貨。人頭的價錢？男子說這個價錢怎樣又怎樣的。」

「是人質稅吧，因為在河川上行駛的船隻是河川領主的人質。」

「嗯。然後，另一個瘦巴巴的男子這麼回答他：『今年因為取消了北方大遠征，所以城裡鬧得翻天覆地的。拿得到貨款就該心存感激了。』」

教會為了誇示權威，每年冬季都會舉辦北方大遠征。但今年因為遠征路經的國家普羅亞尼與教會權力之間發生政治性衝突，所以被迫中止。羅倫斯也曾因此一度面臨破產危機。

或許是因為有切身感受，羅倫斯有些驚訝地看向赫蘿。赫蘿低頭閉著眼睛，她似乎仍然豎起耳朵聆聽著。

然後，羅倫斯再次看向兩名男子，他看見就算從遠處觀看，也能夠看出商人裝扮的男子對船員下了最後通牒。

「不然把這個問題跟皮草一起列入會議議題好了。」

說著，赫蘿睜開了眼睛。

羅倫斯不禁有種赫蘿是在騙他的感覺，他不知道是不是自己太鑽牛角尖。

「談論著類似話題的人至少有……四對。稅金太重、北方大遠征、城裡的進口怎樣又怎樣。」

赫蘿一邊說話，一邊用小刀挖起貝肉，隨著小刀上的貝肉越盛越多，赫蘿的注意力轉移到了貝肉上。

當她把盛得滿滿的貝肉送進嘴裡時，露出一副彷彿世上就只有這種食物似的模樣。

「這麼聽起來也有理吧……這個成為物流據點的城鎮不可能沒受到北方大遠征取消的影響。在留賓海根時，我也因為這件事得到了慘痛教訓。不過，這件事和被擋在城門外的那些人有什麼關係？」

如果城鎮的狀況不同於平時，就會有許多不同於平時的生意機會任人去掌握。

就在羅倫斯一邊自言自語，一邊讓思緒奔馳時，赫蘿先是沒教養地打了嗝後，發出「叩叩」聲響敲打著桌面。

「再來一杯嗎？」

因為逐漸掌握到雷諾斯的現狀，羅倫斯的注意力完全被這件事所吸引。這時羅倫斯瞬間做出損益計算：為了讓赫蘿保持安靜不打擾自己，一方面也是考慮到赫蘿或許會願意幫忙評估狀況，請她喝一、兩杯酒倒也划算。

羅倫斯舉高手向攤販老闆追加一杯酒後，赫蘿臉上浮現滿足的笑容，微微傾頭說：

「剛剛叫的酒不是為了咱，而是為了汝自身。」

「嗯？」

「酒醉的人是咱，不過汝是為了其他東西而醉。」

赫蘿看似愉快地笑著說道，她的臉頰微微泛紅。

即便有幾分醉意，赫蘿還是察覺到總會皺起眉頭的羅倫斯，會毫不猶豫地再幫她叫一杯酒的原因。

「酒醉是用錢買來的，不過思考眼前是否有生意機會可掌握是不用花錢的。」

「而且，只要咱不在一旁叫個不停，或者是既然咱願意乖乖幫忙，請咱喝一、兩杯酒沒什麼不划算。」

所謂小巨人指的就是赫蘿這種人。

對著嘴角仍沾著啤酒泡沫的赫蘿，羅倫斯表示了投降之意。

「不過，汝在想事情的時候，的確很愉快的樣子。咱就一邊看著汝的側臉，一邊喝酒好了。」

攤販老闆送來啤酒和剛從烤爐拿下、還發出滋滋聲響的貝殼料理，羅倫斯一邊把老舊的黑色路德銀幣付給老闆，一邊凝視著赫蘿說：

「我只要偶爾回頭看一下，免得妳在不知不覺中消失了就好，是吧？」

羅倫斯把啤酒就快滿出來的啤酒杯遞過去後，赫蘿笑著說：

「表現差強人意。」

儘管赫蘿的指摘嚴厲，但她長袍底下的尾巴卻表現出很愉快的樣子，於是羅倫斯露出一本正經的表情回答說：「感謝您的指導。」

結果，這天上午是羅倫斯獨自一人在雷諾斯街上走動。

至今仍殘留在赫蘿體內的旅途疲勞，似乎使酒精發揮作用的速度比平時更快，這點就連赫蘿自身都嚇了一跳。赫蘿不是因為站不穩腳而無法和羅倫斯一起走動，而是她實在太想睡覺了。

護送這般模樣的赫蘿回到民宿後，儘管羅倫斯覺得受不了赫蘿，一方面卻也暗自竊喜。

赫蘿不喜歡羅倫斯在雷諾斯又埋頭於做生意。如果回想起與赫蘿一路來的旅行，羅倫斯也不是不能體會赫蘿的心情；但如果再回想起與赫蘿一同旅行之前的事情，羅倫斯現在會不動聲色才教人覺得奇怪。

因此，羅倫斯現在能夠獨自在城裡毫無顧忌地自由走動，正合了他的意。

話雖如此，但羅倫斯在雷諾斯城裡並沒有熟識的人。

煩惱了一會兒後，羅倫斯決定前往以往曾去過的酒吧。

這家酒吧的名字很特殊，叫做「怪獸與魚尾巴亭」，屋簷下掛著一塊做成巨大老鼠形狀的青銅製看板。這種在河邊蓋堤防、聰明又奇妙的老鼠是教會流傳出來的故事。據說這種老鼠擁有怪獸般的身軀，以及魚般的巨大扁平尾巴，和擁有蹼的後腳。

因為這樣的緣故，儘管這裡是瀰漫著烤肉香的酒吧，仍有不少聖職者會來到這裡解饞。因為只要是魚類料理，聖職者不管吃再多也不會受人責難。

不過，即使是販賣了如此珍奇老鼠料理的人氣酒吧，在還沒到中午的這個時間到底是顯得空蕩蕩。酒吧裡沒有客人，只見酒吧的女服務生在角落桌上縫著圍裙。

「請問開店了嗎？」

羅倫斯在入口處這麼詢問，用嘴巴咬斷縫線的紅髮女孩一邊稍微舉高手中的圍裙，一邊露出頑皮的笑容說：

「我剛剛才把開口縫起來，您要看嗎？」

她做出酒吧招牌女店員的標準回應。

「不了，謝謝。而且，大家總會說開口越大，就越想看。萬一我看太多，開口又破了的話，那就糟了。」

女孩把針線收進木箱，並站起身子後，一邊穿上剛剛縫好開口的圍裙，一邊開玩笑地搖搖頭說道：

「那，我的圍裙一下子就破掉是因為客人一直盯著圍裙看，而不是在看我囉？」

不愧是經常應付醉客的酒吧女孩。

羅倫斯當然不能失掉身為商人的面子。

「因為妳擁有這麼難得的美貌，所以大家都擔心一直看妳的話，會害妳因為太得意而撐大了鼻孔吧。」

「是嗎?真可惜,不然我就可以更快嗅出客人可不可疑了。」

女孩在最後綁上圍裙的繩子後,一副感到很可惜的模樣說道,跟著嘆了口氣。

為了做面子給女孩,羅倫斯刻意聳聳肩表示自己輸了。

「呵呵,習慣旅行的客人果然不一樣。那麼,您要喝酒還是用餐?」

「請給我兩人份的魚尾巴料理,我要外帶。」

女孩之所以會神情困惑地發愣了一會兒,是因為聽見後面廚房傳來揮動炒鍋的聲音吧。

這個時間酒吧應該正忙著準備便當,好賣給在港口工作的人們。

「我不急。」

「那這樣,要不要追加一人份的酒呢?」

女孩的意思是要羅倫斯稍作等候。

對於她有生意頭腦的提議,羅倫斯露出笑臉點了點頭。

「小麥?葡萄?還是要梨子酒也有喔。」

「這個季節還有梨子酒?」

任何果實酒都很容易腐壞。

「也不知道是怎麼回事,放在倉庫裡的梨子酒就是沒壞掉。糟糕!」

說著，女孩刻意摀住嘴巴。

羅倫斯之前來到這裡時，酒吧裡總是擠滿了客人，所以不曾和她好好交談過。他心想這家酒吧會這麼有人氣，或許是因為有這位招牌女店員吧。

「那就給我梨子酒吧。」

「沒問題，稍等一下喔。」

女孩掀起裙襬往裡面走去，她身上的裙子看似褪了一層顏色，呈現出暗紅夾雜著深灰色的奇妙色澤。

如果是在港口城鎮的酒吧裡工作、聰明又開朗的招牌女店員，應該能夠找到個擁有好幾艘船隻的商行二公子飛上枝頭變鳳凰吧。

也或許招牌女店員會不理睬熱烈追求她的有錢人或美男子，與碰巧來到酒吧的平凡工匠墜入情網。

如果要猜測不停被採購的商品會落入誰的手中，羅倫斯還能想像得出來；但是這方面的事情，就超出他的領域了。如果詢問赫蘿，赫蘿應該有辦法輕鬆說出正確解答吧。這麼想著的羅倫斯不禁覺得不甘心。

「久等了。可能還要花一點時間，不過利用這點時間來回答你想問的問題，或許正好吧。」

真是個很聰明的女孩。

如果讓她和赫蘿對話，說不定能夠看到一場精采好戲。

「旅行商人會在這個時間來到酒吧，只有一個目的吧。只要是我回答得出來的問題，我很樂意解答。」

「在那之前，我先付錢。」

羅倫斯在伸手拿起裝有梨子酒的酒杯之前，先放了兩枚黑色銅幣。

一枚銅幣差不多等於兩杯到三杯梨子酒的價值。

她恢復酒吧女孩的表情說：

「什麼問題呢？」

「嗯，不是什麼很難回答的問題。我只是想問問城裡和平時不一樣的地方。比方說，為什麼看似商人的人們會聚集在城門外。」

女孩或許是看見羅倫斯出手闊氣地放了兩枚銅幣，以為羅倫斯會打聽像是某家商行內部消息之類的問題，她稍微緩和表情說：

「喔。那些人是買賣皮草，還有皮草相關商品的商人。」

「皮草？」

「沒錯。有一半左右是從遠方國家來到這裡採買皮草的商人，另一半是買賣加工皮草所需物品的商人。呃……」

「石灰、明礬、橡木皮。」

說到皮草加工，立刻浮現羅倫斯腦海的大概就是這幾樣商品。有些做法特殊的地方還會使用鴿子糞便。如果還要經過染色加工，還可舉出更多式多樣的商品。

「好像就是這些商品吧。」

羅倫斯正確地記起阿洛德說的話。

無庸置疑地，城裡召開的五十人會議內容正是有關皮草進出口的議題。

「再來，關於為什麼會有人聚集在城門外的問題嘛，城裡的重要人物們現在都在議論要不要把皮草賣給商人們。在這段期間不能賣、也不能買皮草。這麼一來，工匠們不就會煩惱該不該採買加工皮草時需要用到的商品嗎？所以，城門外才會變成那樣。」

可能是經常被人詢問，女孩的說明十分流暢。如果女孩所言屬實，這可是大事一樁。

連梨子酒都忘了喝的羅倫斯緊接著詢問：

「那麼，當初皮草為什麼會成為議題呢？」

「那是因為啊，每年冬天不是會有很多人前來北方嗎？」

「大遠征？」

「對、對、對。聽說因為大遠征取消，就沒有人買皮草了。所以呢，平常這個時期應該會有很多人來這裡的。」

有人的地方，就撿得到錢。尤其是北方皮草在南方很受歡迎，買回南方當禮物送人想必十分討喜。

不過，羅倫斯仍然不明白為何這樣就必須召開會議，甚至禁止皮草買賣。

再說，聚集在城門外的商人們不就是前來採買皮草的嗎？就算每年隨著北方大遠征來到雷諾斯買皮草的人們今年沒來，只要有買家出現，把皮草賣給他們不就好了。

想到這裡，羅倫斯不禁覺得收集到的情報還不齊全。

「皮草買家變少的事實我懂，可是既然這樣，那賣給聚集在城門外的商人不就好了嗎？」

聽到羅倫斯的詢問，女孩先看了看羅倫斯手中未曾沾口的酒杯一眼後，露出微笑催促著羅倫斯喝酒。

酒吧女孩或許靠著本能就知道如何讓男人焦急的方法。

如果羅倫斯反抗女孩並催促她回答，不是會惹得女孩生氣，就是會被看輕。

羅倫斯順從地喝了一口甜梨子酒後，女孩一副彷彿在說「合格」的表情咧嘴一笑說：

「騎士大人和傭兵們出手都很闊氣。可是，前來城裡做生意的商人們付錢總是很小氣。」

女孩在桌上輕輕把弄著羅倫斯支付的兩枚銅幣。

「我偶爾也會收到像貴族女孩穿的那種膨膨衣服當禮物喔，那種衣服想必是十分昂貴吧。可是呢……」

羅倫斯「喔」的應了一聲。可能是因為剛剛才陪赫蘿喝了葡萄酒，讓羅倫斯的反應變得有些遲鈍。

「原來如此，畢竟加工成皮草前的獸皮真的很便宜。也就是說如果不加工成皮草來賣，掉在城裡的錢就會變少啊。」

女孩聽了，像個聖職者看見信徒做了懺悔似的露出微笑，那表情彷彿在說：「做得很好。」這麼一來，整個事件的構圖就清楚呈現出來了。

然而，在羅倫斯確認事件全貌之前，女孩突然在桌子上探出身子。

然後，她把一枚放在手中把弄的銅幣輕輕收進胸口，一改表情說：

「剛剛那些情報，是從其他酒吧的輕浮女人口中也能打聽出來的小事。」

垂下頭抬高視線的女孩稍微壓低下巴後，用字遣詞忽然變得惡劣。羅倫斯看向女孩，結果女孩顯得纖細的美麗鎖骨，以及鎖骨之下的部位，很自然地呈現在他的視線前方。

女孩完全掌握到了如何與醉客拉近內心距離的方法。

羅倫斯瞬間告訴自己這是一場商談。

商談對象是企圖讓客人買高價皮草送給自己的女人。

「好好接待慷慨又熱情的客人是應該的嘛，您要記得自己沒聽過我接下來說的話喔？」

羅倫斯佯裝自己完全被女孩唬住的樣子點點頭。

「外面的商人們十之八九會被阻止採買皮草吧。不過，工匠們和銷售皮草的人應該會發飆就是了。」

「情報來源是？」

聽到羅倫斯的詢問，女孩保持臉上顯得妖艷的微笑閉口不語。

羅倫斯的直覺告訴他女孩擁有正確的情報來源，想必是參加五十人會議中，某個前來酒吧喝酒的人吧。只是，女孩當然不可能說出是誰。

不過，女孩之所以連說一句「這不能說」都沒說，是因為剛剛那句話是女孩的自言自語，也是因為情報的真偽極其可疑。

女孩這麼做算是對羅倫斯的一種考驗。

因為女孩不可能如此輕易地說出真正重要的情報。

「因為我是個酒吧女孩，所以不管皮草價格如何變動我都不在乎。可是，商人們喝酒時會把這個當成助興話題，不是嗎？」

「是啊，有時候還會因此酒興大增呢。」

看見羅倫斯露出商談用笑容答道，女孩閉上眼睛，嘴角微微上揚地點點頭。

「從一個好酒吧走出去的都是醉醺醺的客人。如果客人你也一樣的話，我會很開心的。」

「我已經喝了酒，一下子就會醉了。」

女孩睜開了眼睛。

雖然她的嘴上帶著笑意，眼神裡卻沒有。

就在羅倫斯準備開口說話時，廚房那頭傳來呼喚女孩的聲音。

「啊，料理正好準備好了的樣子。」

說著，女孩從椅子上站了起來。當她站起身子時，已經恢復成羅倫斯剛走進酒吧裡見到的女孩模樣了。

「對了，這位客人。」

女孩準備離開桌子時，回過頭說道。

「什麼事？」

「你有太太了嗎？」

女孩出乎預期的問題讓羅倫斯不禁有些畏縮。不過，或許是因為赫蘿經常做出一些出其不意的舉動，使得羅倫斯能夠立刻做出回應：

「我的荷包繩子沒有被人掌握，不過……韁繩卻被人牢牢握住了。」

聽到羅倫斯的回答，女孩咧嘴露出皓齒，臉上浮現像是面對朋友時的笑容。

「可惡～她一定是個很棒的女孩吧，好不甘心喔。」

女孩一定對自己攏絡醉酒男人們的手段頗有自信吧。

要不是羅倫斯遇見了赫蘿，或者是他再喝醉一點的話，說不定兩三下就會上了她的鉤了。

不過，要是羅倫斯老實這麼告訴女孩，等於是在敗者的傷口上面灑鹽。

「有機會的話，要帶她來店裡喔。」

「好啊。」

羅倫斯幾乎發自真心地答道。

因為他非常想看看女孩與赫蘿會有什麼樣的對話。

不過，羅倫斯不禁覺得要是他也在場，恐怕會被扯進軒然大波吧。

「那麼，請稍等一下喔，我去幫你拿料理來。」

「麻煩妳了。」

女孩再次掀起裙襬往裡面的廚房走去。

羅倫斯一邊望著女孩的背影，一邊喝了口梨子酒。

他心想，原來赫蘿的存在大到連他人都看得出來。

羅倫斯手上拿著包了尾巴料理、甚至會燙手的麻布袋，先走出面向港口的大街上，再環視了一遍停靠岸邊的船隻。

在聽了酒吧女孩說的話之後，停靠岸邊的船隻看起來果然有些不同。

羅倫斯仔細觀察後，發現相當多艘看起來暫時沒打算出港的船隻牢牢固定在碼頭，船上堆積如山的貨物也都蓋上了麥草或麻布。當然了，其中一定也有原先就預定在雷諾斯港口過冬的船隻，但是船隻數量似乎不尋常地多。如果推測得大膽一些，那些船隻應該是載著皮草，或是加工皮草所需的各種物資吧。

雷諾斯可是以皮草和木材出名的城鎮，皮草的交易量自然不在話下。

雖然身為旅行商人的羅倫斯不知道皮草到底有多少交易量，但皮草專賣商光是採買了高度及胸的大木桶所容納得下的松鼠皮，其數量就有三、四千片之多。光看船上到處放著容納得下這麼多數量的桶子，就知道皮草數量會有多麼驚人。

如此大量的皮草交易一旦中斷，不難想像會有多少人為之困擾。

不過，當然不難理解雷諾斯方面想要盡可能地徵收稅金的想法，而且不管怎麼說，如果加工成皮草前的獸皮被外地商人買走了，住在城裡的工匠們就得流落街頭。大家都知道，無論哪種生意，採買原料自行加工後再銷售出去的做法，是獲利率最高的方法。

話雖如此，但在北方大遠征中止、無法期待大量旅人從南方湧進的現在，就算城裡自行進行皮草加工，也無法保證一定能夠賣出皮草換取現金。

再說，獸皮的好壞和加工技術的好壞也是個問題，如果只是把獸皮加工成衣服，技術比雷諾斯更卓越的城鎮到處皆是。就算有的皮草在雷諾斯城裡作為禮品炙手可熱，但如果必須另外支付運輸費出口到遠方城鎮，恐怕就不是那麼好賣了。

這麼一想，便覺得雷諾斯方面還是應該無視工匠們的強烈反對，選擇將獸皮出售給外地商人才是上策。

如果這麼做，今年至少還能夠把獸皮換成現金。外地商人之所以會大舉湧入雷諾斯，是因為集中到雷諾斯的獸皮品質好，所以應該能夠賣得不錯的價格才是。

即便如此，酒吧女孩卻說五十人會議應該會阻止外地商人採買獸皮。

這麼一來，想得到的可能性就不多了。

城門外會有商人們聚集本來就是個奇怪的現象。

商人們在計算損益後，一旦得知對自己有利，就是踹開他人也要搶先一步，他們把這樣的行為視為正義且深信不疑。這樣的商人們根本不可能個個都聽話地不採取行動。

一般都是有一、兩人搶先下手，最後演變成無可收拾的地步。

然而，現在卻沒發生任何混亂場面。想必這是因為城門外的商人們不是只依個人想法聚集在城門外。

無庸置疑地，他們背後一定有一個大規模的權力組織控制著。

這個組織究竟是位於必須橫越西邊海洋才能抵達的城鎮、以加工衣服著名的巨型商人公會，或是企圖獨占皮草相關貿易、規模大得讓人頭昏目眩的大商行，目前尚且不得而知。

不管怎麼樣，城門外的商人們背後一定有股巨大力量在操作。

而且，雷諾斯的首腦們察覺到了這件事。

羅倫斯走過港口前方，繞進充滿活力和喧囂的街道，並做出結論。

聚集在城門外的商人們一定這麼告訴了雷諾斯的首腦們：

『皮草賣不出去一定讓您們很傷腦筋吧？要不要我們來採買呢？不過，如果只限當次往來，世上很多事情恐怕都無法順利運作吧。如何呢？明年、後年也可以把皮草賣給我們嗎？』

如果接受了這筆交易，雷諾斯就將淪落為只是一個把皮草集中起來，再送到其他地方的城鎮。這麼一來，想必這個集中皮草的機能終有一天會被其他城鎮取代。

不過，雷諾斯之所以無法輕易拒絕這個交易，並非只是因為城裡工匠們的反對。

倘若這筆交易背後真有大規模的權力機構控制著，要是沒多考量地就拒絕外地商人們的要求，在背後控制著的權力機構肯定會提出「外地商人在雷諾斯受到差別待遇」的抗議。

這麼一來，就不再是只有城鎮的問題，問題會波及到與城鎮有關係的領主貴族。當商業問題演變成政治問題時，解決問題所需的金額就會連跳三、四個位數。

這是一場巨大組織間的戰爭，商人的個人想法不過如罌粟子般渺小。

羅倫斯唰唰作響地摸著鬍鬚。

他臉上很自然地浮現笑容。

「流動的金額很大。」

羅倫斯許久不曾自言自語了，他有種像是脫去穿了一星期不曾脫過的鞋子時的快感。

流動的金額越大，意外之財也會隨之越大。

商人的鍊金術是從商品與商品、人與人的關係所構成的複雜構造之中，設法讓金錢如泉水般湧出。

羅倫斯的腦海裡浮現一張老舊的羊皮紙。

他開始在羊皮紙上一一畫上有關皮草事件的構圖，羊皮紙漸漸化為一張藏寶圖。

好了，寶藏究竟藏在何處呢？

就在羅倫斯差點舔著舌頭這麼說出口時，他的左手也同時打開民宿房間的房門。

「……」

羅倫斯完全不記得自己什麼時候回到了民宿，但另有原因使得他沉默下來。

可能是睡了一覺後覺得舒爽許多，赫蘿正在床上梳理尾巴。她一看見羅倫斯，便立刻把尾巴藏到背後去。

「……怎麼了？」

雖然赫蘿的動作顯得再刻意不過，但是看見似乎已酒醒的赫蘿朝自己投來充滿戒心的眼神，羅倫斯還是不由地這麼詢問。
「咱會受不了。」
「咦？」
「如果尾巴被賣了，咱會受不了。」
說著，赫蘿像躲在大樹後頭的少女露出臉似的露出尾巴，又立刻藏到背後。
羅倫斯當然明白赫蘿的意思。
他臉上已經完全是個商人的表情。
「我又不是獵人。」
羅倫斯一邊聳聳肩笑著說道，一邊走進房間。他關上房門後，走近書桌旁。
「汝臉上怎麼好像寫著『只要是能賣的東西，我什麼都賣』吶？」
「這形容不正確，比方說我不會想摘下路邊的野草莓來賣。」
赫蘿只看了一眼羅倫斯手中裝有料理的麻袋，立刻把視線拉回羅倫斯。
「因為我是旅行商人，所以一定要向某人採購，再賣給某人。這是非遵守不可的大原則。」
雖然所有商人都應該有想賺錢的念頭，但是當一個商人遺忘自己是什麼商人時，他滿腦子就會只剩下想賺錢的欲望。到時不管是信用、倫理或信仰，都將被忘得一乾二淨。
當商人走到這般地步時，就僅僅是個金錢的亡命之徒。

「所以呢，我不會割下妳的尾巴。不過，到了夏天，妳如果說太熱想剃毛時，我會很樂意地幫妳剃毛，然後拿去賣。」

羅倫斯倚著書桌說道。赫蘿聽了，像個小孩子一樣吐了吐舌頭後，把尾巴重新放回手邊。

其實羅倫斯自己也絕對不想看見赫蘿被剃了毛的尾巴。

「哼。那，汝手上拿著什麼？」

赫蘿只用一隻眼睛看向羅倫斯帶回來的禮物。她一邊輕輕咬著尾巴，一邊問著。

「這個啊？這是……對了，如果妳光聞味道，就能猜出這是什麼動物的哪個部位的料理，晚餐就讓妳點喜歡吃的東西點個高興。」

「喔？」

赫蘿變了眼神說道。

「這裡面應該放了蒜頭……不過我想不構成問題吧。」

羅倫斯從書桌挪開身子，把整包麻袋交給赫蘿後，赫蘿立刻表情認真地像隻動物一樣用鼻子不停嗅著味道。雖然赫蘿會有動物般舉動並不稀奇，但是她這般模樣顯得很可愛，羅倫斯不禁看得入神。

這時，發現羅倫斯正在看自己的赫蘿皺起眉頭露出不悅的表情。

被看見裸體也不在意的赫蘿，似乎不喜歡被人看見她現在的舉動。

當然了，每個人在意的地方本來就不一樣。羅倫斯準備乖乖地轉過身時，停下了動作。

「高貴的賢狼應該不會趁著我背對著她的時候，打開袋子吧？」

雖然赫蘿的表情動也沒動一下，但是她的尾巴前端卻像被刺激了穴道似的動了一下。

羅倫斯似乎說中了赫蘿的心聲。

他是因為知道赫蘿不是人類，所以才體貼地想著她的感受或許比較獨特，沒想到赫蘿卻得了便宜還賣乖。

羅倫斯再刻意不過地嘆了一口氣後，狡猾的赫蘿似乎也產生了一些罪惡感，她微微抿著嘴別過臉去。

「怎樣？猜出來了嗎？」

「等一下。」

赫蘿用著像在生氣的口吻說道，然後再嗅了一次味道。當然了，羅倫斯沒忘記移開視線。

彷彿女孩子在哭泣似的聲音在房間裡持續響了好一會兒時間，聽得羅倫斯覺得有些不舒服。

他有意識地專注聆聽來自木窗外頭的喧鬧聲。因為外頭天氣晴朗，所以當然不只聽得到聲音，還看得見陽光。

雖然房間裡確實很冷，但是設有窗戶的房間感覺真的很好。

如果住在沒有窗戶的溫暖房間，應該會有像在地窖裡冬眠的感覺吧。赫蘿的判斷果然英明。

「汝啊。」

這時，赫蘿的聲音把羅倫斯的意識和視線都拉了回來。

「猜出來了嗎？」

「嗯。」

肉類料理的種類當然多過動物種類。如果靠品嚐味道或口感來猜測，或許分辨得出來，但是靠燒烤香味來猜測，就不知道分不分辨得出來了。況且，羅倫斯買回來的，是有著獸類身軀，卻帶著魚尾巴的罕見鼠類所烹煮成的尾巴料理。就算赫蘿知道這種鼠類的存在，也不太可能知道有這種料理。

雖然羅倫斯覺得自己這麼做有些壞心眼，不過他也提出了可以自由選擇晚餐的條件，所以還算公平吧。

羅倫斯詢問說：「那，答案呢？」赫蘿聽了，不僅沒有說出答案，還露出有些生氣的表情注視著羅倫斯說：

「咱怎麼越想越覺得，要咱猜出這道料理和汝提出的條件不相稱。」

羅倫斯輕輕聳了聳肩，心想赫蘿似乎猜不出來。

「這種事情一開始就該提出來。」

「話是這麼說沒錯……」

赫蘿低下頭，像在思考什麼似的不知看向何方。

因為這是單純又明快的賭注，就算赫蘿再聰明，也沒辦法拗曲作直吧。無論在什麼情況下，單純的契約總是最具力量。

「那，答案呢？」

聽到羅倫斯反覆問道，赫蘿忽然露出死心的表情。雖然羅倫斯覺得自己太壞心眼，但他還是認為偶爾該看看赫蘿這樣的表情。

然後，就在羅倫斯想著這些事情時，赫蘿霎那間變換了表情，臉上浮現勝利的笑容。

「雖然咱說不出名字，但這是體型龐大的鼠類尾巴唄？」

羅倫斯說不出話來。

他除了驚訝，還是驚訝。

「所以咱剛剛不是說了嗎？這不相稱。」

赫蘿壞心眼地發出「呵呵呵」的笑聲後，開始拆起麻袋。

「妳、妳本來就知道的啊？」

「咱原本想汝剛剛如果問咱是不是拆開袋子偷看了，咱就打算叫一道貴得讓汝哭著求饒的料理。這次就放過汝唄。」

赫蘿從麻袋拿出用薄樹皮和藤蔓包住的料理。那包裝怎麼看都不像解開包裝後，還能夠輕易恢復原狀的樣子。

而且，就算實際看見保留了食材原形的這道料理，也很難看出是什麼食材。赫蘿不知在何時早就知道有這道料理了。

「因為咱是賢狼吶，世上沒有咱不知道的東西。」

赫蘿露出牙齒若無其事地說道，那模樣散發出來的魄力讓人很難一笑置之。

解開藤蔓、拆開樹皮後，熱氣隨即冒出。她一臉幸福地眯起眼睛，甩動著尾巴。

「說本來就知道並不正確。」

羅倫斯看見被切成長塊的尾巴，心想就算看見料理後的尾巴，也不可能看得出來原形。模仿羅倫斯說話的赫蘿抓起一塊肉後，抬高頭張大嘴巴，把肉塊緩緩放進嘴裡，跟著閉上眼睛緩緩咀嚼肉塊。

赫蘿吃東西時，總能表現出一副很好吃的樣子。

然而，她今天的樣子與平時有些不同。

「嗯……果然沒錯。」

赫蘿今天不像平常那樣，一副彷彿不趕快吃光好吃的東西，就會被人搶走似的吃法，而是像在回憶著什麼似的一邊慢慢品嚐味道，一邊說：

「這家旅館的老闆好像這麼說過唄？」

赫蘿舔了舔沾上油脂的手指後，看向羅倫斯繼續說：

「歲月甚至能夠風化石造建築物。」

「更別說是人類的記憶了。」

聽到羅倫斯接續說道，赫蘿滿意地點點頭。她忽然輕輕嘆了口氣，然後一副感到很刺眼的模樣看向木窗說：

「汝覺得記憶當中什麼最持久？」

赫蘿總是喜歡提出偏離主題的問題。

人名？數字？還是有關故鄉的事？

這些答案在羅倫斯的腦海裡浮現又立即消失，赫蘿從完全不同的角度回答說：

「味道最能讓人留下深刻記憶。」

羅倫斯聽了，微微傾著頭。

「咱們很容易就會遺忘看見或聽見的事物。可是吶，就只有味道，能夠讓人永遠留下明確的記憶。」

赫蘿把視線落在料理上，露出了笑容。

羅倫斯看見赫蘿的模樣後，之所以會不合時宜地感到內心動搖，是因為赫蘿的笑臉看起來是那麼地愉快、那麼懷念不已的樣子。

「咱對這城鎮一點兒印象也沒有，所以吶，咱其實有些不安。」

「妳在想自己是不是真的來過這裡？」

赫蘿點了點頭，她的模樣看起來不像在說謊。

不過，剛剛被赫蘿那麼一說，羅倫斯不禁覺得自己能夠明白今天的赫蘿比平常更愛與他玩鬧的原因。

「即便對城鎮沒有印象，咱卻清楚記得這個食物。畢竟這動物太奇特了，在從前也是很特別的食物。還有吶，或許是因為從前想抓多少隻，就有多少隻，所以會像這樣把好幾隻串在一起，然後放在大火上烤。」

赫蘿像抱起躺在腿上睡覺的心愛小貓似的用兩手捧著料理，然後抬起頭。

「咱一開始就在想該不會是這個食物唄。仔細聞了味道後，一股熟悉感立即湧上心頭，咱沒有因此哭出來，是能夠打敗汝的關鍵點。」

「原來妳剛剛那麼做是故意的啊。」

羅倫斯仔細一想後，才覺得赫蘿根本不可能當真想趁著羅倫斯背對著她時偷看料理，因為這樣的伎倆太容易被看穿了。

還有，在那之後當羅倫斯別開視線時，赫蘿或許哭了一下子也說不定。

「汝以為咱是那種會辜負他人好意的惡劣傢伙嗎？」

「這種事情妳最擅長了吧。」

羅倫斯答道，他心想該反駁時當然要反駁。赫蘿聽了，如往常一樣露出牙齒笑笑。

「所以吶。」

赫蘿一邊說道，一邊輕輕招手呼喚羅倫斯。

羅倫斯一邊抱著不知道赫蘿又打算對他做什麼的戒心，一邊走近赫蘿後，赫蘿用招手的那隻手抓住羅倫斯的衣角拉向自己。

「咱也一定永遠不會忘記這個味道。」

羅倫斯早預料到赫蘿有可能這麼說。

不過，他沒有像平常那樣試圖做出反擊。因為赫蘿把羅倫斯拉近自己後，就這麼把臉埋在他的衣服上動也不動。

對羅倫斯而言，赫蘿不再單純只是個旅伴。

只要能夠看見赫蘿的耳朵和尾巴，羅倫斯也能夠擁有如赫蘿般的讀心術。

「我也是。」

羅倫斯說罷，猶豫了一下子後，摸了摸赫蘿的頭。赫蘿用羅倫斯的衣角擦了擦眼角後，抬起頭露出顯得僵硬的笑容說：

「從汝口中說出這種話，太噁心了。噁心得教人想忘都忘不了吶。」

羅倫斯也露出苦笑說：

「……真抱歉啊。」

赫蘿笑笑後，輕輕抽了一下鼻子。等到她再度露出笑容時，已經恢復成平常的模樣。

「咱似乎確實來過這個城鎮。」

「那這樣應該也有留下妳的詳細傳說吧。」

雖然羅倫斯刻意沒說出留下「記錄」，幾乎算是一種自我滿足的體貼表現，但赫蘿確實感受到他的體貼，也表現出開心的反應。

不過，反過來說，萬一羅倫斯沒注意到這方面的體貼表現，就很有可能因此不小心戳到她的痛處。

「話說，汝又打聽到什麼消息回來了？」

像是看見孩子接觸到新知識後急欲發表的母親似地，赫蘿露出了洗耳恭聽的模樣說道。

赫蘿不是那種總是顯得柔弱的女孩。

「汝這次似乎顯得特別愉快的樣子吶。」

羅倫斯看似愉快地開始訴說起打聽來的消息，赫蘿一邊吃著尾巴料理，一邊興致勃勃地聆聽羅倫斯說話。

羅倫斯想與雷諾斯的編年史作家，同時是五十人會議書記的里戈羅見面的目的變成了兩個。一個目的是為了詢問雷諾斯有無關於赫蘿傳說的記錄，另一個目的是為了詢問雷諾斯詳細的最新狀況。

後者的目的完全是來自羅倫斯的職業病所引起的興趣，而回顧一路旅行至今的前例，儘管赫蘿願意聆聽羅倫斯說話，當然也沒有給他好臉色看。

事實上，如果有人詢問說：「有必要為了賺錢，從紛爭之中找縫兒鑽，不顧危險地想要像鍊金術那樣吸金嗎？」羅倫斯的答案會是完全沒必要。羅倫斯在異教徒城鎮卡梅爾森所獲得的利益之多，足以讓他只要如往常般持續風平浪靜地做生意，就能夠在不久的將來實現擁有商店的夢想。既然如此，與其分秒必爭地運送商品設法賺錢，或是冒險去做投機生意，不如靜靜待在城鎮，花時間建立人脈，對未來的生意會有幫助許多。

雖然不是商人的赫蘿沒有明說哪條路對未來的生意比較有幫助，不過她提出了相似的論點。她說：「既然不缺錢，不如悠哉一些。」

因為坐著不動很冷，赫蘿在談話途中就已鑽進被窩裡，不久後開始打起盹來。當羅倫斯坐在赫蘿床邊說話時，赫蘿毫不矯飾地輕輕握住羅倫斯的手。

坐在赫蘿床邊感受著如此平靜的時光流逝，羅倫斯不禁開始覺得赫蘿的意見再正確不過了。

然而，如果是在旅途上還說得過去，可是一旦來到城鎮後，羅倫斯就無法悠然度日了。因為旅行商人本來就不是那麼悠哉的生物。

雖然羅倫斯很希望赫蘿能夠明白這點，但似乎並不容易。

不過，該說是幸運嗎？羅倫斯目前並無法立刻採取什麼行動。

從雷諾斯目前的狀況看來，想必所有參加會議的人，包括里戈羅都不可能不經考量地就與外地來的商人們見面。

因為這是攸關雷諾斯存活的皮草進出口事件，萬一遭人惡意指摘與來歷不明的外地商人見面，恐怕會因此失去在城裡的社會地位。羅倫斯要是與會者，絕對不會與外地商人見面。

即便如此，仍打算讓與會者和外地商人見面的話，就必須委託有辦法從中牽線的人。

只是，究竟有沒有必要這麼做？當羅倫斯這麼重新思考時，也無法說服自己點頭認同。而且，如果太為難人以致讓對方留下不好的印象，就難以查看有關赫蘿的記錄了。

雖然赫蘿表面上說過得悠哉一些，但其實她心裡一定恨不得早點能夠查看記錄。絕對要避免不能查看記錄的事情發生……就在羅倫斯這麼東想西想時，赫蘿不知何時已經呼呼睡去了。

還真是吃飽睡，睡飽吃。

赫蘿總是像動物一樣過得如此悠然自得。她那樣的生活方式，是許多為了生計而日復一日地勞動的人們都曾經夢想過的生活。

看著一副理所當然的模樣如此生活的赫蘿，羅倫斯不禁感到有些憤恨。他鬆開與赫蘿握住的手，用食指表面輕輕劃過赫蘿彷彿被仔細琢磨過的蛋形臉頰。赫蘿剛入睡時，有時就算輕輕頂一下她的頭，她也不會醒來。赫蘿現在也只是一副覺得很煩的模樣皺了一下眉頭，沒睜開眼睛地把臉鑽進被窩底下。

這是不代表什麼意義、很平靜的幸福時光。或許這樣的時光不會帶來任何收穫，只是時間一點一滴地在流逝，但這確實是羅倫斯獨自坐在馬車上時曾經渴望擁有的生活。

這明明是羅倫斯幾乎確信自己所想要的生活，他卻清楚感受到心中有種「虛度了現在這個瞬間」的焦躁感。

如果不設法賺錢、不設法收集生意情報，就會造成無法挽救的虧損。這樣的想法在羅倫斯腦中揮之不去。

羅倫斯記起師父曾說過「商魂是絕對不會消失的炭火」，不禁覺得這把炭火或許是會讓人心焦如焚的地獄之火。

獨自一人的時候，這把火或許能夠暖和身體，但兩個人的時候，似乎有些太熱了。

尤其是光看到赫蘿的笑臉，就已經讓人覺得夠暖和了。

世上總有不如意的事。

想到這裡時，羅倫斯從床邊站起來，在房間裡踱步。

就算沒有跳進這次的事件，但至少為了將來能夠參考學習，羅倫斯還是希望掌握到有關雷諾斯的詳細動向。

為了達到這個目的，直接與五十人會議的與會者見面是最佳方法；而為了得到沒有偏私的情報，能夠與不代表任何人利益、算是旁觀者的與會者見面，那更為理想。

編年史作家，也是會議書記的里戈羅完全符合了這個條件。

然而，沒有一個與會者會願意與外地商人見面吧。

羅倫斯的思緒又繞到同樣的問題上。

若他想要突破現狀，就必須從其他地方下手。然而，羅倫斯目前擁有的情報來源頂多只有酒吧女孩而已。

如果要讓情報來源拓展到掌握大量資訊的城鎮商人，羅倫斯就必須耗費相當大的勞力。

目前應該有很多人暗中調查著會議情報，羅倫斯怎麼也不認為憑他一人能夠靠智慧和手段勝過四周的人們，而且打算賣出情報的人一定有眾多對象可賣，很難預料他們會要求多麼高額的情報費。

倘若羅倫斯在雷諾斯有熟人，或許就有可能接近核心，採取些什麼行動。

雖然只要有貨幣就買得到商品，很多時候卻只能用信用買到情報。

看來，儘管面對如此有趣的事態，羅倫斯還是無計可施。

羅倫斯像隻看見狹窄縫隙另一端有好吃的肉，卻咬不到肉的小狗一樣在房間裡來回走動，最後終於嘆了口氣停下腳步站著。

他察覺到自己現在這副德性，跟理想中的商人模樣相差了十萬八千里。

不僅如此，他甚至覺得原先早已擁有的冷靜和謹慎態度不知消失到了何方。這樣的他簡直像在走回頭路，回到滿腦子只想著怎麼大撈一筆、剛自立門戶不久的少年時代。

太浮躁了。

羅倫斯這麼告訴自己後，瞥了赫蘿一眼。

他心想該不會就是這隻自大的狼女害他變得浮躁的吧？

羅倫斯越想越覺得這個可能性很高。

與赫蘿的對話讓他覺得太愉快了。

或許是因為這樣，羅倫斯才會開始疏忽起其他事情。

「……」

羅倫斯一邊撫摸下巴的鬍鬚，一邊暗自嘀咕說：「好一個推卸責任的方法啊。」

雖然覺得非常可惜，但羅倫斯也只能決定暫時不去想有關皮草的話題。

這麼一來，羅倫斯首先能做的，就是收集從雷諾斯到更北方的紐希拉的道路情報。運氣好的話，或許前往紐希拉的道路還沒受到積雪阻礙，羅倫斯與赫蘿就可以繼續往北走。

有關皮草的話題……還是順便打聽看看好了。羅倫斯暗自補上這麼一句話後，走出了房間。

羅倫斯一走下民宿一樓，便聽見雜亂堆放的貨物一角傳來窸窸窣窣的聲音。

雖然這裡沒有上鎖、也沒有看守員，但似乎有相當多的商人會租借這個簡易倉庫。

這個簡易倉庫的租金不高，幾乎所有利用這裡的商人都是把這裡當成行商的中繼站，或者把價格會因季節性而變動的商品存放在這裡。不過，羅倫斯覺得若其中有人把走私品或贓物存放在這裡，也不足為奇。

雖然羅倫斯聽得見倉庫傳來翻找貨物的聲音，但因為堆高的貨物形成了陰影，所以看不見是誰在翻找貨物。

不過，民宿老闆阿洛德也似乎完全不認為房客會擅自翻開他人貨物，他一副事不關己的模樣在鐵鍋上灑水，調整著火勢過強的炭火。

「北方的路？」

雖然羅倫斯早上向阿洛德詢問編年史作家時，阿洛德露出像是聽到小孩子詢問難解的神學問題似的表情，但對於這個問題，他似乎早已司空見慣的樣子。

阿洛德一副彷彿在說「這個問題就好回答了」似的模樣點點頭後，毫不在意灰燼揚起地咳了一聲說：

「今年很少下雪。雖然我不知道你打算去哪裡，但路途應該不會太辛苦吧。」

「我目前計畫前往紐希拉。」

阿洛德揚起左眉，睜大他那就快被眼瞼皺紋埋沒的藍色眼睛。

羅倫斯在營業用笑臉底下不禁感到有些畏縮。阿洛德拍了拍鬍鬚，揮去在木炭上灑水時揚起的灰燼後，喃喃說：

「怎麼會想特地前往異教之地……不過，或許這就是所謂的商人吧。扛著裝有金錢的袋子，無論哪兒都去……」

「結果卻在死去的那一刻不得不丟下那只袋子。」

羅倫斯為了討好信仰虔誠的阿洛德刻意這麼說，沒想到阿洛德卻是有些不悅地用鼻子哼了一聲說：

「既然這樣，何必賺錢？為了丟棄而擁有，這……」

想必這是很多商人自身也會抱有的疑問。

不過，羅倫斯曾聽過一個很有趣的回答。

「打掃房間的時候，就不會問一樣的問題。」

金錢是垃圾，而賺錢是在收集垃圾。

金錢會污染向神明借來的世界，所以收集這些金錢再加以丟棄是一種美德——這是臨終前改過向善的某個南方國家富商所說的話。

聖職者聽到這句話時會感動不已，而商人們聽到時，卻會用倒入葡萄酒的杯子掩飾曖昧的笑容。商人的生意做得越大，就會擁有越多無形的財產，因為大商人的財產只會以帳簿上的數字或單據的形式存在。

重點就是，商人們認為既然這些數字或文字會污染世界，那麼寫在紙張上的神明教誨也是相似的存在，所以為了保持世界的美好，應該也一併丟棄。如此諷刺的解釋才是商人們的見解。

羅倫斯也贊同後者的說法。雖然覺得對赫蘿過意不去，但羅倫斯認為與其信奉不管怎麼祈禱，也不肯幫忙的神明教誨，還不如信仰大商人的生意守則比較有用。

「呵。」

阿洛德看似開心地笑笑，然後用難得聽得到的愉悅口吻說了句：「算了。」

與其說阿洛德是因為羅倫斯的回答而變得開心，他的樣子更像是因為知道諷刺的意思，而樂在其中。

「那麼，你打算早早出發嗎？我記得你好像預付了比較多的住宿費……」

「不，我打算先等到五十人會議結束後，再出發。」

「……這樣啊，你打算跟里戈羅見面啊。早上你問了我編年史作家的事情，好久不曾聽到這個字眼了。這時代根本沒有人會想了解過去的事情……」

阿洛德一邊說道，一邊瞇起眼睛彷彿看向了遠方。

想必阿洛德一定在視線前方看見了他一路走來的生涯。

不過，阿洛德立刻張大眼睛拉回視線說：

「總之，如果要去北方，盡早出發的好。如果現在出發，你那匹馬應該可以撐到半路吧。在那之後……如果你急著趕路，那就換上長毛種的馬，改坐雪橇比較好。」

「我看見馬廄有一匹長毛種的馬。」

「那匹馬的主人是北方人，他應該知道詳細的道路狀況吧。」

「他的名字是？」

聽到羅倫斯這麼詢問，阿洛德第一次在羅倫斯面前露出感到意外的表情。

羅倫斯不禁覺得那表情挺可愛的。

「對喔。雖然他長年都會來這裡住宿，但我從來沒問過他的名字。我明明連他每年像吹氣球一樣變胖的身材都有鮮明印象呢，原來如此……也是會發生這種事情的啊……」

這家民宿連登記住宿的本子都沒有，實在教人不得不佩服。

「他是北方的皮草商人，現在應該在城裡東奔西跑吧……我如果見到他，會轉告你的事。」

「麻煩您了。」

「啊，不過，如果你打算等到五十人會議結束，說不定得等到春天。」

說著，阿洛德這時第一次喝了口加熱過的葡萄酒。

這是阿洛德第一次如此饒舌地與羅倫斯交談，可見他的心情真的很好。

「會議有可能拖這麼久嗎？」

羅倫斯心想趁著阿洛德心情好，或許可以多打聽出一些情報，於是這麼詢問。但沒想到阿洛德聽了，立刻收起臉上的所有表情陷入了沉默。為了平靜度過餘生，阿洛德做了正確的決定。

這麼想著的羅倫斯自知是該離開的時候。就在他準備向阿洛德道謝時，阿洛德像是要阻擋羅倫斯說話似的先開口說：

「就連個人的人生都有趨勢了，聚集眾多個人的城鎮當然也會有趨勢……」

阿洛德這麼說十分符合退休者的發言。

只是，羅倫斯還年輕。

「違背命運是人之常情。人們總在犯了錯之後，才向神明祈禱以求補償。」

阿洛德沉默不語地用藍色眼睛看向羅倫斯。

他的眼神像在生氣，也像是瞧不起羅倫斯。

即便如此，羅倫斯卻絲毫沒有顯得畏縮。那是因為他覺得阿洛德似乎樂在其中的樣子。

「咯咯，似乎很難反駁啊……我好久不曾這麼愉快了。你是第三次來到這裡對吧？你叫什麼名字？」

阿洛德連長年利用這家民宿的皮草商名字都不知道，卻詢問了羅倫斯的姓名。想必他不是以民宿老闆的身分，而是以工匠身分詢問的吧。

技術高超的工匠詢問客人姓名的行為，是在告訴那名客人只要是他訂購的物品，無論有多麼難加工，都會加以完成。這是一種工匠表示信賴的儀式。

羅倫斯似乎被這位沉默寡言、態度冷漠的皮繩工匠師傅喜歡上了。

他一邊伸出手，一邊道出姓名說：「我是克拉福．羅倫斯。」

「克拉福．羅倫斯啊。我是阿洛德．伊克勞德。要是從前的我，就可以幫你做一條我引以為傲的皮繩，不過現在的我頂多能夠提供你度過安靜夜晚的地方而已。」

「這比什麼都好。」

聽到羅倫斯這麼說，阿洛德第一次露出缺了一角的牙齒笑了。

「那麼，失陪了。」

就在羅倫斯準備離開的那一瞬間，阿洛德的視線移向羅倫斯的後方。羅倫斯隨之轉過頭看，看見了出乎預料的人物。

被赫蘿說是女孩的女商人穿著一身不變的重裝，右手提著麻袋站在羅倫斯後方。方才似乎就是這名女商人在倉庫裡翻找貨物。

「你這麼快就問他名字啊?我可是到了第五次才被問名字哪，阿洛德先生。」

沙啞的聲音顯得十分男性化。如果不是聽到赫蘿那麼說，羅倫斯一定會以為對方是個經驗老道的男商人。

「因為我是在妳第五次來這裡時，才跟妳說過話。」

阿洛德說道，他看了羅倫斯一眼後繼續說：

「妳自己才是難得開口說話吧，難道妳今天和我一樣心情很好?」

「或許。」

說著，女商人在頭巾底下露出笑容。羅倫斯看著女商人的嘴邊，心想：「原來如此，的確連半點鬍渣都看不到。」

「我說你啊。」

女商人對著羅倫斯搭腔道。

羅倫斯當然露出商談用的表情做出回應：

「什麼事呢?」

「要不要談談?你想找里戈羅吧?」

如果拿赫蘿來比喻，羅倫斯表現出來的大概是赫蘿稍微動了一下耳朵的驚訝程度。

羅倫斯帶著連一根鬍鬚也沒動的自信回答了句：「是的。」

阿洛德在聽見里戈羅的名字出現那瞬間，立刻別開臉伸手拿起葡萄酒杯。在這種時期聽到商人提起五十人會議的參加者姓名，一般人都會做出這樣的反應吧。

「到樓上談可吧？」

女商人伸手指向二樓說道，羅倫斯當然沒有異議地點了點頭。

「我借走了。」

女商人一拿起放在阿洛德椅子後方的鐵製水壺，便動作迅速地爬上階梯。女商人似乎與阿洛德相當親近的樣子，但又不像親戚，兩人究竟是什麼關係呢？

羅倫斯好奇地這麼想著，但他看見阿洛德的側臉已經恢復成平時那個態度冷漠的民宿老闆。

他向阿洛德道了聲謝後，便跟隨女商人走去。

二樓不見任何人影，女商人走到暖爐前，「咚」的一聲當場盤腿坐了下來。從女商人坐下時的動作，不難看出她很習慣於站立或坐在狹窄的地方。如果是兌換商，說不定乍看之下會以為她是同行。

女商人看起來果然像是已從商好一段時間。

「唷，果然沒錯。這個葡萄酒不該加熱喝，太可惜了。」

她在暖爐前一坐下來，便啜了一小口水壺裡的葡萄酒這麼說。

對方的個性顯得意外地隨和，但也有可能是故意表現得隨和。如果是故意，那究竟有什麼目的？羅倫斯一邊這麼想，一邊坐了下來。

她啜了一、兩口葡萄酒，擦了擦嘴角後，便把整個水壺遞給羅倫斯。

「話說，你好像很提防我，可以告訴我原因嗎？」

雖然羅倫斯無法確認女商人被頭巾遮住的表情，但對方似乎把他的表情看得一清二楚。

「因為我是個旅行商人，做的多是一生只有一次的生意。這就像是我的習慣一樣。」

說著，羅倫斯把水壺湊近嘴邊喝了一口，心想這的確是很不錯的葡萄酒。

女商人從頭巾底下直盯著羅倫斯看。

羅倫斯露出苦笑，老實說出真心話：

「畢竟女商人很少見啊。被您這樣的人搭腔，當然會比平常更警戒了。」

羅倫斯看得出女商人聽了他的話後，內心似乎瞬間動搖了一下。

「……我這幾年都不曾被人看穿過了。」

「今天早上我們不是在民宿前面擦身而過嗎？那時我的夥伴以動物性直覺發現的。」

雖然羅倫斯用了「動物性直覺」來形容，但實際應該是「動物直覺」吧。如果沒有赫蘿，羅倫斯一定也不會察覺到眼前的商人是女性。

「女人的直覺真是大意不得，由我來說好像怪怪的就是了。」

「這點我每天都有切身感受。」

雖然羅倫斯不知道女商人是否因為他說的話而展露笑容，但是女商人舉高手到頸部位置後，解開綁住頭巾的繩子，以熟練的動作脫去頭巾。

羅倫斯暗自說：「不知道會是個臉型多麼精悍的女人出現？」並帶著有些期待的心情望著女商人。然而，當看見女商人的臉從頭巾底下露出來的那一瞬間，羅倫斯不敢說自己完全掩飾了驚訝情緒。

「我名叫芙洛兒・波倫。因為芙洛兒這個名字太缺乏緊張感，所以在生意上我都以伊弗・波倫自稱。」

自稱是芙洛兒，也是伊弗的女商人比羅倫斯想像中的年輕。

不過，女商人並沒有年輕到正值荳蔻年華、只要年輕就有價值的年紀，而是必須經過人生歷練才能夠散發出美麗光芒的年紀。具體來說，女商人應該與羅倫斯的年紀相仿。

與女商人擁有的藍色眼睛無關地，她的臉上散發出有如經過百般鍛鍊而得的藍鋼般氣氛。

她有一頭金色短髮，如果展露笑容，想必會像個美少年吧。

在她沒有展露笑容的時候，則給人一種彷彿只要碰到她，手指就會被咬斷似的感覺，就跟狼沒兩樣。

「我是克拉福・羅倫斯。」

「要叫你克拉福?還是羅倫斯?」

「生意上我是以羅倫斯自稱。」

「我是以伊弗自稱,因為我不怎喜歡波倫這個姓。還有,我知道自己化了妝,再接上長髮後,在男人眼中會映出什麼容貌,所以我也不喜歡被稱讚。」

聽到女商人先發制人地這麼說,險些說出讚美話語的羅倫斯趕緊閉上嘴巴。

「如果瞞得過,我是不打算坦白。」

應該是指坦白自己是女性的事吧。

或許是不願意被其他人看見,伊弗立刻戴上頭巾,用繩子牢牢綁住。

用棉布包住的利刀——羅倫斯的腦海不禁浮現這樣的感想。

「我本來就不是沉默寡言的人,說起來應該算是長舌,也自信善於交際。」

「關於善於交際的部分,我會循序漸進地改變對妳的印象。」

伊弗不知為了什麼原因願意在羅倫斯面前脫去頭巾,變得如此多話,所以覺得自己也該有所表現的羅倫斯試著俏皮地說道。

雖說對方是女性,但只要不是面對被保護得好好的千金小姐,羅倫斯就不會覺得緊張。

「你這傢伙真有趣,難怪那老頭會喜歡你。」

「不敢當。可是，我只和妳打過招呼而已，我不明白自己怎麼會被妳喜歡。」

「商人不會一見鍾情，所以很遺憾，不是那麼回事。不過，你長得的確不錯。話說，我之所以會向你搭腔，純粹是因為我想跟人聊聊。」

雖然與伊弗頭巾底下的臉型相較之下，她說起話來的方式顯得粗野許多，但卻散發出與赫蘿一樣的味道。

羅倫斯如果太掉以輕心，很有可能會掉進陷阱。

「我如此光榮地被妳選上的原因是？」

「第一個原因是阿洛德老頭喜歡你，他就只有看人的眼光很準。另一個原因是你那識破我性別的夥伴。」

「我的夥伴？」

「沒錯，你的夥伴。她是女的吧？」

如果赫蘿那模樣是個少年，想必放蕩弛縱的有錢貴族會很高興吧。

不過，羅倫斯當然明白伊弗想表達的意思。

伊弗是因為看見羅倫斯帶著女伴旅行，所以覺得向他搭腔不會有問題吧。

「如果是商談那當然另當別論，但如果是要閒聊，就很難一直隱瞞我是女的。因為我明白自己是個稀有動物，所以也不是不能體會對方會想扯掉我頭巾的心情。」

「雖然這麼說會變成讚美的話語，不過妳如果拿掉頭巾，那些喝了酒的商人們應該會開心得不得了吧。」

伊弗揚起左邊的嘴角笑笑。光是這樣的反應，就顯得氣勢十足。

「所以呢，我在尋找閒聊對象時，總會斟酌一番。最適合當我閒聊對象的除了氣勢不再的老頭之外，就剩下有女伴的人了。」

伊弗是比精靈更罕見的女商人，想必她平時受的精神折磨根本不是羅倫斯所想像得到的。

「不過，帶著女伴行動的商人很少見。一般會帶著女伴行動的不是旅行聖職者，就是夫婦同行的旅行工匠或旅行表演者。和這些人說話總是話不對題，無聊透了。」

羅倫斯輕輕笑笑說：

「不過，我和我的夥伴會一同旅行是有很多原因的。」

「這我當然不會過問。你們兩人似乎很習慣於旅行的樣子，而且也不像靠金錢聯繫起來的關係。所以我才會覺得找你閒聊應該沒問題吧。」

伊弗說罷，催促著羅倫斯把水壺遞給她。

在不使用酒杯、輪流喝酒的地方，拿著酒不放會遭人抱怨。

羅倫斯道了聲歉後，把水壺遞給了伊弗。

「所以就是這麼回事。只是，我總不能沒頭沒腦地跟你說：『我們來聊天好嗎？』吧？所以我拿里戈羅的名字當作藉口，不過也不完全是藉口。你想見里戈羅吧？」

伊弗從頭巾縫隙裡看向羅倫斯，羅倫斯卻完全看不到她的表情。伊弗不僅善於交際，也十分懂得如何與人交涉。

羅倫斯實在無法認為這是在閒聊，依然動著商談用的頭腦回答：

「是的。可以的話，越快越好。」

「我可以問為什麼嗎？」

羅倫斯猜測不到伊弗是抱著什麼意圖這麼詢問。

純粹是好奇心嗎？還是伊弗在得知羅倫斯想與里戈羅見面的理由後，打算加以利用呢？或者她是故意丟出問題，想試探羅倫斯的反應呢？

如果赫蘿在身邊，或許羅倫斯還能夠取得優勢，但現在的他有些被對方氣勢壓倒的感覺。

雖然覺得心有不甘，但羅倫斯也只能放棄攻擊，進入守備。

「因為我聽說里戈羅先生是雷諾斯的編年史作家，所以想請他讓我看看雷諾斯留有的古老傳說記錄。」

關於皮草的話題太敏感。在完全無法確認伊弗的表情之下，羅倫斯覺得提出皮草話題太危險了。因為羅倫斯不像伊弗那樣戴著頭巾遮住了臉，所以伊弗一定輕鬆看出了他充滿戒心的表情。

即便如此，伊弗似乎仍感覺出羅倫斯話中帶有一定的可信度。

「原來還有這種奇怪的目的啊，我還以為你鐵定是為了收集有關皮草的情報呢。」

「畢竟我也是個商人，如果能夠得到皮草的情報，當然再好不過了。不過，這太危險了，我的夥伴也不希望我這麼做。」

羅倫斯覺得在伊弗面前耍小手段，只會讓自己玩火自焚。

「那傢伙的書齋確實堆了像山一樣高，據說傳了好幾代下來的書本，他本人好像也夢想著能夠每天閱讀那些書本度日。他無時無刻都想著要辭去五十人會議的書記職務。」

「真的嗎？」

「是啊。他本來就不喜歡與人往來，再加上他站在最適合問出會議內容的立場，對吧？所以想與他接觸的傢伙一個接一個地不斷出現。如果現在直接去找他，他肯定會露出可怕的表情讓你吃閉門羹。」

雖然羅倫斯表現出一副認同的模樣答了句：「原來如此。」但是伊弗當然不可能認為羅倫斯當真聽得入神。

因為伊弗在言語間流露出她有辦法讓羅倫斯與里戈羅見面的感覺。

「然後啊，沒錯，你最在意的應該是我怎麼有辦法安排你們見面吧。我和這裡的教會有生意往來，跟教會的關係也不錯。然後啊，里戈羅那傢伙平常也會幫教會寫寫文章，我們因為這樣的緣分，已經認識好一段時間了。」

羅倫斯沒有懷疑伊弗說的話。

因為一旦他心生懷疑，將無法避免內心產生先入為主的觀念，萬一伊弗察覺到了這點，羅倫斯就有被趁機攻擊的危險性。

所以，羅倫斯很快地說出真心話：

「可以的話，能否請妳幫忙讓我與里戈羅見面，請他讓我看記錄。」

伊弗的嘴角好像動了一下，羅倫斯知道自己不是因為多心而看錯。

她似乎也享受著這場交涉的樂趣。

「你不問我在做什麼生意嗎？」

「因為你也沒問我的夥伴從事什麼行業。」

與伊弗的交談讓羅倫斯感受到不同於與赫蘿交談時的緊張感。

不過，羅倫斯在心中暗自喃喃說：「很愉快。」

「咳呵……」

所以，當羅倫斯聽見這個如咳嗽般的笑聲時，他不禁瞬間懷疑了一下聲音不是從自己的口中而出。

「哇哈哈！讚啦，妙呆了。我本來還有些瞧不起你是個會帶著女伴行動的年輕商人，幸好有主動跟你說話。商人羅倫斯，雖然我不知道你是不是個傑出人物，但是你和一大堆烏合之眾似乎有些不同。」

「謝謝妳的誇獎。可是，如果要握手，可能要請妳再等一下。」

伊弗聽了，露出心滿意足的笑容。

羅倫斯不由地確認了一下伊弗的笑容底下是否藏有尖牙，因為她的笑容實在太像某人了。

「你應該不是那種會緊張得流手汗的膽小鬼吧。從剛剛你就一直保持著讓人猜不透的表情，難怪阿洛德那老頭會喜歡你。」

羅倫斯當然知道這只是奉承的話語。

「那麼，我不問妳在做什麼生意，但可不可以問另一個問題？」

伊弗保持著臉上的笑容，但羅倫斯確信她眼底絕對沒有笑意。

「怎？」

「嗯，請問要多少介紹費呢？」

羅倫斯在黑不見底的漆黑水井投下了一顆石頭。

他不知道這口水井有多深，井底還有沒有水。

隔了一會兒後，井底傳來了聲音。

「我不要錢，也不要東西。」

是口枯井嗎？

雖然羅倫斯這麼想，但伊弗一邊把水壺遞給羅倫斯，一邊補充：

「不過，你可不可以陪我閒聊？」

出乎意料地，井底傳來的聲音一點也不乾枯。

羅倫斯刻意收起臉上的表情，眼神冷淡且露骨地看著伊弗，並思考她的話語。

伊弗笑著聳了聳肩說：

「你挺行的嘛。真的，我沒騙你。你當然會覺得奇怪吧，不過對我來說，能夠不隱瞞我是女性的閒聊對象，尤其是商人，比利馬金幣還可貴。」

「那麼，比盧米歐尼金幣的價值低囉？」

從對方被人開玩笑時表現出來的反應當中，最能看出井底有多深。

伊弗當然也知道這個道理。

「我也是個商人。不管怎麼樣，錢都是最重要的。」

伊弗沒有要反擊的意思，她面帶笑容這麼說。

羅倫斯也笑了。

他心想如果對象是伊弗，就是陪她閒聊整晚也沒問題吧。

「只是，我不知道你的夥伴是個什麼樣的人。可以的話，我想單獨跟你聊天。要是她在旁邊擺臭臉給我看，酒都會變得難喝。」

羅倫斯試著在記憶裡尋找赫蘿是否曾經因為這種事情嫉妒過。

遇見牧羊女諾兒菈時，赫蘿一副好像很不開心的樣子，但羅倫斯又覺得那是因為諾兒菈是個牧羊人。

「她應該不會這樣。」

「是嗎？所謂女人心海底針啊，我總是搞不懂女人在說什麼。」

羅倫斯無法控制地張圓了嘴。

伊弗一副「你上勾了」的模樣輕輕用鼻子哼了一聲。

「反正，我來這裡是為了做生意，所以也沒有太多悠哉時間，如果時間允許，我希望你可以陪我聊天。別看我這樣，其實我——」

「是個愛說話又善於交際的人。」

聽到羅倫斯做出反擊地說道，儘管聲音顯得沙啞，伊弗晃動著肩膀發出的笑聲卻充滿少女的氣息。

「是啊，沒錯。」

不過，雖然伊弗回答時的口吻顯得輕佻，聲音卻十分地誠摯。

雖然羅倫斯不知道伊弗一個女人是怎麼當上商人，但他想像得到以一個女兒身在慾望翻騰的商人世界裡打滾有多麼不容易。伊弗之所以無法輕鬆與人閒聊，想必也是她的一種自衛方法。

羅倫斯喝了一口水壺裡的葡萄酒，刻意回頭看了通往三樓的階梯方向一眼，然後回答說：

「只要不閒聊太久，免得我的夥伴嫉妒就好了。」

「哇啊，這條件很難配合耶。」

然後，像足了商人的兩人沒出聲地彼此笑笑。

伊弗告訴羅倫斯會議要等到接近傍晚時分以後才可能結束，而她因為有事不能同行，所以會事先告知里戈羅的家人。

因此，過了中午休息一會兒後，羅倫斯與赫蘿兩人便一同離開民宿。

里戈羅的住家位於城鎮中央稍微往北走的區段。

這個區段有著地基和一樓部分都以堅固岩石建造而成的成排住家，看得出來算是富裕人家居住的區段。然而，這裡的氣氛不是很好。這裡的住家反覆用木頭增建，兩旁凸出的牆壁夾著巷道，讓人路過時有種彷彿頭頂上的牆壁就快碰撞在一起的感覺。

這個區段原本應該是有錢人家居住的地方，但隨著時間經過，似乎逐漸沒落了。

如果是代代富裕的世家，對於使用金錢和金錢本身並不會感到喜悅，但暴發戶就不同了。

暴發戶們一有錢，就會想以某種形式表現出來，他們一定爭先恐後地增建了房子吧。

雖然增建房子沒什麼不好，但是增建出來的部分完全破壞了區段景觀，昏暗的小巷子裡也出現野狗和乞丐，帶來了沒落的氣氛。

這麼一來，真正的有錢人就會離開這裡，房價也會一路下跌，區段水準也會逐漸降低。

想必過去在這個區段擁有房子的，大部分是放高利貸的人，或是中堅商行的主人們吧。

目前似乎是一些工匠的徒弟和攤販商居住在這個區段。

「這路還真是狹窄吶。」

或許是建築物太沉重，石塊鋪成的道路兩旁變得歪斜，再加上或許是被苦於生活的窮人們給賣掉了，路面四處可見石塊被偷走而形成的凹槽。

積了水的凹槽使得沒落的氣氛變得更濃，而狹窄的道路又更加快氣氛變濃的速度。這裡的道路狹窄得連羅倫斯與赫蘿兩人都無法並肩而行，要是前方有人走來，想必兩人必須貼著牆壁讓對方通過吧。

「雖然是挺不方便的，不過我還蠻喜歡這種雜亂的地方。」

「喔？」

「這樣不是有種經年累月的感覺嗎？就像傷痕累累的工具一樣慢慢、慢慢地變形，最後變成獨一無二的東西。」

羅倫斯回頭看向身後的赫蘿，他看見赫蘿一邊摸著牆壁，一邊走著。

「就像河川的形狀會逐漸改變的意思嗎？」

「……很遺憾，我沒辦法理解妳舉的例子。」

「嗯。那麼……以人心來比喻如何？汝等好像會說是『靈魂』唄。」

聽到赫蘿突然舉出這麼親近的例子，羅倫斯一時之間有些反應不過來，但還是回答了句：

「是啊。」

「如果可以取出靈魂，變成有形物體，或許就是這樣的感覺吧。一點一點地被切割，受了傷再復原，最後變成一眼就能看出是我的靈魂……啊。」

羅倫斯一邊說話時，碰上了幾乎覆蓋整個路面的水窪。他先大步跨過水窪後，轉身對著赫蘿伸出了手。

「請。」

聽到羅倫斯刻意獻殷勤地這麼說，赫蘿也動作誇張地放上自己的手，跟著身手輕盈地跳過水窪，站到羅倫斯身旁。

「如果能夠拿出汝的靈魂。」

「嗯？」

「一定被咱的顏色染了一大塊唄。」

赫蘿抬起頭直直注視著羅倫斯，她的琥珀色眼睛已經不會讓羅倫斯感到畏縮。

這樣的互動多了，新鮮感也快沒了。
羅倫斯聳了聳肩，走了出去說：
「與其說被染上顏色，不如說被下了毒比較貼切。」
「這樣的話，那就是劇毒。」
赫蘿輕輕滑過羅倫斯身邊走到前頭後，轉頭越過肩膀一臉得意地說：
「因為咱的笑臉總會讓汝一敗塗地吶。」
羅倫斯一邊感到佩服地覺得真虧赫蘿每次都想得到這些話語，一邊回答說：
「那，妳的靈魂是什麼顏色?」
「什麼顏色?」
赫蘿反問道，跟著一副感到迷惑的表情轉頭面向前方。羅倫斯從後方看見赫蘿走路的速度變慢，而且傾著頭。雖然羅倫斯追上了赫蘿的腳步，但因為道路狹窄，所以他沒有超越赫蘿，而是從後方稍微探出頭看向赫蘿。
他看見赫蘿數著兩手手指，口中唸唸有詞地不知道在說些什麼。
「嗯。」
然後，赫蘿一發現羅倫斯探出頭看著她的手邊，便抬起頭讓身子倒向後方地看向羅倫斯說：
「很多顏色吶。」

「……是喔。」

雖然羅倫斯霎時沒能理解赫蘿的真意，但是他立刻察覺到那是指赫蘿的戀愛經歷。

赫蘿活了這麼久，當然應該有過一、兩次的戀愛經驗。從赫蘿對答如流的表現看來，想必對象是人類的戀愛經驗也很多吧。

因為赫蘿一停下腳步，就會擋住整條路，所以羅倫斯輕輕推了一下她纖細的背部，催促她往前走。

她聽話地重新踏出步伐。

因為赫蘿總是走在羅倫斯身邊，所以羅倫斯很少有機會看見她的背影，羅倫斯不禁覺得有些新鮮。

赫蘿的背影顯得非常纖瘦，即使穿了厚重衣物，纖細的身形依然清楚可見。她的步伐不大，走路速度也不快，用「靜靜的」來形容十分貼切。羅倫斯忍不住心想如果她的背影還隱約散發出寂寞的感覺，一定會上前抱住那柔軟的身軀。

或許這種想法就叫做被激起保護欲吧。

羅倫斯帶著苦笑這麼想著時，腦海裡忽然跳出一個疑問：

赫蘿方才數著手指，到底算出多少男人抱過她嬌小的肩膀？

在那些時候，赫蘿露出什麼樣的表情了呢？她是一臉開心地瞇起眼睛撒嬌嗎？還是顫抖著耳朵，難以掩飾開心情緒地甩動尾巴呢？

赫蘿又不是個小孩子，既然都牽著手、抱住肩膀了……

羅倫斯在心中暗自思考。

除了我之外，赫蘿還跟誰在一起過？

「……」

就在腦海裡浮現這個想法的瞬間，羅倫斯急忙把這個想法趕出腦中。

因為帶著討人厭顏色的火燄從他心底一閃而過。

羅倫斯感覺到彷彿就快從崖邊摔落時會有的悸動。這種感覺也像是伸手觸摸以為火已熄滅的木炭，結果被嚴重灼傷時會有的驚訝情緒。

赫蘿方才數了手指。

這明明是極為理所當然的事情，但在羅倫斯的想像中，赫蘿每彎曲一根手指頭，他的心就像被揪了一下似的，最後甚至引來冒出濃煙的怒火。

羅倫斯當然明白這是什麼樣的情緒。

這是黑不見底的佔有欲。

羅倫斯自己都覺得受不了自己，他不禁心想自己是多麼自私的生物。

儘管商人是欲望的化身，而羅倫斯是以這個職業謀生的人，他仍然覺得自己十分自私。

抱有佔有欲的罪惡之深，與只想獨自一人賺錢的欲望根本不成正比。

「那，汝反省好了沒？」

所以，當赫蘿轉過頭露出輕蔑的眼神看向羅倫斯時，給了他比聽到任何一個聖職者的訓誡話語都來得深刻的感覺。

「……什麼事情都逃不過妳的眼睛。」

羅倫斯的心情沉重得想要當場癱坐在地上。

所以，當他無力地這麼回答後，赫蘿意外地露出牙齒笑了。

「因為咱也一樣吶。」

「……」

「汝竟然跟那個沒半點魅力的雌性一副很開心的模樣，彷彿世上沒有更開心的事情似的在說著話。」

這時，赫蘿臉上瞬間露出憤怒的表情。

雖然羅倫斯看過好幾次赫蘿的憤怒表情，但現在的憤怒表情是他看過的表情當中，最醜陋的一個吧。

羅倫斯在心中喃喃說：「赫蘿可是賢狼啊。」

「如果我說那是身為商人聊天聊得很開心，妳可以接受嗎？」

羅倫斯試著找藉口說道。

赫蘿停下腳步，等到羅倫斯與她拉進距離後，才繼續往前走。

「咱和生意哪一個重要？汝希望咱這麼問嗎？」

在孤獨行商的旅行商人最想聽到女人對自己說的台詞排行榜上，這句台詞應該會排在前三名以內吧。

而且，這應該也是讓幾乎所有商人都感到頭痛的問題。

羅倫斯舉高雙手做出投降的姿勢。

「不過，咱會生氣的理由跟汝心裡想的完全一樣。這是既自私，又孩子氣的想法。可是，咱們擁有智慧和語言，可以互相溝通，所以咱不會發脾氣。」

「……」

赫蘿是累積很多經驗的賢狼。

剛學會揮劍的羅倫斯根本無法勝過她。

雖然羅倫斯試著在他少得可憐的語彙中尋找話語，但最後還是沒能找到適當的話語。

「我知道是我不好。」

「真的嗎？」

在赫蘿面前扯謊是行不通的。

「真的。」

然而，就是聽到羅倫斯這麼回答，赫蘿也沒有回頭。

羅倫斯不禁有些不安地心想自己該不會說錯了答案。

赫蘿依然靜靜的走著，不久後遇上了岔路。照伊弗告訴羅倫斯的路徑，遇上岔路後，應該往右邊走。

雖然氣氛有些尷尬，但因為看見赫蘿停下腳步，於是羅倫斯開口說：

「往那邊走，右邊。」

「嗯。」

說著，赫蘿回過了頭。

「這裡是岔路。」

羅倫斯沒有詢問赫蘿指的是什麼岔路。

這似乎是赫蘿為羅倫斯設下的第一道關卡，她稍微動了一下右眉說：

「汝打算怎麼處理自私的佔有欲？」

羅倫斯聽了，不禁想抗議說：「這太像聖職者會問的問題了吧？」

以表面說辭來說，這是太過自私又黑不見底的想法，所以當然必須排除它；但是以真心話來說，當然不可能排除得掉了。

這麼想著的羅倫斯露出苦澀表情看向赫蘿。

這時，羅倫斯腦中出現不同的想法。

對方是賢狼赫蘿，她不可能因為一時興起想要把對方逼得走投無路，而提出這樣的問題。

也就是說，或許有個答案不是萬人認同的正確解答，卻可能是赫蘿認同的正確解答。

要怎樣才能找到赫蘿認同的正確解答呢？

羅倫斯陷入了思考。

赫蘿方才說過她的心情和羅倫斯一樣。

這樣的話，應該就表示在以羅倫斯的角度去看赫蘿時，能夠找到正確解答。

就算是自己絕對無法找到正確解答的艱深問題，只要從他人的角度來看，就能夠很容易地找到答案，像這種事情屢見不鮮。

或許赫蘿自身也不知道該如何處理因為佔有欲而引起的嫉妒心。

而且，赫蘿自身也渴望得知處理這種心情的方法吧。

如果真是如此，只要當作是他人的事情來思考，就能夠立刻找到答案。

羅倫斯準備開口說話時，他發現赫蘿有些警戒地動了一下身子。

「我的答案是不去處理這種心情。」

平靜的湖面出現了一道波紋。

為了讓露出這般表情的赫蘿臉上找回豐富色彩，羅倫斯必須往湖面再丟出一塊石頭。

「不過，這會伴隨著自我厭惡的心情。」

羅倫斯覺得不管是放開一切地大鬧一場，或是反之追求無私無我的境界，都不是正確解答。

如果不把這個問題當成自己的問題，而是當成赫蘿的問題來思考，羅倫斯說出的答案是最自然的反應，而且身為赫蘿想佔有的一方，這也是值得高興的反應。

說到底，這樣的反應代表著希望對方只屬於自己，只要反應不至於過度，被佔有的一方當然也會覺得開心了。

羅倫斯因為這麼想著才說出剛剛的回答，沒想到赫蘿卻是一直保持面無表情。

即便如此，羅倫斯還是沒有別開視線。因為他覺得這是赫蘿設下的最後關卡。

「呵。話說，右邊嗎？」

雖然故作鎮定地面對最後關卡，但是當羅倫斯看見赫蘿邊笑邊傾著頭這麼詢問時，不禁感到安心地嘆了口氣。

「不過……呵。」

「幹嘛？」

「佔有欲和自我厭惡啊，原來如此吶。」

赫蘿露出她的尖牙笑著說道。

當羅倫斯發現赫蘿的笑容顯得極不自然的瞬間，他只能呆呆望著往右岔路走去的赫蘿背影，沒能追上去。

「怎麼著？」

赫蘿回過頭問道，她臉上依舊掛著不懷好意的笑容。

如果羅倫斯說出讓赫蘿滿意的答案，赫蘿臉上不可能浮現這樣的笑容。羅倫斯所預期的反應是感到安心的笑容，或是板著臉，一副完全不感興趣的模樣。

那麼，在什麼情況下赫蘿會露出現在這樣的笑臉呢？

羅倫斯再次察覺到自己變得臉紅。他不禁擔心起自己一天當中臉紅這麼多次，會不會哪天變成了紅面人。

「咯咯咯，汝察覺到了啊？」

赫蘿一邊笑著說道，一邊走了回來。

「從汝的表情變化，咱清楚看出汝一開始苦惱於問題的難度，跟著轉變想法，最後找出答案。可是，只要稍微想一下，汝立刻會明白的。為了回應對方的問題而說出自己認為正確的答案吶，正代表著希望對方照自己答案去做的想法。也就是說？」

沒錯。

也就是說，赫蘿不是為了解決自己的煩惱，而等待羅倫斯的回答。

赫蘿是摩拳擦掌地等待羅倫斯揭露腦袋瓜裡的想法。

「明明很嫉妒，卻又覺得苦惱。汝希望見到咱這樣，是唄?說到底，汝就是想當個對苦惱不已的咱溫柔地伸出援手的人，是唄?咱只要裝可愛地因為自我厭惡而一邊哭泣，一邊抓住汝伸出溫柔的手就好，是唄?」

「唔……」

所謂錐心之痛，就是這種感覺吧。

羅倫斯現在能夠打從心底體會到，受侮辱的少女會想要摀住臉的心情。

擁有尖牙的狼女讓身子輕輕滑到羅倫斯身邊。

不過，赫蘿不像徹頭徹尾樂在其中的樣子，或許是羅倫斯唯一的解救。

被捉弄到這般地步，就算羅倫斯再遲鈍，也能明白赫蘿的心情。

赫蘿一定是真的為了羅倫斯與伊弗開心聊天感到嫉妒，而現在她終於一解心中悶氣。

「哼。喏，走了。」

或許是從羅倫斯完全沒能掩飾的表情看出他的心聲，赫蘿一副「不再跟你計較了」的模樣拉起羅倫斯的手向前走去。

都已經被捉弄到這般地步，赫蘿的心情應該變好了吧。她應該也不會再計較與伊弗兩人以商人身分愉快交談吧。

這麼想著的羅倫斯不禁覺得自己方才太大意了。

因為他竟然讓內心的願望就這麼赤裸裸地攤在太陽底下。

「話說，汝啊。」

雖然走進右岔路後的道路依舊狹窄，但多少寬敞了些，所以羅倫斯與赫蘿能夠並肩而行。

因此，理所當然地走在羅倫斯身邊的赫蘿，理所當然地用著平時的口吻呼喚羅倫斯。

「咱現在純粹以捉弄汝的目的想問一個問題。」

儘管聽到赫蘿這麼做出預告，羅倫斯也只能像隻等待任人宰割的兔子等著被詢問。

「汝想知道咱剛剛數了幾個人嗎？」

結果，赫蘿露出純真無垢的滿面笑容揮下了巨大的牛刀。

「我終於知道自己的心靈有多麼地脆弱。」

羅倫斯拖著滿身瘡痍的身軀，好不容易才這麼回答。沒想到赫蘿聽了，卻是挺開心的模樣。

臉上露出因充分虐待對方而大大滿足的赫蘿抱住羅倫斯的手臂說：

「在汝的脆弱心靈凍僵前，咱得趕緊用爪子好好抓上幾道傷口才行。」

羅倫斯再也說不出話來了，他只能低頭看著赫蘿的臉。

令人難以置信地，近在身邊的赫蘿看起來就像個因為惡作劇而欣喜的少女一樣，讓人不禁想要露出微笑。

不過，再可怕的惡夢終有醒來的時候。

當兩人看見伊弗告訴羅倫斯，那幢垂掛著三腳雞形狀的青銅製看板的住家時，赫蘿總算停止了狩獵。

「好了。」

先開口說話的是羅倫斯。即便如此，他的語氣還是顯得難為情又帶點不甘心，有些像是在開玩笑的口吻。

「對方好像是個很難相處的人，態度謹慎一點啊。」

羅倫斯還沒鬆開手臂，赫蘿便從他的手臂中滑了出去，然後發出「嗯」的一聲點點頭。

「跟汝在一起如美夢般的愉快互動結束，又得回到無聊的現實世界了。」

赫蘿喃喃說道，雖然羅倫斯不知道赫蘿有多認真，但是他壞心眼地同樣對著赫蘿喃喃說：

「既然這樣，等回到民宿後，再繼續睡覺不就得了。」

「唔……這點子也不錯。當然了，到時候不是數羊睡覺，而是數……」

壞心眼的程度似乎是赫蘿更勝一籌。

不過，因為赫蘿不知為何一直拿出這個話題來，所以羅倫斯決定放開一切地問說：

「那，是幾個人啊？」

雖然羅倫斯根本不想知道詳情，但如果說他完全不想知道，那會是騙人的。

因為赫蘿老是不肯結束這個話題，或許根本沒有半個人。
如果說羅倫斯沒有抱著這樣的期待，那也會是騙人的。
然而，赫蘿沒有開口回答這個問題。
她藏起所有表情，一動也不動。
赫蘿的臉看起來就像從來沒被人碰觸過、潔白無瑕的洋娃娃。
當羅倫斯察覺到赫蘿是故意這麼假裝時，他心想自己終究贏不了赫蘿。
「男人，尤其是我，真是很蠢的生物。」
聽到羅倫斯這麼說，復活過來的赫蘿看似難為情地縮起脖子笑了。

據說掛在里戈羅住家屋簷下的三腳雞，象徵著在很久以前，曾預測流經雷諾斯的羅姆河即將氾濫的雞。
雖然教會把這隻三腳雞視為神之使者，但傳說卻指出三腳雞是根據星星、月亮以及太陽的位置，也就是當時已存在的天文學記錄預言了羅姆河的氾濫。
在那之後，三腳雞被人們視為活用知識的智慧象徵。
據說代代從事編年史作家工作的里戈羅世家，想必是期望他們記錄下來的乏味枯燥知識，有一天能夠成為指示未來的指標吧。

羅倫斯敲了敲鍍銀的門環後，咳了一聲。

雖然知道伊弗應該事先做過通知，但想到那麼善於交涉的伊弗都說里戈羅是個難應付的人，羅倫斯還是控制不住地緊張起來。

儘管覺得沒出息，但有了站在後方、無事可做的赫蘿，居然就讓羅倫斯感到無比安心。

不過話說回來，羅倫斯不禁覺得自己之所以會被伊弗的氣勢壓倒，說不定就是因為自從與赫蘿相遇後，讓他有了赫蘿的存在讓人安心的想法。在遇到赫蘿之前，羅倫斯當然只能依賴自己。那時候的他不僅有絕對不輸給人的氣勢，也抱有萬一輸了，一切都完了的恐懼心。

擁有能夠依賴的同伴不知道是好？還是壞？羅倫斯思考到一半時，大門緩緩打開了。

不管在任何時候，都屬從門打開直到看見門背後的人，這段時間最讓人緊張。

緩緩打開的大門背後出現了滿臉鬍鬚的中年男子……

事實上不是這樣。

「請問是哪位？」

打開大門走了出來的人一身令人意外的裝扮。就這點而言，確實讓羅倫斯有些訝異。然而，對方不是那種會讓人緊張的存在。

對方是年約二十歲上下，以薄布料蓋住頭部直到額頭，身穿以黑色為基本色、整潔修女服的修女。

「是伊弗·波倫小姐介紹我們來的。」

「啊，我聽說了。請進。」

儘管羅倫斯刻意沒有報上姓名，修女卻沒有感到懷疑。他不知道是這名修女為人太好，或是伊弗十分受到信賴。

羅倫斯在無法判斷是前者亦或後者之下，與赫蘿兩人在修女的帶路下踏進屋內。

「請在這裡稍坐一會兒。」

一走進屋內，隨即看見了客廳。客廳裡木板鋪成的地板上覆著已褪色的絨布地毯。這裡的所有家具都不算奢華，並且呈現經年累月被使用的麥芽糖色，說出屋主住在這個區段已有好一段歷史。

因為羅倫斯第一次見到所謂的編年史作家，是住在異教徒城鎮卡梅爾森的狄安娜，所以他想像中的編年史作家房間是更雜亂無章的感覺，但這裡卻出乎意料地整齊。

固定在牆上的櫃子裡沒有排得滿滿的書本，而是裝飾著布娃娃和刺繡物。另一個做工較精緻的櫃子裡擺設著女性也能輕鬆舉起的聖母石雕像，石雕像旁邊還掛著蒜頭和洋蔥。這裡能夠說出是編年史作家住處的物品，就只有收拾整齊的羽毛筆、墨水壺，以及想必是放了用來乾燥墨水的細沙小盒子。象徵著編年史作家的羊皮紙和紙束則是放在不起眼的位置。

或許是與羅倫斯有著同樣的感想，赫蘿顯得有些意外地望著房間裡的擺設。

如果是個手頭還算寬裕的虔誠信者，家中或許會擺設聖母石雕像和象徵三腳雞的浮雕物。

不過，一般住家裡不會出現一身整齊裝扮，彷彿隨時能夠踏上傳教之旅的修女。

「久等了。」

照伊弗所說，里戈羅是個相當難應付的人，所以羅倫斯早有覺悟可能會被刁難，必須等上好一會兒。沒想到這點也出乎意料地，似乎能夠順利地見到里戈羅。

在面帶溫柔笑容、態度如熬得稀爛的濃湯般柔軟的修女帶路下，羅倫斯與赫蘿穿過連接客廳的走廊，往裡面的房間走去。

雖然赫蘿的外表看起來也頗似修女，但真正的修女所表現出來的楚楚舉止果然有著完全不同的本質。羅倫斯心想如果被赫蘿知道他現在的感想，赫蘿肯定會生氣。羅倫斯才這麼心想，赫蘿就在下一秒鐘從後方輕輕踢了他的腳。

雖然明白赫蘿一定是算好時間才這麼做，但羅倫斯還是不禁懷疑起赫蘿是不是解開他背後的鈕釦，偷看了他的內心。

「里戈羅先生，我們進來了喔。」

修女連敲門時發出的「叩、叩」聲響，都像是身手熟練地敲破蛋殼般輕柔。

然而，被敲破的雞蛋裡頭不知道會出現什麼顏色的蛋黃？

羅倫斯立刻轉換意識。在聽見房門背後傳來模糊的回應聲後，兩人穿過被開啟的房門，走進了房間。

下一秒鐘，赫蘿驚訝地發出「喔？」的一聲。

羅倫斯則是驚訝過度，連聲音都發不出來。

「耶！看到這樣的反應真教人開心。梅爾妲，妳看！他們被我嚇著了耶。」

充滿青春活力的聲音在屋內響起，名叫梅爾妲的修女隨之發出如鈴聲般的清脆笑聲。

穿過房門所看見的房間，果然如狄安娜的房間般散亂不堪。

不過，這裡或許應該用做好完善規劃的散亂來形容。就彷彿從洞穴裡看向投來光線的出口般，在房門進來後的正前面位置堆著書本及文件；從天花板垂掛下來的木製小鳥模型後方，有占滿整個牆面的玻璃窗，以及燦爛陽光照射下的碧綠庭園。

「哈哈哈，很了不起吧？只要各方人士善盡心力，就能夠讓庭園一整年都綠意盎然喔。」

擁有一頭栗色頭髮的青年這麼說完後，露出得意笑容。青年身穿漂亮剪裁的帶領襯衫，配上如貴族般沒有半絲皺摺的長褲。

「我聽芙洛兒說了，她說有個人想拜託我一件奇妙的事情。」

「……幸會，我是羅倫斯……不，我是克拉福．羅倫斯。」

雖然總算回過神來的羅倫斯恢復平時的模樣說道，並且握住里戈羅伸出的手，但他仍無法自拔地看向景色壯觀的庭園。

那是一座被建築物包圍、絕對無法從外面道路看見的秘密花園。

如此陳腐的形容浮現羅倫斯的腦海揮之不去。

「我的名字是里戈羅‧德多里，請多指教。」

「請多指教。」

然後，里戈羅的視線移向赫蘿。

「啊，這位是我的旅伴……」

「赫蘿。」

哪怕對方是第一次見面的人，赫蘿絕對不會顯得畏縮；不僅如此，赫蘿似乎能夠在瞬間知道做出什麼樣的舉動會討得對方開心。

在聽到赫蘿顯得有些自大的自我介紹後，里戈羅非但沒有生氣，反而拍手叫好地要求赫蘿與他握手。

「好了，大家也都自我介紹完了，而我呢，只要有人讚美我引以為傲的庭園，就很滿足了。為了當作回禮，我應該為兩位提供什麼服務呢？」

羅倫斯時而會遇見個性表裡不一得讓人害怕的商人，他心想或許里戈羅就是屬於這種類型的人吧。

不過，當梅爾妲體貼地為羅倫斯兩人搬來小椅子時，看見里戈羅的反應後便輕輕笑了出來，讓羅倫斯不禁認為里戈羅平時應該就是這副德性。不過，前提當然是在輕輕點了點頭離開房間的梅爾妲不是在演戲。

「我想伊弗．波倫小姐應該跟您說過了才是，我們想拜託您讓我們看看雷諾斯留有的古老傳說記錄。」

「喔～原來這是真的啊……芙洛兒……啊，在商人面前她好像是以伊弗自稱喔。因為她太調皮了，只要一跟人家混熟，就喜歡胡說八道地開玩笑。」

羅倫斯笑著心想：「原來如此。」

「所以里戈羅先生不是個滿臉長鬍鬚、表情嚴峻的隱居修道士，就是這樣的原因造成的嗎？」

「哈哈哈，她好像又亂說我壞話了。不過呢，她說我是隱居修道士也不全然是錯。因為這陣子我極力回絕與人見面，就像個厭惡人群的麻煩傢伙。」

羅倫斯才覺得里戈羅說話的音調降低，便看見他的笑臉底下隱約露出了冷漠的表情。

畢竟里戈羅是在召集了雷諾斯功成名就者的五十人會議中擔任書記的人物，就算有這樣的一面也不值得訝異。

「我也是個外地商人，您跟我見面沒問題嗎？」

「嗯，因為你來得正是時候，這或許就是所謂神的指引吧。你看我這身服裝，很像在出殯隊伍最前頭帶路的小孩吧？我到剛剛還一直在開會，現在會議總算做出了結論，所以大家就決定提早散會。」

如果里戈羅所言不假，這確實正是神的指引，但羅倫斯不禁覺得會議現在就有了結論未免太快了。

因為照阿洛德的推算，會議有可能延長到春天才結束。

難道有人強硬讓議案表決通過了嗎？

「嗯～不愧是那個倔強女孩介紹來的商人，很謹慎的樣子呢。」

當發現內心想法可能被看穿時，如果慌張地急於掩飾，那會是三流的表現。

羅倫斯身邊可是有個彷彿真能輕易看穿人類心聲的赫蘿。

他當然有辦法立刻看出對方是否在套話。

「咦？」

所以，羅倫斯佯裝無知的模樣故作糊塗地說道，但是里戈羅仍然保持著笑臉不變。

「說話老是虛虛實實、真真假假的，到最後會變得不知所云。就像事情背面的背面就是表面一樣。」

里戈羅看出羅倫斯猜出他在套話，而故作糊塗了嗎？

雖然羅倫斯相當有自信不會被識破，但是他發現面帶笑容的里戈羅眼神變得銳利。

「因為我在五十人會議裡擔任書記，所以能夠一次看出多數人的表情變化。就算光是看羅倫斯先生你的表情看不出真意，只要同時觀察你身邊的人的表情，一併考量進去的話，答案自然就會浮現了。」

羅倫斯的臉上自然地浮現了笑容。他心想即使不是名聲響亮的商人，但世上也有像里戈羅這樣的人。

「哈哈哈。不過，這就像餘興節目一樣，沒必要太當真。如果我有惡意，就不會把我的心聲說出來了。而且，如果識破對方的真意，我就沒辦法把自己的要求順利傳達給對方。假設是這樣，那就不夠資格當個商人了，是吧？」

「……很遺憾地，是的。」

「所以我才一直沒有什麼女人緣。」

羅倫斯笑著聳了聳肩，他心想里戈羅的能言善道確實與商人不同。

說話方式如經常出入宮廷的詩人般的里戈羅，在說話時也不忘同時動手，他從書桌抽屜裡拿出一把黃銅製鑰匙。

「那些古書全收在地下室。」

然後，里戈羅輕輕揮了揮鑰匙，以動作示意羅倫斯兩人跟著他走後，便往裡面的房間走去。

羅倫斯在追上里戈羅的腳步前，先看向身邊的赫蘿。

「聽說事情背面的背面就是表面。」

「沒想到連咱的表情都觀察了……」

「我也是第一次看見有這種本領的人。」

或許這是里戈羅在參加者各說各話的會議裡，為了正確地記錄下所有發言，不知不覺中練就出來的特技。

因為想要掌握某人說了什麼話，最好的方法就是掌握對方的表情。

「不過，那人說沒有惡意是真的唄，那傢伙就跟個小孩子沒兩樣。不過，如果身邊有個擁有那般特技的人，就不需要每天費心勞力，可以輕輕鬆鬆過日子，是唄？」

赫蘿對著羅倫斯投來壞心眼的眼神。

對好幾次因為錯過時機或產生誤解而與赫蘿吵架的羅倫斯來說，赫蘿的眼神如針刺般扎人。

「妳倒是無時無刻充滿著惡意。」

聽到羅倫斯這麼說，赫蘿什麼也沒回答地跟在里戈羅後頭走去。

雖然里戈羅家的一樓無論是地板或牆壁都採用木頭建造，但地下室的倉庫完全是石頭建造。羅倫斯在特列歐村看見的地窖也是採用石頭建造。或許對於貴重的書本，人們還是會想用石頭包圍住。

不過，兩者有著極大的差異。畢竟一個是為了隱藏書本而建造的地窖，另一個是為了收藏書本而建造的倉庫。

倉庫的天花板約有羅倫斯稍微舉高手就碰觸得到的高度，裡頭陳列著同樣高度的書架。而且，倉庫裡的書架依照年代、內容掛著牌子，甚至標上了編號。

雖然這裡的書本裝訂簡陋得根本無法與在特列歐村看見的書本相比，但是在管理上似乎用心許多。

「雷諾斯也經常發生火災嗎？」

「時而會發生。相信你也察覺到了，我的祖先就是因為害怕火災發生，所以才會把書本堆在這裡的。」

方才梅爾妲明明不在那間看得見庭院的房裡，她卻已先行繞到地下室入口，拿著小型燭臺等待羅倫斯等人的到來。

赫蘿在梅爾妲的引領下，尋找著想要的書本。

因為使用動物油點亮的燈火所散發的味道和煤灰，會造成書本損壞，所以這裡使用了昂貴的蜜蠟點燈。

散發香甜氣味的燈光在書架的陰影之中若隱若現。

「對了。」
就在兩個大男人無事可做時，里戈羅開口這麼說。
「我這人沒什麼耐性，所以我還是開口問好了。你們到底為什麼要找好幾百年前的傳說？」
從里戈羅沒有詢問羅倫斯與赫蘿的關係這一點來看，可以很清楚知道里戈羅這個人對什麼最感興趣。
「因為她在尋找自己的起源。」
「起源？」
儘管擁有連世間罕見的大商人也不見得擁有的洞察力，一旦換成自己時，里戈羅似乎完全無法掩飾情緒。他明顯表現出驚訝的情緒，鬆開原本交叉在胸前的雙手。
「因為一些原因，我答應送她回到故鄉，尋找起源指的就是這個。」
只要省略掉一些事實，對方自然會擅自想像不足的部分。
這麼做能夠在不說謊的情況下，讓對方看不清真實。
里戈羅似乎也相信了羅倫斯說的話。
「原來如此……也就是說，你們要前往北方？」
「是的。我們目前還不知道確切位置，所以打算憑著她所知道的傳說找出位置。」
里戈羅一副事態沉重的模樣點了點頭。

他應該是把赫蘿的身世解讀成在北方被抓走，後來被賣到南方的奴隸或是其他什麼吧。據說北方小孩比南方小孩更吃苦耐勞、更溫順。很多例子是一些沒有小孩，或是唯一繼承人體弱多病的貴族，為了不想把遺產留給親戚，所以用養子的名義買下北方的小孩。

「有時候也會有一些北方來的孩子們滯留在這裡。如果能夠平安回到故鄉，那當然最好了。」

羅倫斯當然贊同里戈羅的意見，他沉默地點了點頭。

這時，成為話題的赫蘿似乎找到了想要的書，她抱著五本左右的書本從書架背後走了出來。

「妳又一口氣拿了這麼多。」

羅倫斯一副難以置信的模樣說道，梅爾妲面帶笑容代替赫蘿回答說：

「因為全部就這幾本，所以我建議她一次帶回去比較好。」

「原來如此。喏，拿幾本給我。要是掉在地上，未來三天禁止吃飯。」

聽到羅倫斯的發言，這會兒換成里戈羅露出笑容。最後是羅倫斯抱著赫蘿拿來的所有書本走回一樓。

「老實說，我是希望你們在這裡看完這些書。」

里戈羅一邊看著梅爾妲細心包好的整疊書本，一邊說道。

「因為我信任芙洛兒，所以我也願意信任受到芙洛兒信任的羅倫斯先生。可是，四周的人可不都像我一樣……」

如果外地商人長時間停留在這裡，想必會惹來猜疑吧。

「是的，這我當然明白。」

「不過，要是掉在地上、被火燒掉、搞丟了，或是賣掉了的話，未來三天禁吃三餐喔。」

即便里戈羅是在開玩笑，羅倫斯也笑不出來。雖然羅倫斯總喜歡把事物換算成金錢來思考，但是他當然清楚知道這些書本的價值無法用金錢來換算。

羅倫斯點點頭，把手放在整疊書本上說：

「我會把這些書本當成賭上商人命運的商品來看待。」

「嗯。」

里戈羅露出如少年般的笑臉。

羅倫斯看了，不禁心想伊弗會不會就是看見這樣的里戈羅，所以才卸下心防。

「那麼，看完後請把書本送回來。就算我不在家，梅爾妲也會在。」

「知道了。不好意思，那我們借走了。」

羅倫斯以眼神表達謝意後，里戈羅以笑容回應他，對赫蘿則是賣俏地揮手道別。

或許里戈羅會讓人覺得他不像商人，而像宮廷詩人的原因就在於這方面的舉止吧。

赫蘿看似滿足地揮了揮手回應里戈羅。

「妳手上沒拿東西，揮起手來很方便吧？」

從負責帶路到拿行李，羅倫斯包辦了男僕該做的工作。就算這時說些諷刺的話，也不會太過分吧。

雖然羅倫斯這麼想著，但赫蘿做出反擊說：

「汝說話最好謹慎些，免得被人揮手甩了都不知道吶。」

赫蘿留下這句台詞後，腳步輕盈地自顧自地向前走去。羅倫斯恨得牙癢癢地看著她走開。

不過，羅倫斯當然十二分明白要不是因為兩人感情好，是不可能有這樣的互動。

問題在於赫蘿一點兒都不肯給羅倫斯面子。

「豬如果被奉承，連樹都爬得上去；但如果奉承雄性，只會被爬到頭頂上。」

羅倫斯還來不及出聲抗議，兩三下就被堵住嘴巴了。

他不禁心想，或許自己沒辦法完全否定赫蘿的說法才是最大的問題。

「沒有立場就算了，還憋了一肚子氣。」

聽到羅倫斯這麼說，赫蘿故意做出拍手叫好的動作大笑不已。

先拿書本回民宿後，依照約定，羅倫斯必須讓赫蘿點喜歡吃的東西當晚餐。所以兩人隨便走進了一家酒吧後，赫蘿點了整隻烤乳豬。

這道料理是用鐵叉將乳豬從嘴巴穿到肛門串起後，一邊直接放在火上烤，一邊不停轉動乳豬；過程中還會不時抹上從樹果榨取而得的油脂，再放回火上烤，就這樣不停反覆動作，才能完成這道絕品料理。

等到乳豬烤得恰到好處、呈現金黃色時，就在乳豬嘴巴塞進香草，最後整隻放上大盤子。乳豬的右耳之所以會被割下來，是因為人們相信這麼做，幸運就會自動送上門來。

一般是在人數有五、六人左右，而且有什麼值得慶祝的事情時才會點這道料理來吃。所以當羅倫斯點了烤乳豬時，先是前來點餐的女服務員露出驚訝的表情，等到烤好的乳豬送上桌時，換成酒吧裡的男客人們發出「哇啊～」這般夾雜著驚嘆、羨慕以及嫉妒的聲音。

接著，當大家看見赫蘿直接大口咬起烤乳豬時，便傳來了像是同情的嘆息聲。

雖然身邊帶著美女行動時，經常會看見有人投來帶著敵意的目光，但是當發現美女是個很花錢的存在後，大家似乎都會覺得心情暢快。

因為赫蘿不會自己割下乳豬肉，羅倫斯不得已只好幫她的忙，可是他已經沒有多餘精力為自己割下幾塊乳豬肉放在盤上，所以只割下烤得恰到好處的酥脆乳豬皮來吃。雖然羅倫斯覺得樹果油香味滿溢的乳豬皮很好吃，但是咬起來嘎吱嘎吱作響、口感絕佳的左耳卻被赫蘿搶走了。品嚐豬肉時比起搭配啤酒，當然是搭配葡萄酒更能襯托肉香，只是葡萄酒的消費也是相當驚人。

赫蘿貪婪地咬著乳豬肉，就算美麗的亞麻色長髮從帽子縫隙間滑落，而且沾上了乳豬油脂，她也完全不在意。那模樣簡直就跟狼在啃獵物沒兩樣。

結果，赫蘿沒花多少時間就輕鬆啃光一整隻乳豬。

當她吸吮舔完最後一根肋骨時，拍手聲響遍整家酒吧。

然而，赫蘿絲毫不在意酒吧裡掀起的騷動，她只顧著舔手指頭上的油，或是喝葡萄酒，然後大聲地打飽嗝。看見她這般格外有威嚴的模樣，酒吧裡的醉漢們不禁發出感嘆聲。

赫蘿依舊是一副不在意周遭反應的模樣，這時她的視線總算越過變得慘不忍睹的乳豬，第一次與羅倫斯交會，然後對著羅倫斯露出了微笑。

雖然赫蘿展露的笑容應該是在向羅倫斯道謝，但是在擺平整隻乳豬後，赫蘿似乎仍然一心一意想著狩獵。

她接下來的狩獵或許是為了應付下次肚子餓時的儲備食物。

因為光是看見赫蘿這樣的笑容，就讓羅倫斯覺得令他頭痛的結帳好像也變得無所謂了，所以他決定放棄想從赫蘿的利牙下逃跑的念頭。他現在能做的，只有思考如何不讓被赫蘿當成儲備食物埋在洞穴裡的自己，就這麼被遺忘了。

兩人在那之後休息了一會兒，支付了足以抵過十天餐費還有找的晚餐費後，離開了酒吧。

或許是因為有大量皮草流通，所以有足夠的動物油。羅倫斯在返回民宿的路上，發現雷諾斯街上照出朦朧夜路的街燈似乎比其他城鎮來得多。

晚上的氣氛與白天截然不同，路上的行人們彼此臉貼近臉輕聲說話，他們靜靜的走著，彷彿就怕朦朧之中搖來晃去的動物油燈光會熄滅似的。

或許是啃完整隻烤乳豬讓赫蘿滿足不已，她臉上依然掛著彷彿作著美夢似的微笑靜靜走著。

當然了，因為怕走丟，所以她緊緊握住羅倫斯的手。

「……」

「咦？」

因為好像聽見赫蘿說了什麼，所以羅倫斯反問道，但赫蘿輕輕搖搖頭說：

「咱說真是個美好的夜晚。」

赫蘿一邊茫然地看著地面，一邊說道，而羅倫斯當然贊同她的意見。

「不過，如果一直過著這樣的夜生活……會變得很頹廢吧。」

如果持續這樣的夜生活一個星期，不僅荷包會見底，腦袋也會變得空空如也吧。

赫蘿似乎也贊同羅倫斯的發言。

她用喉嚨輕輕發出笑聲。

「因為是鹽水啊。」

「？」

「很甜的鹽水……」

羅倫斯不知道赫蘿是喝醉了，還是她又在想什麼捉弄人的話。羅倫斯本打算反問赫蘿，但平靜安詳的氣氛讓他覺得連說話都顯得不識風趣，結果還是什麼也沒問地回到了民宿。

據說住在城鎮的人無論喝得多麼醉，只要還走得動，就一定能夠走回自己家；但旅人的情況就有些不同了。旅人無論腳步再怎麼不穩，也一定會努力走回旅館。

在羅倫斯打開民宿玄關門的那一刻，赫蘿突然就像失去雙腳似的癱軟下來。

羅倫斯不禁覺得事有蹊蹺。

他心想赫蘿一定在裝睡。

「喲？如果是其他旅館的老闆看了，可是會擺臭臉的喔。」

羅倫斯兩人一走進民宿，與阿洛德一同圍著炭火的伊弗便用著沙啞的聲音愉快地說道，她依然戴著頭巾遮住了臉。

「也只有第一天會這樣吧。如果每天晚上都這樣，老闆肯定會笑我。」

「喔？她很能喝啊？」

「妳看這樣子也知道吧。」

伊弗沒出聲地笑笑，然後喝了口酒。

羅倫斯摟著赫蘿打算從兩人旁邊走過時，像是睡著了似的坐在椅子上、一直閉著眼睛的阿洛德忽然開口說：

「你的事我轉告那個北方的皮草商了。今年果然比較少下雪，是去北方的好時機。」

「謝謝您特地幫我詢問。」

「你如果想問仔細一點……我又忘了問他的名字了。」

「可魯卡・庫斯。」

聽到伊弗幫忙補充說道，阿洛德喃喃說：「好像就是這個名字吧。」

兩人散發出來的悠然氣氛，讓羅倫斯再次有種想要一直沉浸當中的感覺。

「那個叫庫斯還是什麼的人住在四樓，他說過晚上大致上都沒事。你如果想問仔細一點，直接去找他無妨。」

羅倫斯心想一切都很順利。

不過，因為赫蘿加重抓住羅倫斯衣服的力道催促著他，所以羅倫斯向阿洛德道完謝，招呼幾句後就上了階梯。在羅倫斯離開之際，他看見伊弗一副彷彿在說「趕快下來喝酒」似的模樣舉高酒杯。

羅倫斯一步一步拾級而上，好不容易來到房間並打開房門。

他不記得自己這樣摟著赫蘿回到房間幾次了。

在遇見赫蘿以前，無論喝再多的酒，或是遇到再開心的事，羅倫斯心裡總有一種恐懼感，他害怕獨自回到旅館後，不僅會酒醒，連意識都會清醒過來。

不過，就算到了現在，羅倫斯依然會感到恐懼。

只不過現在令他感到恐懼的是，不知道自己還能夠像這樣摟著赫蘿回到房間幾次。

雖然羅倫斯知道這種事情想也想不出結果來，但是他當然也有想告訴赫蘿「我們一直旅行下去吧」的想法。而此刻羅倫斯覺得無論以哪種形式在一起，只要能夠與赫蘿永遠在一起，都是最理想的結局。

羅倫斯一邊為了這樣的想法而苦笑，一邊掀開棉被讓赫蘿先坐在床上。現在的羅倫斯也能夠看出赫蘿的樣子不是演技，而是她真的快睡著了。

為了讓赫蘿覺得舒服一些，羅倫斯用連自己都感到可悲的熟練身手幫她脫去帽子、長袍，再脫去穿了好幾層的外衣，最後脫去鞋子、解開腰帶，讓赫蘿就這麼在床上躺下。

赫蘿沉沉睡著，如果羅倫斯就這麼偷襲她，想必她也不會察覺吧。

「……」

可能是喝了酒的緣故，讓羅倫斯腦中緩緩蔓延出這種念頭。但是他不經意地想起赫蘿平時那目中無人的態度，不禁覺得赫蘿有可能真的到最後都不會察覺。

沒有事情會比這種行為更空虛吧。

這麼一想後，羅倫斯的衝動情緒一下子就像泡沫消失般不見了。

「討人厭的傢伙。」

把自己的任性想法怪罪在赫蘿身上的羅倫斯邊笑邊說道，在那下一秒鐘，他驚訝地稍微往後縮起身子。

羅倫斯看見赫蘿張開眼睛，緩緩把視線焦點集中在他身上。

「怎麼了？」

羅倫斯之所以沒有心虛地顯得慌張，是因為他立刻想到赫蘿有可能是不舒服。

然而，事情似乎不是他想的那樣。

赫蘿從棉被底下緩緩伸出手。

羅倫斯不由地握住了她的手，因為赫蘿的樣子顯得很脆弱。

「……啊。」

「咦？」

「好害怕啊。」

說著，赫蘿閉上了眼睛。

羅倫斯心想赫蘿可能作了惡夢在說夢話。因為他看見赫蘿隔了一會兒再次張開眼睛時，臉上仍留有感到些許難為情的表情。

赫蘿方才應該是不經意地說出了口。

「還有什麼東西會讓妳害怕嗎？」

所以，羅倫斯刻意用著開朗的口吻這麼說，他覺得好像看見赫蘿在瞬間露出感謝的笑容。

「目前一切都很順利，不是嗎？書本借到了，也沒有牽扯到任何麻煩。聽說今年到北方的路況也很良好，而且……」

羅倫斯稍微舉高赫蘿的手，再放下說：

「也還沒吵架。」

這句話似乎發揮了作用。

赫蘿笑笑後，再次閉上眼睛，並輕輕嘆了口氣說：

「大笨驢……」

然後她鬆開手，收進了棉被底下。

讓赫蘿感到害怕的東西有限。

那就是孤獨。

如果真是如此，赫蘿害怕的應該就是旅行結束。這件事同樣讓羅倫斯害怕，而且倘若旅行真有結束的一天，過程太順遂反而會教人害怕吧。

然而，赫蘿的樣子還是讓羅倫斯覺得有些奇怪。

赫蘿一直沒有再張開眼睛。就在羅倫斯心想赫蘿或許會就這麼睡著的同時，赫蘿的狼耳朵微微顫動，並稍微抬高下巴，像是在等待什麼似的。

「……咱害怕的……」

赫蘿一邊說道，一邊感到滿足地縮起脖子。

因為羅倫斯的手像是被什麼力量引導著似的摸著赫蘿的頭。

「咱害怕的就是這種事情。」

「咦？」

「不懂嗎？」

赫蘿張開眼睛，看著羅倫斯。

她的眼神裡沒有輕蔑、沒有氣憤，也沒有難以置信的情緒，而是有些害怕的感覺。

或許赫蘿是真的感到害怕。

只是，羅倫斯不知道赫蘿在害怕什麼。

「不懂。還是妳害怕……旅行結束？」

雖然羅倫斯需要一些決心才開得了口這麼詢問，但不知怎地，赫蘿一副感到安心的模樣緩和了表情。

「這咱當然也會……害怕。因為咱很久、真的很久不曾有過這麼快樂的時光……可是，還有教咱更害怕的事情……」

羅倫斯感覺到赫蘿的存在瞬間變得遙遠。

「汝不懂也罷。不……」

說著，赫蘿再次從棉被底下伸出手，並且挪開羅倫斯放在她頭上的手。

「如果連汝也發現了，咱或許會有些困擾唄。」

然後，赫蘿像在開玩笑地說道，跟著把手連同整個頭埋進棉被底下。

不可思議地，羅倫斯並沒有被拒絕的感覺。

說起來，他反而有相反的感覺。

赫蘿果然還是準備要睡覺的樣子，她在棉被底下慢慢讓身體縮成一團。

這時，她像是突然想起什麼似的再次從棉被底下探出臉說：

「汝想下樓去無妨，但別太超過，免得咱嫉妒。」

羅倫斯不知道赫蘿是發現了伊弗的動作，還是純粹在套話。

但不管是前者還是後者，赫蘿都說中了羅倫斯的心聲，所以羅倫斯輕輕頂了一下赫蘿的頭回答說：

「我喜歡的類型好像是佔有欲強，而且自我厭惡的女孩。」

赫蘿露出尖牙笑了。

「咱先睡了。」

說著，赫蘿鑽進了棉被底下。

羅倫斯不知道赫蘿害怕什麼。

不過，如果能夠幫赫蘿消除恐懼，他當然想這麼做。

羅倫斯的手掌仍有撫摸赫蘿的頭時留下的觸感，他望著手掌，像是不想讓這個觸感消失般輕輕握起拳頭。

如果可以，羅倫斯很想就這麼一直陪伴在赫蘿身邊，但是他也必須向介紹里戈羅給他的伊弗道謝。

伊弗是個只要有必要，可能明天就會離開城鎮的商人，而且羅倫斯也非常不希望自己被認為是個重視與女伴廝混更勝禮儀的男人。

羅倫斯雖然覺得如果赫蘿醒著，自己想必又會被她刮一頓吧，但他也沒辦法不這麼做。

畢竟羅倫斯以商人身分已走過將近一半的人生。

「那麼，我照您吩咐下樓去了。」

即便如此，羅倫斯還是自然而然地想找藉口，所以他才會低聲這麼說。

羅倫斯不禁覺得自己向酒吧女孩說「荷包繩子沒有被人握住，但韁繩被人牢牢握住了」的話語或許真的一點也沒說錯，雖然覺得不甘心，但他心想這個事實赫蘿一定也看得一清二楚吧。

「……」

讓羅倫斯感到害怕的果然只有旅行結束而已。

那赫蘿究竟在害怕什麼？

羅倫斯像個少年般傾頭這麼想著。

羅倫斯看見三名房客在二樓安靜地喝著酒。其中一人看似商人，另外兩人看似旅行工匠。如果三人都是商人，就不可能這麼安靜地喝著酒，所以羅倫斯覺得自己應該沒猜錯三人的身分。

羅倫斯走下一樓後，發現與方才同樣只有阿洛德與伊弗在一樓。

看見兩人保持著相同姿勢，各自沉默地看向不同方向，羅倫斯不禁陷入彷彿時間靜止了似的錯覺。

「不會是剛剛有魔女打了噴嚏吧？」

這是人們認為時間會靜止的一種迷信。

阿洛德只從快被皺紋埋沒的眼瞼底下瞥了羅倫斯一眼。

要不是伊弗露出了笑容，羅倫斯肯定會覺得自己失言。

「雖然我是商人，但老頭不是商人，所以根本聊不起來。」

可能是這裡沒有隨時擺放椅子，伊弗指了一下空木箱。

「托妳的福，我順利見到里戈羅先生了。他是個性格陰鬱的男士。」

羅倫斯一坐下來，就算最心愛的愛女回來，也不像會出去迎接的阿洛德隨即倒了一杯加熱過的葡萄酒親手遞給了羅倫斯。

「哈哈，沒錯吧？沒有比他更陰沉的男人了。」

「不過他的特技很令人羨慕。」

伊弗露出一副「你見識到了啊」的愉快表情說：

「里戈羅好像挺喜歡你的。如果你和他聯手來做生意，你不覺得幾乎所有商人在你們面前，就跟剝光衣服沒兩樣嗎？」

「可惜他好像沒有這樣的打算。」

像里戈羅這種人或許可以用恬淡寡欲來形容吧。

「那傢伙的人生樂趣已經全部葬在那棟破房子裡了，你看到庭園了吧？」

「景色非常地壯觀，很難有機會看到那麼大扇的玻璃窗。」

羅倫斯刻意說出讓人一聽就知道是商人的發言後，伊弗抬起微微垂下的頭，讓羅倫斯看見她浮現笑容的嘴角。

「我就沒辦法過那種生活，一定會發瘋。」

雖然不至於到發瘋的地步，但羅倫斯也不是不明白伊弗的感覺。

對商人而言，思索如何賺錢的行為幾乎就像呼吸一樣。

「話說，你有聽說會議的事情嗎？」

伊弗從頭巾底下看著羅倫斯問道。阿洛德明顯露出不悅的眼神看向伊弗，然後別過臉去。

羅倫斯讓臉上依舊保持很享受於談話樂趣的笑容，並在笑臉底下準備好商人的表情。

他不禁覺得伊弗一開始就是為了這個目的，才安排里戈羅跟他見面。

「聽說會議已經有了結論呢。」

對於羅倫斯的發言是否真是里戈羅親口說出的事實，伊弗當然是抱著疑信參半的態度。

不過，如果伊弗早已獲得事前情報，就另當別論了。她只要把事前到手的情報與羅倫斯說的話相對照，肯定能夠看出很多事實。

「什麼內容？」

「很遺憾地，沒聽說這部分。」

伊弗像個小孩子在等待沙漏的沙子流完似的，從頭巾底下注視著羅倫斯，但不久後，她似乎明白了再多等也等不到任何東西。

伊弗別過臉去，喝了口酒。

兩人攻防互換。

「妳問出是什麼內容了嗎？」

「我？哈哈，怎麼可能，那傢伙對我充滿了戒心。不過，這樣啊，先不說事實是真是假，從里戈羅口中會說出這種話就表示……」

「說不定出乎意外是真的。」

如果會議真有了結論，一定也會出現其他忍不住說出口的人。而且如果是就算說出來，也不會為外地商人帶來利益的結論，那就沒有人會因此感到困擾了。

最重要的是，官方會議本來就是以提示結論為前提而召開。

「不過，有一點讓人在意。」

「嗯？」

伊弗換腳翹起二郎腿，轉過頭看向羅倫斯答道。

「那就是妳是為了什麼目的在探究這個話題。」

阿洛德好像笑了。

或許他是在笑商人與商人的對話中，指出利害關係的箭頭方向總是這麼地模糊。

「你還真是直截了當啊。是不是因為你老是做一些小本生意？還是你從來不曾與對手正式交涉過？」

伊弗的聲音聽來膽量十足，讓人很難想像她是個女性。

不，或許正因為她是女商人，所以才有膽量。

「我的目的和其他傢伙一樣啊，就是一心想著能不能從中撈上一大筆。除了這個，還能夠有什麼其他目的？」

「避免虧大錢。」

羅倫斯記起在教會城市留賓海根的經驗。

如果不是有過那樣的經驗，就算懂得理論，腦中也不會浮現這樣的想法。

「雖然人類有兩隻眼睛，卻很難同時看見兩件事情。不過，你說的避免虧大錢，在某種涵義上是對的。」

「意思是？」

聽到羅倫斯的詢問，伊弗輕輕搔了搔頭說：

「我是做石雕像生意的商人。」

「聖母石雕像？」

羅倫斯的腦海裡瞬間浮現在里戈羅住家看見的石雕像。

「沒錯，你看到里戈羅家裡的那尊聖母了吧？那是從位於西邊沿岸的港口城鎮凱爾貝來的，你聽過嗎？就是經由那裡賣到這裡的教會，我做的就是這樣的生意。因為這生意只是把石頭搬來，再賣出去而已，所以獲利率不是很好。不過，這東西一經過教會的祈福，就能夠當場以高價賣出。在這一帶，異教徒的力量比較強大。再加上托每年有大遠征的福，會帶來很多以一副感激不盡模樣買石雕像的人。」

這是教會的鍊金術。如同在卡梅爾森因為人們的意圖和狂熱使得黃鐵礦的價格高漲般，信仰能夠輕易變成金錢。

輕易得會讓人不禁想參一腳。

「雖然很遺憾地我沒辦法也分一杯羹，但相對地，我獲得了不錯的交易量。結果今年因為取消了大遠征，所有交易都吹了。我切身感受到教會翻臉比翻書還快的本性。」

或許沒有比抱有既沉重，又佔空間的石雕像庫存更慘的事情了。

石雕像的運送費用龐大，而且銷售對象有限，如果還是憑著信用增加了交易金額，恐怕將會被這次的打擊搞得一蹶不振吧。

因為羅倫斯不認為像伊弗般的商人會不懂分散風險地把所有雞蛋全放在同個籃子上，所以他覺得伊弗應該不會因此立刻宣告破產，但肯定是受了嚴重虧損。

她會因為氣昏了頭而把注意力轉向投機生意，並不足為奇。

「聽說最近教會在南方也開始失去權威，我在想自己是不是也該放棄把貨物寄放在就快沉海的破船。所以，我在考慮要不要在最後大撈一筆，再換一個地方做生意。」

伊弗說的話或許也帶著如果不大撈一筆，就無法換地方做生意的意思。

「所以，我剛剛才在說難得有這機會，要是能夠大撈一筆，要不要一起去南方。」

不用多問，羅倫斯當然也知道伊弗要和誰一起去南方。

伊弗身邊的阿洛德喃喃說：

「或許現在正是踏上巡禮之旅的好時機吧。」

這句話幾乎代表著打算前去尋找葬身之地的意思。

這句羅倫斯每次來到民宿都會聽到的台詞，現在似乎帶有一些真實感。

「所以呢——」

伊弗說道，並吸引了羅倫斯的目光。

「你借錢給我好不好？」

伊弗的發言聽起來像是前後連貫，但事實不然。

不過，羅倫斯之所以沒有感到太驚訝，或許是因為他早有預感。

「關於會議內容，我拿到了準確度極高的情報，也有辦法與相關人士做好事前交涉。剩下的就差現金而已。」

伊弗露出兩隻眼睛，直直地注視著羅倫斯。說是注視，其實伊弗更像是瞪著羅倫斯，但是羅倫斯當然知道這算是一種演技。

「我會先斟酌出資內容，如果危險與利益兩者相稱，我當然很樂意出資。」

「皮草買賣，初步估計利益有投資金額的兩倍。」

如果有商人聽了，立刻答應出資，羅倫斯倒想看看那個商人長什麼樣。當然了，伊弗似乎也明白那是不可能的事。

她放低聲量，不再演戲地讓表情恢復平靜說：

「五十人會議應該做出了讓外地商人附帶條件地採買皮草的決定。」

「情報來源是？」

羅倫斯心想問也是白問吧，這就跟在酒吧詢問女店員的年齡沒兩樣。

即便如此，羅倫斯還是想知道伊弗會怎麼回答，而這將成為他的重要情報。

「教會。」

「妳和教會的關係不是已經決裂？」

羅倫斯發出反擊說道。伊弗聽了，聳聳肩笑說：

「就算鬧翻，也會在內部找好協力者是必定的法則。」

羅倫斯當然不相信伊弗的話，但是他也不覺得伊弗在說謊。他心想這個答案總比說是從里戈羅那裡打聽來的有可信度幾分。

「內容是什麼？」

「只允許外地商人以現金採買皮草。」

在這個城鎮的皮草流通可能被獨占的緊要關頭，羅倫斯還在想會議會做出什麼驚人決定。聽到這個巧妙決策後，他不由地開口說：

「城鎮方面沒擺明不能賣皮草，但從遠方來的商人們，也不可能拖著叮鈴噹啷的大筆現金來到這裡。」

「沒錯。不過，想必他們不可能就這麼空手而歸，所以一定會拿僅有的現金買皮草回去吧。」

這麼一來，只要有現金，確實能夠在雷諾斯採買優質皮草，再運送到其他城鎮去。

不過，有一點讓羅倫斯覺得在意。

伊弗一旦把這個情報告訴羅倫斯，羅倫斯有可能不理會伊弗，獨自進行交易。

「妳把這件事情告訴我沒關係嗎？」

「如果你只是想賺點小錢來花花，那你就自己去交易無妨。」

羅倫斯確認不到伊弗被頭巾遮住的表情。

他不確定伊弗這麼說是因為小看他，還是有什麼他不能獨自進行交易的條件。

還是持保留態度、說話謹慎一些比較好。這麼做出判斷的羅倫斯等待著伊弗繼續說話。

「事實上，你身上的現金也很有限吧？」

「這我不否定。」

「既然這樣，你沒必要白白浪費這個千載難逢的機會。你連里戈羅的存在都不知道了，想必在雷諾斯也沒有能夠借錢的熟人吧？」

伊弗說的一點也沒錯。

不過，羅倫斯感覺到背脊稍微有些寒意。

羅倫斯不禁心想伊弗會接近他，說不定一開始就是把他當成了出資者來思量。這麼一來，雙方擁有的情報量和思緒縝密度就會有很大的差距。

因為羅倫斯完全不知道伊弗的背景。

「不過，我可以先返回其他城鎮，在那裡準備現金。妳不是本來就抱著這個期待，才向我提起出資的事嗎？」

既然知道羅倫斯身上沒帶著大量現金，也知道他在雷諾斯沒有借錢的對象，除了這個期待之外，伊弗不可能有其他期待。

然而，伊弗搖搖頭說：

「當然了，從你和你夥伴的穿著打扮，再加上支付住宿費時的大方表現看來，我相信只要你盡全力，要湊到一千枚崔尼銀幣應該沒問題吧。但是，在你忙著湊錢的時候，我想皮草恐怕會被壟斷了吧。」

事情背面的背面就是表面。

羅倫斯覺得自己越是小心翼翼地不想掉進伊弗的陷阱，就陷得越深。

他心想會議做出那樣的決定，不就是為了避免皮草被壟斷嗎？

而且乍看之下，僅接受現金採買確實是個很好的決案。

「你應該不會認為城門外的那些商人是依個人想法聚集在那裡吧？」
「他們是因為某處的有錢人想賺更多的錢，才聚集在那裡。」
「沒錯，這是一場商戰。」
「商……戰。」
羅倫斯心想這應該是伊弗自己想出來的字眼吧？
雖然這是他第一次聽到這樣的字眼，但是對一個商人來說，聽到這個字眼會讓人有種快要全身發抖的感覺。
「你對沿海地區不了解啊？只要去到港口城鎮，你就會發現這個單字流行到商人們喝起酒時一開口就說這個。而這個商戰呢，當然不可能在某天突然發生，因為又不是山賊在打仗。對於可能發出攻擊的對象，他們早就做好了事前交涉。」
羅倫斯覺得伊弗這麼說也有道理，沒有一個商人不會事先調查好準備採買的商品。
「群集在城門外的商人們大概已經預測好幾種會議結論，分別擬好對策了吧。好比說，你知道雷諾斯有多少有錢人嗎？」
雖然突然被詢問這種問題，當然回答不出來，但羅倫斯畢竟是個商人。
他依雷諾斯的規模迅速做了概算。
「立著招牌的商行……大大小小加起來大概有二十家左右，只販售特定商品的店家有兩百多或三百家，還有差不多數量的富裕工匠們。」

「差不多是這樣吧。那麼，當中有幾人比起城鎮的利益，會更優先自己的利益？」

羅倫斯無法回答這個問題。

這並非因為他不了解雷諾斯的詳細狀況，而是因為人們總會在背地裡滿足其私利私欲。

「反正，只要有一家規模不算小的商行背叛了城鎮，光是這樣皮草就會整個被帶走。如果商行接到願意讓他們在其他城鎮設置分行的條件，一下子就會暈船了吧。」

因為商人動不動就喜歡群聚在一起，所以應該不會輕易背叛長年有生意往來的城鎮；但是當利益來到眼前時，也沒有人能夠一直信守道義。

「不過，大規模的商行應該不會背叛吧。想必城鎮方面已經查了大商行的帳簿，完全掌握到他們擁有多少貨幣了吧。要是他們偷偷把現金交給外面的商人，立刻會被查出來。」

羅倫斯也立刻理解了狀況。

「就算大商行擁有沒記入帳簿的佣金，只要在會議結論追加一個條件就好了，那就是必須確認現金從何處取得。」

羅倫斯進入雷諾斯時分發到了「外地商人證明牌」。當初這塊木牌是雷諾斯方面為了避免外地商人在出乎意料的地方中了交易陷阱而分發，沒想到現在真的發揮了作用。

羅倫斯記起通過盤查關卡時，接受了格外仔細的身體檢查，那或許是為了確認外地來的人身上是否帶著大量現金。

想必會議在那時已經有了結論。

「不過，除了商行之外，有錢的傢伙多得是。尤其是加工皮草的工匠師傅們，或是買賣加工所需物資的店家們當中，相信已經有人抱著悲觀想法，覺得雷諾斯的皮草產業已衰敗了吧。這些傢伙為了得到展開新生活所需的資金，跑去向威脅雷諾斯皮草產業的人們搖尾巴示好，這也不是不可能的事。雖然五十人會議的結論確實是最佳良策，但是應該有不少傢伙安心地以為這樣就能夠阻止皮草被壟斷。我再強調一遍——」

伊弗用著冷漠的聲音說：

「雷諾斯的皮草一下子就會被壟斷。」

伊弗的意思是趁著皮草被壟斷前，趕緊採買皮草。

目前羅倫斯比企圖獨占雷諾斯皮草的商人集團佔有優勢的是，一方在城裡，另一方在城外。

商人集團是因為顧慮到如果他們進到城裡暗中活動，會議恐怕會一直無法做出結論，甚至還會採取過度的防衛行動，才會露宿城門外吧。

既然這樣，就算他們掌握到會議已有結論的情報，也不會立刻進到城裡來才對。他們應該會等到五十人會議公布結論，讓結論變成無法改變的事實後才採取行動。

也就是說，羅倫斯等人是有可能採買到皮草。

「我已經明白沒有閒時間讓我悠哉地從其他城鎮湊錢。可是，這麼一來，我現在就沒辦法準備大筆的現金。如妳所知，我在雷諾斯也沒有熟人。」

這點是讓羅倫斯感到最不可思議的地方。

伊弗究竟有什麼企圖？

她從頭巾底下露出藍色眼睛說：

「你不是有很寶貴的財產嗎？」

羅倫斯立刻試著回想自己有哪些東西。

然而，他想不到自己有什麼可稱為寶貴財產的持有物。

再說，伊弗會知道羅倫斯擁有寶貴財產，一定是從旁就能夠看見的物品。

這麼一來，頂多只有馬匹而已。

羅倫斯這麼想著，下一秒鐘他注視著伊弗心想：「不會吧？」

「沒錯，你不是有個擁有美麗外表的夥伴嗎？」

「……說什麼蠢話。」

這完全是發自羅倫斯內心的真話。

不過，羅倫斯指的不是他怎麼可能賣掉赫蘿的意思，而是就算賣掉赫蘿，也不可能湊到那麼多錢的意思。

雖然赫蘿確實擁有十人當中有十人會回頭看的美貌，但是羅倫斯不認為這樣就能夠立刻換得一千枚銀幣。如果真能換得一千枚銀幣，美麗的女孩們早就被誘拐光了。

雖然羅倫斯也想到伊弗會不會識破了赫蘿不是人類，但就算如此，他也不覺得狀況會有太大改變。

「或許你會覺得我在說蠢話，不過，這點正是我選擇你的理由。」

伊弗臉上浮現淡淡笑容說道，羅倫斯不明白那笑容代表著什麼意思。

是有自信的表現？還是陶醉在自己的計畫中？或是——

伊弗取下頭巾，露出美麗的短金髮和藍色雙眸說：

「只要宣稱你的夥伴是貴族女孩再賣就好了。」

「這！」

「你覺得不可能嗎？」

伊弗露出右邊虎牙笑著說道。

那是自嘲的笑容。

「我的名字是芙洛兒．波倫。正確來說，應該是芙洛兒．馮．伊塔詹托．波倫。我是向溫菲爾王國的國王宣誓忠誠的波倫家第十一代主人，是個擁有正式爵位的貴族。」

據說聽到太離奇的笑話時，連笑都笑不出來。

雖然羅倫斯這麼想著，但其實也察覺這不是玩笑話。

他身為商人的眼睛和耳朵，告訴了他伊弗的表情和話語沒有虛假。

「當然了，我是連吃飯都成問題的沒落貴族，就只有名字氣派，對吧？不僅變得窮途潦倒、連塊麵包都買不起，最後還一度賣身給了暴發戶商人。」

這是沒落貴族必然的下場，而伊弗會露出自嘲笑容的原因就在此。

雖說沒落，但仍為驕傲貴族的她被暴發戶商人買走了名字和身軀。

如果這真是事實，就不難理解伊弗為何會給人像個老手商人般的感覺。

「像我這樣的女人，當然有辦法找到兩、三個門路高價賣出冠上自家名號的女孩。如何？」

這是羅倫斯第一次涉入的生意領域。

商人賺了錢後，首先會做的就是讓自己的名字鍍上一層金箔。像是建立起大商行的大富豪，原本是撿垃圾孤兒的故事也不稀奇。據說世上真有只要有錢，就買得到貴族名號的事實。羅倫斯只聽過有這種事情，但不曾親眼見識過。

現在他眼前的伊弗說自己是被買的一方。

「要說你的夥伴是貴族，絕對行得通。身為貴族的我可以這麼斷言。」

說著，伊弗笑了。

伊弗沙啞的聲音或許是因為不斷詛咒自己的身世，到最後啞了聲音。

「當然，我們的目的不是當真要賣掉你的夥伴。我剛剛也說了，雖然城鎮為了防止皮草被壟斷，而做出只能用現金採買的決定，但是商行根本沒辦法把現金交給外地商人吧？不過，商行也分為好幾種。只要提出能夠讓周遭的人接受的理由，有的商行願意以收取若干費用的形式提供現金融資，而我認識這樣的商行。『賣貴族女孩』只是為了便於現金融資的說辭，商行方面也明白這樣的事實。不過，萬一我們的生意失敗了，這說辭就必須能夠發揮擔保的功能，所以才要掛上我的保證。」

羅倫斯不禁半佩服地心想，原來伊弗已經設想好所有要素。即便如此，他仍然覺得單方面拿出赫蘿當抵押品的條件太危險，他做不來。姑且不論赫蘿本身的人身安全，萬一出事時，羅倫斯的商人生命無疑會就此結束。

「我……不對，我們不會只單方面地要求你把重要的夥伴當成抵押品拿出來。」

「我們？」

聽到羅倫斯帶著疑問的口吻這麼說，伊弗把視線移向一直保持沉默的阿洛德。

「我將踏上巡禮之旅。」

阿洛德突然開了口。

從他口中說出的是，羅倫斯每次來到這家民宿時都會聽到的口頭禪。

不過，伊弗說了「我們」。這代表著伊弗與阿洛德聯手計畫了一切，而阿洛德表示將踏上巡禮之旅，肯定是他將仰賴伊弗提供資金，和在旅途上照顧他的意思。

還有，一旦踏上巡禮之旅，將會是一趟好幾年，甚至十年以上都回不了故鄉的旅行。以阿洛德這樣的年紀要踏上旅途，代表著不會再踏上雷諾斯的土地。

這麼一來——

「我想這是最後一次踏上旅途的好時機。在過去，我當然也有機會籌到資金去旅行。不過，總是下不了決心……」

羅倫斯有種感到胃部灼熱的期待感。

阿洛德有些疲憊的模樣笑笑，然後看向伊弗。

伊弗一定猛烈地說服過他了。

然後，阿洛德從滿是皺紋的眼瞼底下，用著藍色眼睛看向羅倫斯說：

「就把這家民宿送給你吧。」

羅倫斯倒抽了口氣。

「旅行商人的夢想永遠都是這個，不是嗎？」

第三幕

若是大睡一場，或許多少能讓興奮的情緒冷卻下來。

儘管羅倫斯抱著這樣的期待鑽進被窩裡，但伊弗與阿洛德的話語卻像無法入睡的酒一樣，讓他輾轉難眠。

「明晚回覆我接受與否。」

羅倫斯彷彿被灌得爛醉似的，腦海裡不停響起這句話。

伊弗的計畫，是以假稱是波倫家獨生女的赫蘿為抵押品，換得兩千枚崔尼銀幣的融資。如果可能，最好換得兩千五百枚銀幣的融資來採買大量皮草，並利用船隻運送南下羅姆河，比任何人都更早一步賣出皮草。

據說只要是聚集於雷諾斯的皮草，就是扣除關稅，仍然能夠以接近三倍進貨價的價格賣出。

儘管知道如意算盤打得太早，羅倫斯還是忍不住做了概算。

假設採買了兩千枚銀幣的皮草，再以三倍價格賣出，就可獲得四千枚銀幣的利益。伊弗與阿洛德兩人提出分取八成利益的要求，這包括了事前交涉所需的費用、情報費，以及阿洛德願意把民宿建築物讓渡給羅倫斯以作為擔保。

即便如此，羅倫斯仍覺得不合算，因為建築物頂多價值一千五百枚銀幣而已。就在他打算抗議分取八成利益太多的那一刻，不禁閉上了嘴巴。

因為兩人表示只要一切順利進行，除了阿洛德的民宿建築物之外，也願意把民宿經營權交給羅倫斯。

沒有一個商人會不知道民宿經營權的價值。

所謂的民宿經營權，是指只要擁有建築物，就隨時能夠開業，並賺進穩定的收入。所以既存民宿業者為了保護既得權益，無不猛烈抗拒新競爭對手加入行列。倘若打算從他人手中買得經營權，那不知得花費多少金錢。

而且，假使在雷諾斯經營民宿，因為雷諾斯與溫泉城鎮紐希拉距離不遠，所以也可以把民宿當成據點，尋找距離紐希拉不遠的約伊茲。

面對這般狀況，能夠保持冷靜而不胡思亂想，那才教人覺得奇怪。

不過，羅倫斯覺得伊弗的說明太完美了。乍聽之下，伊弗的說明在理論上或許都能夠成立，但還是讓人覺得有什麼不妥之處。

純粹是因為眼前的利益太大，所以讓羅倫斯不禁顯得退縮嗎？

或者是這個計畫的關鍵在於羅倫斯的資金調度，而資金調度的方法，則是必須暫時賣出赫蘿的緣故呢？

在港口城鎮帕茲歐時，赫蘿曾經代替羅倫斯被追兵抓走。

那時是因為已無計可施，所以赫蘿才主動提出這個最佳方法。

但這次是羅倫斯為了自己的利益，而打算賣出赫蘿。

羅倫斯現在總算明白商人為何是受到教會輕蔑，並且遭受劇烈譴責的職業。

在一團漆黑中，羅倫斯想著：「赫蘿要表現得像個貴族應該沒問題吧。」

難眠的夜晚彷彿永遠不會結束似的。

就在羅倫斯這麼想著時——

「汝啊。」

赫蘿的聲音喚醒了羅倫斯。

「……唔……天亮了啊？」

原以為這樣的夜晚會無窮無盡，這才發現是作了個夢。羅倫斯張開眼睛後，看見從木窗射進的陽光，也聽見象徵城鎮開始活動的喧嘩聲。

原來興奮熱度無法退去的羅倫斯在東想西想時，不知不覺中睡著了。

他先看了站在床邊的赫蘿一眼後，打算挺起身子時，發現自己睡覺時流了整身汗。

羅倫斯記起初立門戶不久時，有人告訴了他一個發大財的機會。那時他汗出如漿，甚至以為自己該不會是尿了床。當然了，那次是以詐欺收尾。

「汝昨晚到底做了什麼？」

雖然赫蘿的語氣顯得不悅，卻不帶有揶揄意味。羅倫斯心想這或許是赫蘿關心的表現。他伸手觸碰頸部，發現頸部佈滿黏答答的汗水。如果換成是赫蘿滿身大汗在睡覺，相信羅倫斯也會擔心她吧。

「我聽了非常……刺激的話題。」

羅倫斯一鑽出被窩，清晨的冰冷空氣立刻迎向了他，汗水彷彿結冰了似的變得冰冷。

赫蘿在她的床邊坐下後，丟了條毛巾給羅倫斯。羅倫斯心懷感激地收下毛巾，並準備擦汗時，有所察覺地說：

「我可以……把這當成是妳的親切表現吧？」

「不在汝身上沾點咱的味道怎行。」

不知道赫蘿是不是嘗試了什麼梳理毛髮的新方法，她丟給羅倫斯的毛巾上頭沾滿了毛。

如果用這條毛巾擦汗怎麼得了。

「咱很擔心的。」

「抱歉啦。」

當羅倫斯為赫蘿感到擔心時，赫蘿明明會做出令人難以置信的惡劣行為來搪塞羅倫斯，但是當立場互換時，她似乎無法忍受。

「妳應該也猜到了吧，有人向我提出了大筆生意的提議。」

「那隻狐狸？」

雖然羅倫斯覺得伊弗像狼，但對赫蘿這匹名符其實的狼而言，伊弗似乎比較像狐狸。

「嗯。正確來說，是那名女商人伊弗，以及這間民宿的經營者阿洛德。」

「喔……」

雖然赫蘿回答時的口吻彷彿在說「那又怎樣」般冷淡，但是她不可能完全不感興趣。

因為她的尾巴稍微膨脹了些。

「我只是聽了說明而已，還沒確認內容的真偽，當然也沒有答應對方。只是……」

赫蘿動作迅速地撫摸就快膨脹起來的尾巴，如同那瞬間變細的尾巴般，她瞇起眼睛反問：

「只是？」

「利益──」

「和咱的心情相比？」

赫蘿打斷羅倫斯的話語說道。羅倫斯閉上原本微微張開的嘴巴，跟著再次張開嘴巴，又閉上了嘴巴。

他知道赫蘿一定想說，面對龐大利益時，所伴隨的風險也很龐大。

狗兒只要被暖爐的火灼傷了一次，就絕對不會再靠近暖爐。

只有人類會為了撿起暖爐裡的栗子，而被火灼傷好幾次。

誰叫燒烤栗子是如此的甜美。

所以，羅倫斯朝向熊熊燃燒的爐火伸出了手。

「更大。」

赫蘿慢慢瞇起帶點紅色的琥珀色眼睛。她不再把玩尾巴，發出咯吱咯吱的聲音搔著耳根子。

即便如此，羅倫斯仍然無法輕易放棄伊弗的提議。他記起自己第一次向師傅頂嘴時的事情。

「可到手的利益是這間民宿，或者更多。」

赫蘿不會聽不懂羅倫斯的話語代表著什麼意思。

羅倫斯是抱著這樣的期待才會如此簡潔說道。

沉默持續了好一會兒。

氣氛之所以沒讓羅倫斯覺得難熬，是因為帶點紅色的琥珀色眼睛就像滿月般瞪得又圓又大。

「這……不是相當接近汝的夢想嗎？」

「……沒錯。」

聽到羅倫斯熱切地答道。赫蘿一臉愕然，右耳瞬間垂了一下，方才她所散發出來的刀鋒般銳利氣勢已消失無蹤。

「那麼，汝還有什麼好煩惱的？」

赫蘿甚至還這麼說。

「咱記得汝的夢想就是擁有商店。既然這樣，這件事就沒有咱插嘴說話的餘地。」

赫蘿說罷，把尾巴拉近手邊開始梳理起尾巴。

她表現出來的態度甚至顯得有些難以置信的模樣。

面對赫蘿超出預期的反應，羅倫斯不知該如何應對，只能發愣地站在原地不動。

原先羅倫斯甚至做好準備，接受赫蘿不分青紅皂白的反對；或者是赫蘿倘若表示這樣的提議太危險，他可以與赫蘿做一場有意義的議論，以識破伊弗的話語真偽。

當然了，儘管這是個千載難逢的好機會，但如果風險將會大於利益，羅倫斯也考慮到要放棄這個機會。

錢，只要再賺就有。

但是，想與赫蘿再次相遇就不可能了。

「汝那什麼表情，就像想要人家陪的小狗一樣。」

羅倫斯之所以會反射性地摸了摸下巴的鬍鬚，或許是因為赫蘿說中了他的心聲。

「汝那麼希望咱反對嗎？」

雖然赫蘿的尾巴呈現出褐色，但那只是表面的毛髮顏色，覆蓋在褐色毛髮，則底下的毛髮如雪般潔白。

赫蘿搓揉白毛做出雪白色的毛球。

「如果聽到妳反駁，發現情勢不對，我打算乖乖放棄的。」

聽到羅倫斯如此坦率地說道，赫蘿一副感到疲憊的模樣苦笑說：

「這是因為汝對咱的明晰頭腦和先見之明有所期待嗎？」

「有一部分是。」

「其他部分呢？」

羅倫斯心想隱瞞赫蘿對他也沒什麼好處，而且瞞著不說，赫蘿一定會挖出事實，然後捉弄他一番。

只是身為一個大男人，要說出這種話難免有所顧忌。

「因為妳會不高興吧？」

赫蘿乾笑幾聲後，簡短地回了句：「大笨驢。」

「那這樣，我來反問妳好了。妳為什麼會突然改變態度？妳明明那麼討厭我埋頭做生意。」

「哼。」

羅倫斯不知道是尾巴的絨毛跑進赫蘿的鼻子裡，或是他的話語只值得赫蘿這樣的反應。

他心想應該是後者吧。不過，赫蘿的表情似乎沒有那麼不悅。

「汝真的是……不，算了，咱又不是第一天知道汝的愚蠢。別看咱這樣，老是要跟汝抱怨東抱怨西的，咱也是很痛苦吶。」

或許是羅倫斯臉上浮現了「怎麼可能」的表情，赫蘿一副當真要撲向前咬人的凶狠模樣瞪著羅倫斯。

「真是的……說到底咱只會為了自己的事情動口、動腦。好比說，咱覺得能夠與汝悠哉過日是最好不過的事情。就算咱一副彷彿在說明世間真理似的模樣向汝提出忠告，最終還不是為了實現這件事情。老實說，這讓咱很痛苦。」

赫蘿呼氣吹走手上的雪白毛球後，總算露出不悅的表情，並讓視線落在尾巴上。

與其說顯得不悅，更具體來說，赫蘿應該是一副彷彿在說「愚蠢極了」似的表情。

「把汝能夠獲取的利益，以及可能遭受的風險放上天秤比較後，只要覺得合算，汝就放手去做無妨。擁有商店是汝的夢想唄？咱不想阻礙汝的夢想。」

「怎麼會是阻礙──」

「基本上，如果沒有咱，汝一開始根本不會考慮拒絕，而是先接受提議；倘若發現對方摩拳擦掌地等著騙汝，汝會將計就計地企圖大撈一筆。汝曾經有過這樣的氣概和不顧後果的衝勁，是唄？汝把這些東西忘在哪兒了？」

聽到赫蘿的指摘，羅倫斯覺得彷彿被喚起了相當古老的記憶。

在港口城鎮帕茲歐埋頭於銀幣交易時，羅倫斯確實已做好這般的決心。那時的他如饑似渴的渴望得到賺錢機會，就算多少伴隨風險，他也會以沒有人會相信的手段設法迴避。

不過，現在的他實在很難想像那不過是幾個月前的事情。事情經過甚至不到半年，羅倫斯卻只覺得那時的自己存在於遙遠的記憶之中。

赫蘿在棉被上沙沙作響地把身子縮成一團，然後面向羅倫斯把尾巴拉近下巴前方說：

「沒有什麼東西比雄性人類更愛守護巢穴。」

羅倫斯聽了，發出「唔」的一聲輕輕呻吟著。

被赫蘿這麼一說，羅倫斯才恍然大悟。他心中不知何時已經蓋起顯得保守的堡壘，而這座堡壘是他以為與自己一輩子無緣、是用來防衛的堡壘。

「咱當然不會說這樣不好，而且汝把咱……不，汝提心吊膽地看咱臉色的模樣也讓人覺得汝很可愛。」

赫蘿在最後故意開玩笑的表現，更加突顯了她的心情。

當然了，這有可能是赫蘿的計謀。

「咱一路來總是在汝面前表現得任性，偶爾也該換汝在咱面前任性一下。如果汝因為這樣而忘了咱……」

羅倫斯打算立刻回答說：「那是不可能的事。」但是他察覺到赫蘿想表達什麼，於是把話吞了回去。

「頂多是從背後咬下汝而已，汝大可安心地讓咱看著汝的背影唄。」

赫蘿露出尖牙笑著說道。

就算經常掛心借貸計算的商人，或許都沒有赫蘿來得重義氣。

而且，羅倫斯不知看過多少商人擁有家庭後，雖然變得堅韌不拔，卻絕對不會主動出擊。

如果羅倫斯願意只做個旅行商人樸素過一生，那這樣或許沒什麼不好。

可是，當他自問「這樣真的好嗎？」時，卻沒有畏縮到會點頭肯定。

只要送赫蘿回到故鄉後，再恢復行商生活，或許在不遠的將來羅倫斯就能夠賺得開店資金。

不過，與包括民宿經營權的建築物相較之下，開店的夢想顯得窮酸得教人難過。只要擁有民宿和經營權，再加上可自由運用的財產，光是想像能夠實現多麼大的夢想，就讓人覺得害怕。

如果有機會挑戰，羅倫斯當然想試一試。

「可是，對方提出的計畫有些地方讓我自身也感到猶豫。」

「喔？」

赫蘿一副很感興趣的模樣抬起頭說道。

羅倫斯輕輕搔搔頭，然後加重腹部力量說：

「必須利用妳才能夠調度到交易所需的資金。」

赫蘿的表情絲毫沒變，羅倫斯心想赫蘿是要他繼續說下去的意思吧。

「必須謊稱妳是貴族女孩，然後作為抵押品交給商行。」

赫蘿聽了，用鼻子哼了一聲說：
「汝睡覺時流了一身汗的原因，該不會就是這個唄？」
「……妳不生氣啊？」
「如果汝覺得咱會生氣，咱就真的會生氣。」
羅倫斯記得赫蘿曾說過一樣的話。
但是，他不明白原因。
「汝該不會是不明白唄……」
羅倫斯此刻的心情就像聽到簡單的問題，卻答不出來的商行小伙子一樣。
「汝這傢伙真的是……咱不是汝的夥伴嗎？還是說咱只是用來玩賞的女娃兒？」
聽到赫蘿說得如此明白，羅倫斯總算察覺到了。
「別看咱這樣子，咱也有值得嘉許之處唄？如果對汝的生意能夠有所助益，咱會非常樂於奉上自己。」
雖然赫蘿這麼說絕對是在扯謊，但是以她對羅倫斯的信賴，只要滿足一定條件，哪怕是有些不合理的要求，她也不會搖頭拒絕。
赫蘿明明如此信賴羅倫斯，若羅倫斯沒有察覺，那她當然會生氣了。
而必須滿足的條件是把赫蘿視為夥伴時，哪怕是有些不合理的要求，相信赫蘿也願意接受的信賴；以及把赫蘿視為賢狼時，只要不是太誇張的事態，相信赫蘿不會讓兩人陷入窘境的信賴。

最後一個條件是，把赫蘿視為同等立場的存在時，應該抱有的尊敬之心。

只要保有這般心態，相信身為被提出要求一方的赫蘿，絕對不會認為羅倫斯是在利用她。

「這筆交易一定需要妳的協助。」

「哼。咱曾經代替汝被人抓走過一次，那次是為了答謝汝對咱的體貼對待。可是，這次不是答謝。」

不是答謝，也不是做人情。

那麼，是什麼？

不是金錢，也不是恩惠。

羅倫斯一路來與他人建立的關係一定是經過加減計算後，會得到「零」的關係。只要有借出，就會要求對方償還；只要有借入，就會償還給對方。甚至是朋友關係，羅倫斯也會把它置換成「信賴」來看待。

與赫蘿之間的關係不同於以往建立的關係，是全新的關係。

不過，當羅倫斯察覺到最適合用來形容這關係的字眼時，赫蘿一副彷彿在說「不需要說出來給大家知道」似的模樣皺起了眉頭。

「那，汝還在意其他什麼地方？」

「當然是擔心會不會是個陷阱。」

赫蘿發出「呵」的一聲笑說：

「如果發現對方有所企圖，只要找出其背後目的就好。對方的企圖越大，就？」

這是羅倫斯與赫蘿相遇不久後，遇上一名新手商人提出詭異交易時，羅倫斯得意洋洋地在赫蘿面前說的話。

「對方的企圖越大，反敗為勝時就越有利可圖。」

赫蘿撫摸著尾巴，點點頭說：

「咱是賢狼赫蘿。如果咱的夥伴是個無趣商人，那怎麼成。」

羅倫斯心想過去好像也與赫蘿有過這樣的互動，不禁笑了出來。

時光確實在流逝，人似乎也確實在改變。

羅倫斯不知道這樣是好是壞。

不過，能夠有個人與他共同擁有這樣的變化，是件非常開心的事。

「那麼，汝啊。」

「嗯。」

而且，羅倫斯的靈魂裡似乎已經深深烙上赫蘿的名字。

他太清楚赫蘿心裡在想什麼了。

羅倫斯笑著說：

「妳想吃早餐，對吧？」

首先，必須清除周遭的障礙。

當下必須查出伊弗這名商人是否當真在買賣石雕像，以及出貨對象是否為教會，而且還與教會撕破了臉。光是知道這幾點，應該就能夠看清很多狀況。

赫蘿因為想閱讀向里戈羅借來的書本，所以留在民宿裡。

「汝大可隨意在城裡四處走動。」聽到赫蘿這麼說時，羅倫斯差點就想開口答謝她。不過，因為說出答謝話語顯得奇怪，所以羅倫斯只說了句：「妳可別邊讀邊哭啊。」趴在床上翻閱書本的赫蘿沒有回答，只是彷彿在說「好啦、好啦」似的甩了幾下尾巴。赫蘿的耳朵稍微動了一下，或許她覺得有些刺耳也說不定。

因為事情才過了一天，氣氛顯得有些尷尬，所以羅倫斯只向阿洛德簡短打了招呼後，隨即走出民宿。

清晨的空氣雖然冰冷，但是有城裡的朝氣以及溫暖陽光陪伴，也就不覺得太難受。

羅倫斯輕快地走了出去。

對於在雷諾斯沒有熟人的羅倫斯來說，他的有力情報來源頂多只有「怪獸與魚尾巴亭」的女孩而已。然而，這時的酒吧，恐怕正為了處理葡萄酒商或肉店送來的貨物而忙得不可開交。所以羅倫斯決定先到城裡的教會走走。

因為雷諾斯是個面積不算小的城鎮，街道設計也十分錯綜複雜，即使仍未親眼見過教會，羅倫斯也能感覺到教會在城裡有一定的地位。

來到雷諾斯附近一帶後，異教徒已不是什麼稀奇的存在；在這裡，他們的存在就像鄰居般理所當然。

這麼一來，教會權威必然會低落，但相反地，正教徒們的士氣會提升。

因為正教徒們是一群遇到勞苦時，會認為是上天在考驗自己的人們，所以會有這樣的現象或許也是理所當然的吧。阿洛德那麼強烈地渴望踏上前往南方的巡禮之旅，或許在雷諾斯是極其正常的表現。

激進又狂熱的信徒，往往都會在教會力量較薄弱的地方出現。

想必這是因為他們如果沒有以這般決心來懷抱信仰，在異教之風狂亂吹襲之下，信仰之火很容易就會熄滅；也或許像野火被強風吹過般，使得他們變得狂熱吧。

就這點來說，伊弗進口石雕像到雷諾斯並無可疑之處，想必雷諾斯應該存在這樣的需求。

不過，羅倫斯依然覺得事有蹊蹺。

羅倫斯在路上的麵包店買了剛出爐的黑麥麵包，並順道問了路。當他抵達教會前方時，直率地把心中的直覺變換成語言說了出來：

「還真像金庫啊。」

眼前的建築物說是教會，更像百分之百石造的神殿。

即使外觀普通，其散發出來的氛圍卻非比尋常。

羅倫斯穿過開放的教會大門後，看見有好幾人前來參加晨間禮拜。

想要知道教會有沒有錢，只要看入口處就知道了。

因為教會越是老舊，越值得尊敬，所以建築物本身並不會輕易進行整修，但入口處的階梯就不同了。

入口處的階梯不斷有群眾踩踏，所以容易變得凹陷、歪斜，於是有錢的教會都會適當地加以修整。

所謂有錢人愛慕虛榮的表現，指的就是這樣的行為。

而雷諾斯的教會入口處僅管有多數訪客出入，階梯外觀卻相當美麗，鋪設在上頭的石塊也十分工整。

從這點不難看出這裡的教會擁有豐富的資金來源。

那麼，支出方面呢？

羅倫斯稍微環視四周後，發現了適其所求的地方。

那是位於教會隔壁第三棟建築物旁邊、通往區段最深處的小巷子。雖然小巷子只偏離外面的大街道一些些距離，但一彎進小巷子，立刻會來到與喧鬧和陽光無緣的空間，而這個空間裡住了一些人。

就算羅倫斯走進這個空間，這些人連抬頭也沒抬一下。

想要喚醒睡夢中的他們，必須說出一句簡短的咒語：

「願神庇祐你。」

羅倫斯這句話一說出口，滿臉鬍鬚、模樣讓人看不出是生是死的男子，立刻「啪」的一聲張開眼睛。

「啊……啊？什麼嘛，不是佈施啊？」

男子從頭到腳打量羅倫斯一遍後，似乎覺得羅倫斯怎麼看也不像教會的人，於是帶著一半期待、一半失望的心情這麼說。

羅倫斯遞出仍帶有熱度的黑麥麵包，臉上浮現營業用的可掬笑容說：

「不是佈施，而是有點事情想請教你。」

男子一看見麵包，臉色隨即一變，似乎一點兒也不在意小細節。

「好，儘管問吧。」

男子吞下麵包的速度，連習慣看見赫蘿快速吃東西的羅倫斯都感到驚訝。解決完麵包後，咧嘴一笑的男子這麼說道。

「我想問問有關教會的事情。」

「你想知道什麼事？想知道主教有幾個小老婆呢，還是想知道前陣子修女生下的孩子的父親是誰嗎？」

「這些話題實在很吸引人，不過並不是我想問的。我想知道這裡的教會大約隔多久會烤一次麵包？」

教會當然不可能烤麵包，羅倫斯指的是教會多久會散發財物救濟窮人。當財政不穩時，確實會出現因為佈施而導致機構解散的教會或修道院；但大部分都會一邊斟酌荷包裡的現金多寡，一邊慎重決定佈施數量。

因此，仰賴佈施過活的乞丐們，對於教會的經濟狀況自然瞭若指掌。

「嘿嘿，好久不曾聽到有人問這樣的問題了。」

「真的嗎？」

「以前經常有像你這樣的商人來問問題。你想了解教會的勢力，對吧？最近好像很少看見想討好教會的傢伙，可能是神明宣傳做得不夠吧。」

商人在商談時，會觀察出對方的立足點。這麼做的重要性不在於藉由抓住弱點好攻擊對方，而在於充分掌握對方的狀況。

因此，要說有誰能巨細靡遺地觀察人們立足點的變化，大概就非這些每天躺在地上、老是看著人們來來往往的乞丐們莫屬了。

城裡的乞丐們之所以有時會被一掃而空，有部分原因也是因為城裡的有權者害怕乞丐們知道太多有關他們的內幕。

「我流浪過幾個城鎮，這裡的教會是附近一帶最有錢的教會。雖然這裡給的麵包和豆子的數量不是太多，但是會很慷慨地分發好東西給我們。不過……」

「不過？」

羅倫斯覆誦一遍問道，男子閉上嘴巴，搔了搔臉頰。

乞丐當中也有順位之分，在比較容易討到佈施品的教會入口處附近占地盤的傢伙，果然比較懂得要領。

羅倫斯從懷裡取出兩枚最便宜的銅幣遞給了男子。

「嘿嘿嘿。不過呢，比起發給我們麵包所花費的金錢，這裡的主教在四處散發更多的金錢。」

「你怎麼會知道？」

「我當然知道。因為我經常看見富麗堂皇的馬車停在教會旁邊，馬車旁邊還站了把我們當成狗一樣趕跑的護衛。再來只要聽一聽傳言，自然會知道是誰來到教會；還有只要看垃圾，就能夠知道教會裡招待了什麼樣的晚餐。只要看來了幾個老愛在城裡擺架子的傢伙，也能夠知道賓客有多偉大。嘿嘿嘿，厲害吧？」

就連純粹愛慕虛榮的人，也不會在毫無目的之下，邀請有權者共進晚餐。教會似乎從事著向伊弗採買石雕像後，加以神聖化，再以高價賣出的生意。無庸置疑地，這背後一定有什麼政治目的，是個完完全全的投資行為。

那麼，教會究竟想得到什麼？雖然目前還不知道這個答案，但這麼推測下來，握有五十人會議主導權的很有可能就是教會。

羅倫斯看著乞丐暗自說：「怪不得啊。」

他心想當城鎮發生戰爭時，乞丐們會最先遭到殺害也是不難理解的事。

畢竟這些乞丐看起來再像密探不過了。

「如果活用你這樣的技能，應該能夠恢復原本的生活吧？」

羅倫斯不由地這麼說，男子聽了搖搖頭說：「你一點都不懂。」

「神明不是也說一無所有才是幸福嗎？當你撿到黑麵包和兩枚破爛銅幣時，能夠有那種高興得快要升天的感覺嗎？」

男子的目光直直射穿了羅倫斯。

「我就能夠有那種感覺。」

賢者並非一定是披著皮草外套、衣冠整齊的人。
羅倫斯不禁覺得比起每天在教會裡祈禱的人們，這些男子們更體現了神明的教誨。
「反正，就是啊，我是不知道你有什麼企圖，不過就算千辛萬苦地討好這裡的教會，也只會反被壓榨而已吧。就我們所知，只有一個商人與這裡的教會長期保有良好的關係。但之前就連這個商人，也用沙啞的聲音跟教會大聲互罵呢。」
羅倫斯的腦海裡立刻浮現了一名商人。
「是買賣石雕像的商人嗎？」
「石雕像？喔，好像有賣這種東西吧。什麼嘛，你認識啊？」
「沒有，算是吧……那麼，那個商人還有賣什麼其他東西嗎？」
雖然伊弗從未提起還有買賣其他商品，但是在貨物堆的縫隙裡塞進一些小東西做買賣，是常有的事情。
這麼猜測著的羅倫斯聽到男子說的話後，不禁驚訝地瞪大了眼睛。
「我一直以為那個商人是賣鹽巴的商人，不對嗎？」
如果要羅倫斯舉出在進行貿易上，哪三樣商品最占空間又沉重，他能夠立刻說出答案。那就是建材用的石頭、染色用的明礬，以及保存用的鹽巴。
如果只是兼著做買賣，這三樣商品可謂最不適合的商品代表。

羅倫斯情緒激動地追問男子說：

「為什麼你會認為是鹽巴商人？」

「喂喂，你的表情也太嚇人了吧？那人是你的生意對手啊？我可不想因為照實回答你的問題，而遭人怨恨。」

男子讓身子往後退，一副感到困擾的表情說道。羅倫斯這才回過神來。

「抱歉。不過，那人不是我的生意對手，而是我在考慮要不要一起做生意的對象。」

「……所以你正在打聽對方的來歷啊。不過，我看你人很好的樣子，應該不會胡亂說謊吧。好吧，就告訴你好了。」

聽到他人說自己是個好人時，應該沒有人比商人更煩惱於不知道該不該為此高興吧。

如果對方因此掉以輕心，那固然是好事；但如果沒有，這除了表示對方看輕自己之外，什麼都不是。

「嘿嘿嘿。這沒什麼，雖然有很多商人會利用像我們這樣的人，但很少有商人不會輕蔑我們。聽到我說的話，會表示佩服的商人更是少之又少。不過是這麼回事罷了。」

羅倫斯聽了，害羞得甚至煩惱起該不該說「就是誇獎我，也沒有更多好處可拿」。

「然後啊，事情其實很簡單，那個商人運來給教會的貨物時而會從縫隙掉出鹽巴來。如果是用來醃漬肉或魚的鹽巴，不僅聞得出味道，還可以當成下酒菜；但是那鹽巴沒什麼味道，一點也不好吃，所以我才以為那人是鹽巴商人。」

越接近內陸的地區，鹽巴的價值就越接近寶石。

伊弗說過是從面向西方海域的港口城鎮，搬運石雕像來到這裡。

如果是經過精製的鹽巴，只要放進擺放石雕像的箱子裡，那要一起運送到這裡來，應該沒什麼大問題吧。

或者伊弗是偷藏鹽巴，然後走私進來的。

如果是長久與教會有生意往來的商人，想必對他的貨物檢查也會變得寬鬆吧。也就是所謂的特別待遇。

「事情就是這樣。你還想知道什麼嗎？」

或許是從男子口中得知了很多事情，羅倫斯不禁覺得躺在地上、衣衫襤褸的男子模樣散發著一種威嚴。

不過，他已經大概打聽出想知道的事情了。

「因為你已經告訴我享受人生樂趣的秘訣，所以這樣就很足夠了。」

羅倫斯心想，路邊撿得到金塊似乎是真的呢。

伊弗與教會有生意往來似乎是事實。

另外，也打聽出教會之主——主教為了某種政治目的大肆散發金錢。

既然主教會做出這樣的舉動，就表示他已下定多少會遭受責難的決心而致力於賺錢。便宜買進石雕像祈福後，再以高價賣出的生意，或許還算是無傷大雅的小動作。

不過，如果真是如此，有一點讓人想不透。

教會可能只因為一次的失敗，就捨棄能夠成為穩定資金供給來源的石雕像生意嗎？還是教會看不起伊弗？或者是教會自行開發了能夠調度石雕像的通路？

伊弗似乎也不留戀地鐵了心要離開雷諾斯，但是明年與教會重新展開交易的可能性也並非全無，這讓人覺得伊弗未免太乾脆了。

而且，據乞丐所說，伊弗是大聲怒罵地與教會爭吵。那聲量之大，就是在教會外頭都聽得見。實在想不出伊弗有什麼理由必須如此劇烈地與教會鬧翻。做生意難免會有必須承擔不良庫存的狀況發生，而且對方因為優先自己的利益而翻臉不認人，也是司空見慣的事。

遇到這種事情當然會生氣，如果一直很信任對方，當然也會有遭人背叛的強烈感覺。但是以伊弗的商人資歷來說，她不可能天真到以為只要與教會大吵一架，就能夠解決事情。

而且，雖說伊弗是個沒落貴族，但是教會不至於不知道她是貴族吧？

伊弗提過在雷諾斯有熟識的商行知道她是貴族。

在情報收集能力上，就連商行都得遜色三分的陰險教會，不可能不知道這個事實。一個會邀請各地有權貴族共進晚餐的主教，怎麼會如此乾脆地捨棄身為貴族的伊弗？

伊弗應該有很多利用價值才對。

或者是，她已經沒有利用價值了嗎？

是不是正因為如此，所以伊弗才會向一個真的只是偶然相遇的旅行商人，提出高達幾千枚銀幣、金額如此驚人的交易？

伊弗是自暴自棄？還是為了東山再起？該不會是想在臨走前順便胡鬧一場吧？應該不至於如此，因為這金額實在太大了。

除了賺錢的目的之外，伊弗應該還有其他什麼目的才對。這樣的懷疑是否太多心了呢？

不過，就算伊弗當真打算陷害羅倫斯，她的選擇也不會太多。

不是在羅倫斯出資後帶著商品潛逃，就是在運送皮草途中殺害羅倫斯，或者是與商行在背地裡進行交易，看能夠以多少價格賣出赫蘿，然後當什麼事情都沒發生過。

然而，這幾種可能性都很低。

因為伊弗提出的計畫當中，除了證明赫蘿是延續自家血脈的繼承人之外，其餘部分都是具有正當性的交易。所以羅倫斯只要在公證人面前宣言交易內容，再將宣言內容的副本從雷諾斯送往其他城鎮的洋行，伊弗就無法輕舉妄動。只要證明羅倫斯行動的文件逐一送達第三者手中，這類計畫將變得難以實行。

而且，羅倫斯抱著夾雜期待的心情認為，伊弗應該不會因為看輕他，而想要以如此單純的手段來陷害他。

伊弗果然沒有什麼特別的企圖吧？

無論在何時，交易總是介於懷疑與信賴之間。

雖然凡事謹慎一些比較好，但如果老是調查個沒完，永遠也做不成交易。

必須在某個點下定決心。

羅倫斯一邊這麼想著，一邊朝向「怪獸與魚尾巴亭」走去。

既然五十人會議已有了結論，或許會有公開秘密的新情報流出。

「喲？又是這麼早光臨本店啊？」

羅倫斯來到酒吧後，發現裡頭空蕩無人。於是穿過旁邊的小巷子繞到後方一看，便看見酒吧女孩正在清洗看似用來裝葡萄酒的桶子。

「妳看起來有點不高興，是因為洗桶子的水太冷了嗎？」

「是啊。可能是因為這樣，態度才會有些冷淡吧。」

女孩笑笑後，把將麻布綁成球狀、用來刷洗桶子的清洗道具擱在一旁。

「您猜猜看目前為止，有多少位商人匆匆忙忙地趕來找我？」

大家為了各自的利益，無不拚了命努力。
雖然羅倫斯不知道其中有多少人企圖搶走雷諾斯的皮草產業，但是伊弗似乎相信自己與羅倫斯能夠在這樣的狀況下獲取利益。真的有可能嗎？
這點也讓羅倫斯不禁感到有些擔憂。
「妳應該可以解讀成大家是為了妳的美貌而來吧。」
「呵呵。笑容是金，話語是銀。您知道有多少不識風趣的傢伙一來就遞出銅幣給我嗎？」
羅倫斯覺得應該沒有那麼多不識風趣的人，但他心想應該也不少吧。
「不過，我也是前來詢問不識風趣的問題。」
「我知道。畢竟先做人情給商人，將來總有好處可拿。那麼，先生想打聽什麼呢？」
女孩之所以會把清洗道具擱在一旁，似乎不是為了羅倫斯暫停清洗工作，而是為了倒出桶子裡的水。女孩稍微傾斜放在身邊、能夠輕易裝下赫蘿的桶子，倒乾淨桶子裡的水。
「有關五十人會議的事情。」
羅倫斯自覺說出的話語很無趣。如果這是邀約女孩的話語，就算腳被踢了，也只能認了吧。
即便如此，女孩聳了聳肩後還是回答了羅倫斯：
「聽說有結論了，最後好像還是決定要賣皮草的樣子。不過，聽說不能賒帳就是了。」
女孩說的話與伊弗提供的情報一致。

羅倫斯正在思考應該如何判斷這件事情時，忙著用腳把葡萄渣踢到一旁的女孩補充說：

「從昨天半夜開始，就有很多人來問我這個問題。真是的，就沒有一、兩個人是拿情書來給我的。」

羅倫斯一邊暗自感到有些驚訝，一邊巧妙地做出反擊說：

「因為商人的情書是證書啊。」

「的確，愛得死去活來也不能撐飽肚子。」

女孩發出「嗯？」的一聲，跟著豪爽地笑著說：「女人的肚子就有可能撐大喔。」

雖然羅倫斯也不禁露出苦笑，但他心想這時如果從正面做出應對，那就跟純粹喝醉酒的男人們沒兩樣。

「不過，就算只是在旁邊安靜地看著妳，也能夠得到滿腹的滿足感。滿足得甚至想跟妳說聲謝謝呢。」

女孩聽了，先是一臉愕然，跟著用清洗水桶而變得紅通通的手拍打羅倫斯說：

「先生您太狡猾了！說的也是，下次我也要這樣說。」

羅倫斯展露笑容回應女孩，腦筋卻不停地轉動著。

從昨晚就有很多商人前來向女孩確認情報，這話聽來似乎有些不對勁。倘若是透過熟人之間的門路打聽出來的情報，沒必要特地來向酒吧女孩做確認。

況且，酒吧女孩根本不可能直接從某人口中聽到最新情報吧。

酒吧女孩所擁有的知識，大部分都是把商人們在詢問女孩時，不小心說溜嘴的情報重新架構而得。

「那麼，前來打聽情報的那些人都是老面孔嗎？」

「咦？老面孔？」

女孩擰乾麻布說道，冰冷的水和寒冷的空氣似乎弄疼了她的手。女孩皺著眉頭吐了口氣，一團白色氣息隨之升起。

「常來店裡的熟客，還有不是熟客的人參半吧。不過……」

「不過？」

女孩東張西望地環視四周一遍後，稍微壓低聲量說：

「最近很多從外地來的，淨是一些粗心大意的人；能夠提出像樣問題的就只有您而已。」

「少來了。」

羅倫斯在臉上浮現商談用的笑容答道，女孩忽然緩和了表情說：

「您就算這樣笑容可掬，我也不會多給情報喔。外地來的人聽了或許會覺得刺耳，但是他們口風真的很鬆。您相信嗎？有的人一來就說：『我聽說只能用現金採買皮草，這是真的嗎？』太蠢了吧。」

「那真是不夠格當個商人喔。」

雖然羅倫斯笑著這麼附和女孩，內心卻有些不安。

如果世上淨是一些像這樣少根筋的商人，做起生意來一定輕鬆許多。

而且，不可能全是外地來的商人會如此失態。雖然城裡的居民大多容易認為在自己城鎮出入的商人們最優秀，但這根本是幻想，無論到哪個城鎮都一樣。

這麼一來，那些商人一定有什麼目的才對。

他們是刻意散播會議內容，讓大家以為會議內容早就完全洩露給外地商人知道，好讓雷諾斯的城鎮商人們感到不安嗎？或者是兌換商或地下錢莊預期到只能用現金採買，會造成幣值一時提升，所以刻意這麼做？

不過，因為外地商人散播虛假情報根本無利可圖，所以不管目的為何，想必伊弗說的會議結論會是真的吧。

如果在城門外的那些人是追求各自利益的商人們，或許還有可能說這是為了陷害他人而製造混亂。但如果是這樣，應該會流傳出更多版本的會議內容才對。

另外，因為雷諾斯的中心人物以及其周遭的人知道真正的會議結論，所以那些商人的目的不太可能是為了擾亂城鎮。

伊弗說過她的情報來源是教會內部的協力者。

姑且不論這是真是假，但應該能夠成為思考的線索。
「對了。」
「嗯？」
「我想問有關這裡的教會的事情。」
就在羅倫斯這麼說出口的瞬間——
「那個，請您不要這麼大聲說話。」
女孩突然表情僵硬地抓起羅倫斯的手臂，跟著打開原本只留有一條細縫的後門，推了羅倫斯進去。
然後，女孩從門縫偷看外頭，查看著外頭有沒有人。
羅倫斯才在想：「到底怎麼了？」女孩便轉過身子面向他說：
「您會問教會的事情，是因為聽到了些什麼吧？」
「是、是啊。」
「我不會騙您，您最好不要多管閒事的好。」
如果是以前的羅倫斯，在一片安靜、沒有客人的酒吧後門聽到招牌女店員在狹窄走廊上這麼說，無論內容為何，他覺得自己很有可能因此卸下商人面具。但現在的羅倫斯能夠立刻反問：
「果然是有權力鬥爭嗎？」

若非女孩有如赫蘿般的精湛演技，那麼羅倫斯應該是猜中了。

「畢竟這裡是城裡提供珍奇食物的酒吧，應該也是教會點晚餐的對象之一吧？」

羅倫斯應用了乞丐說的話。而且，這家酒吧是教會能夠光明正大地點肉類料理的稀少店家。

女孩發出「咯吱咯吱」聲響搔了搔頭，跟著看似不悅地嘆了口氣說：

「我也不懂太複雜的事情。不過，他們好像經常四處邀請偉大的人來吃飯。像以前啊，聽說是邀請了遠方國家教會的偉大人物，結果要我們連續兩天徹夜幫他們做料理耶，您相信嗎？」

遠方國家教會的偉大人物。

再加上權力鬥爭，這麼一來就太容易猜出教會有什麼企圖了。

事態似乎開始轉向不一樣的方向了。

「然後教會目前正按部就班地鞏固自己的基盤，是嗎？」

「沒錯。而且就像黏土還沒乾之前，不肯給任何人碰到的道理一樣，他們非常在意自己的評價，也會佈施很多東西給窮人們。他們花這麼多錢，卻完全不知道那些錢打哪兒來，所以才教人越想越害怕。所以，要是亂說話，根本不知道會怎樣。如果被教會盯上了，被攆出城外只是早晚的問題，這就是居民們的共通見解。」

「如果這是真的，那妳跟我說這些事情沒關係嗎？」

從女孩口中說出的話語顯得意外沉重，羅倫斯帶著一半畏縮的心情這麼詢問。

「所以，我會說這麼多也是很特別的。」

就如羅倫斯戴著商人的面具般，女孩應該也戴著酒吧女孩的面具。

雖說事情背面的背面就是正面，但現在到底是哪一面？

「可以告訴我理由嗎？好讓我將來能夠參考學習。」

「嗯～硬是要說理由的話嘛……」

說著，女孩忽然露出惡作劇的笑容，把臉湊近羅倫斯說：

「是因為有其他女人的味道吧。」

羅倫斯的身後就是牆壁了，所以他沒法讓身子往後退，只能勉強保持鎮靜的表情，直直注視著女孩說：

「這是為了酒吧女孩的自尊？」

「呵呵，這當然也有囉。不過，只要是對自己有些自信的女人，應該都會想招惹您一下吧。沒有人這麼跟您說過嗎？」

很遺憾地，羅倫斯只有被旅館女服務生甩過的經驗。

所以關於這點，他能夠很坦率地搖搖頭。

「這樣的話，答案只有一個。您身邊的女人是最近才認識的。」

真是不能對女孩掉以輕心，羅倫斯心想這就是女人的犀利第六感吧。

「因為您看起來是個很溫柔的人嘛。您以前單身的時候或許沒有人理睬，可是一旦知道您身邊有女人後，女人就會突然變得在意。如果只看見一隻羊孤零零地站著，應該會懶得狩獵吧。但是當看見狼出現在羊身邊時，就會覺得羊是不是真的那麼好吃，想把牠搶過來，不是嗎？」

聽到自己被形容是羊，應該很少有男人會感到開心吧。不過，在羅倫斯身邊的確實是隻狼，讓他不知該如何回應是好。

他不禁心想，這個女孩真的是人類嗎？

「所以，我想邀請您的夥伴找個機會來我們酒吧坐坐。」

對一個對於金錢、名譽都不感興趣的人來說，這般辛香料或許是刺激日常生活的好方法吧。說不定這就能意外換取女孩的真實情報。

「我已經收到邀請函了。」

於是，羅倫斯這麼做出回應。女孩聽了，一副很懊惱的模樣笑著頂了一下羅倫斯胸口說：

「看您那遊刃有餘的表情，真是氣死人了。」

「因為我是羊，所以沒什麼情緒。」

說著，羅倫斯伸手握住後門的門把。

然後，他回過頭看著女孩說：

「當然了，我不會告訴其他人在這裡聽到的事情。」

「連您身邊的人也是?」

羅倫斯不由地笑了出來。

他心想比起乖巧柔順的女孩,或許自己更喜歡這種類型的女孩。

「所以,汝就直接把整個經過告訴了咱?」

「一字不漏地。」

赫蘿保持與羅倫斯出門時同樣的姿勢閱讀著書本,她左右甩動了尾巴幾下後,「啪噠」一聲垂下尾巴。

「有必要找個機會讓那女娃好好了解咱的地盤……」

赫蘿看向羅倫斯說道,她的表情顯得有些開心。

「汝好像也越來越懂得處事道理吶。」

「被握住韁繩的馬兒為了能夠自由活動,迎合握住韁繩的駕馭者意見當然是最好的方法。」

赫蘿露出心滿意足的笑容,說了句:「那麼——」跟著挺起身子。

「汝怎麼認為?」

伊弗販賣石雕像給教會似乎是事實,她與教會鬧翻應該也沒錯。

此外，伊弗告訴羅倫斯的會議結論，也差不多都是正確的內容。

讓人在意的地方是，教會計謀在雷諾斯建立權力，而其目的無疑是想在雷諾斯設置主教座。據說，只要獲得勢力內的土地所有權者，或教會權力者的推薦，即可設置具有教會組織中樞功能的主教座。不過，這通常會遇到土地領主抗拒教會進出，或被不願新勢力抬頭的既存教會權力者妨礙。

不過，最常耳聞的還是只要有錢、有人脈就好辦事。

只要能夠設置主教座，雷諾斯的教會主教就會從被任命為主教的身分，化身為任命他人的身分，也能夠在主教區教會獲得徵收一定捐贈金的權利，還能夠得到加冕權，向世俗權力者示威。設有主教座的主教也將一手包辦宗教性裁判權。以極端的例子來說，主教甚至能夠濫用教會權力，把看不順眼的傢伙全部視為異端處以火刑。不過，其大半權益都在於能夠透過裁判徵收罰金，而且沒有什麼權力比裁判權更能提高權威了。

想必酒吧女孩正是預期到這個可能性，才會害怕像方才那樣提起教會的話題吧。

這麼一來，與這般教會鬧翻的伊弗，會想要離開雷諾斯也是無可厚非，也能夠理解她無法樂觀地認為明年還能再次交易。

無法理解的是伊弗與教會鬧翻的原因。

如果換成是羅倫斯，就算要他喝下泥巴，他也會忍耐下來吧。因為他覺得付出這點程度的辛勞合算。

只要能夠理解伊弗為何與教會鬧翻，羅倫斯覺得這或許是賭上一把的好機會。

從教會權力興盛的事實看來，五十人會議所做出的結論應該是來自主教的判斷。而教會當然是為了優先保護城鎮的經濟，才會做出這樣的結論。所以伊弗的企圖，就會成為違反教會本意的行為了。

這麼做或許會有生命危險，但真的只是有這個可能性而已。

如果外地商人只是做了正當交易，卻在交易後因不可解原因死亡或失蹤，第一個會遭人懷疑的就是有利害關係的城鎮權力者們。因為羅倫斯好歹也是屬於羅恩商業公會的一員，只要點出這個事實，企圖得到主教座的主教就不可能採取過於魯莽的行動。

而且，以羅倫斯這種個體商人的角度來看，伊弗企圖進行交易的金額或許大得驚人；但是以雷諾斯的整體皮草交易量來說，或許不至於像罌粟子一般微不足道，卻也不是太大的金額。如此小金額的交易想必不會被教會盯上，也不會演變成殺不殺人的問題。當然了，如果是與某個體進行金額達幾千枚銀幣的交易，就有可能惹來殺機。

羅倫斯向赫蘿說明了這些事情。

赫蘿剛開始很認真地聽著說明，但後來姿勢變得越來越懶散，最後終於在床上躺了下來。

不過，羅倫斯沒有生氣。

因為這代表著赫蘿找不到理由來反駁他的說明。

「妳覺得怎樣？」

聽到羅倫斯在最後這麼詢問，赫蘿打了一個大哈欠，然後用尾巴擦了擦眼角的淚水說：

「就汝的說明本身來說，沒有可疑之處，聽起來感覺好像就是那麼回事。」

羅倫斯原本打算詢問赫蘿這麼說，是不是告訴他放手去做沒問題的意思，卻打消了念頭。

他心想這個問題應該是由身為商人的自己來判斷。

「呵。咱是賢狼，不是神吶。如果汝開始會期待起咱能夠洩露天機給汝，那咱就得從汝眼前消失了唄。」

「當面對大筆交易時，不管對象是誰都好，總會想聽聽別人的意見啊。」

「呵，反正汝心裡早就做出了結論唄？那這樣，如果咱哭著求汝，汝願意改變心意嗎？」

赫蘿不懷好意地笑著說道。

不過，就是羅倫斯，也知道此刻應該怎麼回答。

「就算我完全不理會妳的哀求，妳一定也會留在旅館等我，而我會成功完成交易回到旅館來。不過是這麼回事罷了。」

赫蘿用喉嚨發出笑聲，一副彷彿難為情得聽不下去似的搔了搔喉嚨說：

「能臉不紅地說出這樣的台詞，就差不多可以獨當一面了。」

對於赫蘿的各種捉弄，羅倫斯也差不多都習慣了。

他聳了聳肩，一副「這就跟在打招呼沒兩樣」的模樣。

「不過，汝方才在做說明時的表情真是生動極了。當然——」

赫蘿制止了準備開口說話的羅倫斯，然後接續說：

「咱不會說這樣不好，畢竟雄性在捕捉獵物時的模樣最迷人吶。」

這會兒換成羅倫斯覺得難為情，不禁搔了搔鼻頭。但是他知道如果此刻沒做出回應，絕對會惹得赫蘿生氣。

羅倫斯刻意嘆了口氣，然後一邊暗自說服自己這是陪赫蘿玩鬧，一邊說：

「不過，還是希望對方記得偶爾回頭看看自己。」

「合格。」

赫蘿說罷，看似開心地笑笑。

「可是，萬一汝的交易失敗了，咱會怎麼被處置？」

「雖說是幌子，但畢竟是抵押品。要是沒還錢，應該會被賣到其他地方去。」

「喔……」

赫蘿俯臥在床上，並讓下巴靠在自己的手臂上，然後同時擺動著尾巴及雙腳。

「所以汝才會煩惱得連睡覺時都呻吟不已嗎？」

「……部分原因是。」

萬一交易失敗、還不了錢，赫蘿當然會變成身為債權人的商行所有物。

不過，赫蘿不可能乖乖地讓商行賣出。

雖然這點讓羅倫斯覺得放心，但是他沒有樂觀到認為咬斷繩索逃了出來的赫蘿，還會回到他身邊來。

「如果事情演變成那樣……下次要找聰明一點的人來當伴侶比較好吶。」

赫蘿瞇起琥珀色眼睛，用壞心眼的目光從眼瞼縫兒底下瞥了羅倫斯一眼。

「是啊。對於借錢不還的少根筋傢伙，只要用後腳踢踢沙子忘掉她就好了。」

對於赫蘿的俏皮話，羅倫斯確實做出了反擊。

賢狼似乎因此感到不悅。

「哼。看到咱要離去，哭著求咱留下的小鬼還好意思這麼說。」

羅倫斯露出了彷彿吞下整顆帶殼核桃似的表情。

赫蘿一副心滿意足的模樣露出尖牙，並且甩動尾巴發出「啪噠啪噠」聲響。

隨著甩動的尾巴垂下，赫蘿也忽然一改表情說：

「可是，咱相信汝，所以咱願意幫忙。」

世上確實存在著認真的笑臉。

羅倫斯搔了搔臉頰，然後摸著下巴說：

「那還用說。」

日落時分。

橘紅色太陽緩緩西沉，四處亮起燈火，彷彿夕陽掉落碎片似的。夕陽一西下，空氣瞬間變得寒冷，人人把臉埋進衣領底下，在回家的路上快步行走。

羅倫斯眺望著這般街景好一會兒，等到夕陽完全西下、街上不見路人行走後，才關上木窗。房間裡的赫蘿，正賴著動物油燈的光線翻閱書本。

書本內容似乎照著年代整理過順序，赫蘿從年代較新的傳說依序閱讀著。以赫蘿在帕斯羅村停留的時間來看，應該從年代較久遠的傳說閱讀起，能夠早些找到關於她的傳說。但是她沒這麼做，這或許是因為內心還有幾分從容吧。

不過，現在也只剩下兩本書尚未過目，看來差不多要找到她的傳說記錄了。若非如此，赫蘿也不會變得很在意後續的樣子。就算天色已暗，也堅持要繼續閱讀書本。所以，羅倫斯以絕對不准讓書本碰到煤灰——尤其是燈火——為條件，允許了赫蘿使用動物油燈。

不過，赫蘿躺在床上看書的穿著不是平常放鬆時的家居服，而是可以就這麼外出的外出服。

這不是因為天氣寒冷，而是為了等會兒必須與伊弗交涉。

「好了，差不多該走了吧。」

雖然羅倫斯沒有與伊弗約好確切的交涉時間，但是商人之間只要約定好「在晚上」，就能夠大致抓出時間來。不過，如果羅倫斯在日落時分就急急忙忙帶著赫蘿到樓下等待伊弗，很有可能被當成滿腦子只想著賺錢而顯得浮躁的小人物。

話說回來，如果遲到太久，又會顯得失禮。

重點就是，這是伊弗給羅倫斯的小小考驗。

伊弗之所以沒有說「在日落時分」，是因為商人們一般都會在能夠不使用蠟燭之下簽寫文字的黃昏前就完成交易，而商人們會在過了黃昏不久後才回到民宿。

這麼一來，伊弗的意思應該是要羅倫斯等到商人們回到民宿的尖峰時間過了後，再去找她。

只要豎耳聆聽，就算羅倫斯也能知道有誰回到了民宿的哪間房間。

聽著聲音再加上房間數量斟酌一下後，羅倫斯算好了動身的時機。

「商人還真是麻煩的生物吶。」

赫蘿發出「啪噠」一聲闔上書本，從床上坐起身子伸了一個懶腰，然後笑著說道。

就算是普通女孩，想必也看得出鎮靜不住的羅倫斯為了盤算最佳時機而苦惱不已。

「如果在旅館房間裡也要裝模作樣，那我到底什麼才能放鬆啊？」

羅倫斯夾雜著開玩笑的口吻說道。

赫蘿走下床鋪，一邊調整長袍底下的耳朵及尾巴位置，一邊做出思考狀說：

「認識後好一陣子……不對，直到最近，汝在咱面前一直都是很逞強的樣子吶。」

「因為這是我第一次和女人單獨旅行啊。不過，再怎樣也該習慣了吧。」

而且，赫蘿早已看過羅倫斯邋遢的模樣，現在再做掩飾也太遲了。

這幾乎是羅倫斯第一次遇見能夠讓他如此坦然相處的對象。

「剛認識的時候，汝光是帶著咱走在路上，就驕傲地連鼻孔都撐得老大；現在卻……」

「如果現在我跟其他女人在一起，妳會為我膨大尾巴嗎？」

聽到羅倫斯有些好強地做出反擊，赫蘿一副彷彿在說「膽子不小啊」似的抬高下巴笑著說：

「可是，雄性就是這樣一層又一層地剝去偽裝的外皮，最後演化成『跟當初想的完全不一樣』的模樣。」

「不管對象是誰，一旦關係變得親密，多少都會變成這樣吧？」

「大笨驢。人類不是會說上鉤的魚不用給飼料嗎？」

「以妳的情況來說不是上鉤，而是擅自爬上貨台，所以不能用這個例子來形容吧？別說是給飼料了，我還想收車費呢。」

不過，羅倫斯說完後，不禁感到畏縮。

因為在動物油燈的光線映照下，赫蘿讓人無法認為她是在開玩笑的銳利眼神，發出朦朧的金色光芒。

在哪裡回錯話了嗎？還是方才的不鎮靜模樣有那麼沒出息嗎？或者是赫蘿因為遭到反擊而不高興呢？

當羅倫斯有些困惑地這麼想著時，赫蘿回過神來，稍微別開臉說：

「嗯……嗯，重點就是莫忘初衷。」

雖然羅倫斯不明白原因，但還是乖乖地點了點頭。

赫蘿有時候個性就像個小孩子。或許她是因為羅倫斯沒有如她所想的顯得慌張，甚至還時而做出反擊，所以心裡很不是滋味吧。

赫蘿會突然停止攻擊，也是因為她覺得自己有錯吧。

想到這裡羅倫斯臉上不禁浮現淺淺笑容，然後搖搖頭嘆了口氣。

「怎麼有種教人生氣的感覺吶？」

「妳太多心了……不，妳說的對。」

羅倫斯咳了一下後，重新看向赫蘿。

「妳能夠識破我的心聲嗎？」

他說出與赫蘿初相遇時，曾認真問過赫蘿的問題。

赫蘿露出可掬笑容，微微傾著頭走近羅倫斯說：

「大笨驢。」

「痛！」

赫蘿毫不留情地踹了羅倫斯的腳脛。

即便如此，赫蘿仍然面帶笑容、態度優雅地走過羅倫斯前方，伸手握住門把說：

「喏，不是該走了嗎？」

妳自己還不是一樣，剛認識時雖然會捉弄人，但不會做出這種暴力行為——羅倫斯當然吞回了這番抱怨，乖乖追上先走出房間的赫蘿。

雖然赫蘿要求「莫忘初衷」，但實際上很難做到吧。

這句話之所以會帶有相當沉重的意義，正是因為時光絕對不會倒流，而人們也不可能完全不改變。

羅倫斯都會這麼想了，赫蘿當然也會明白。

「當然了，正因為經過一路的旅行，所以咱才能夠如此輕鬆地牽起汝的手。可是吶……」

說著，赫蘿突然露出顯得寂寞的表情。

「詩人不也會這樣吟唱嗎？希望時間永遠停留在初次相遇的時候。」

羅倫斯心想赫蘿該不會又想捉弄他，但瞬間就改變了想法。

赫蘿如此明確意識到旅行結束、像是希望時光能夠倒流的發言讓羅倫斯感到驚訝。

雖然赫蘿看起來像是對一切達觀的樣子，事實卻不然。

儘管如此，赫蘿沒有說希望回到待了好幾百年的村落的那段快樂時光，或是希望回到踏上旅途之前在故鄉的時光，讓羅倫斯感到十分開心。

所以，羅倫斯稍微移動一下赫蘿牽起他的左手，雖然覺得難為情，但與赫蘿十指相扣。當然了，他嘴裡還是得這麼說：

「妳當然好啊，但是我如果一直保持剛認識時的態度，肯定會因為過度勞累而病倒。」

赫蘿一邊走下階梯，一邊讓身子稍微靠在羅倫斯身上。

「怕什麼，咱會陪伴汝到嚥下最後一口氣為止，儘管放心唄。」

赫蘿露出壞心眼的笑容這麼說，羅倫斯也只能露出苦笑回應她。

不過，在走下一樓的途中，羅倫斯察覺到赫蘿方才說的話也不盡然是玩笑話。

假設赫蘿做出願意延後回故鄉的表示，羅倫斯肯定會比赫蘿先死去。赫蘿的旅行或許不會結束，但兩人的旅行一定會有終點。

羅倫斯覺得自己能夠明白赫蘿在來到雷諾斯前，停留在特列歐村時，為何沒能做出回到故鄉後有什麼打算的結論。

就在羅倫斯這麼想著時，赫蘿在快走完階梯抵達一樓的前一刻，主動鬆開了手。哪怕對象是赫蘿，如果與女人牽著手出現在人們面前都會讓羅倫斯感到困擾；但是他又擔心主動鬆開手會太傷人，所以赫蘿的貼心表現讓他覺得開心極了。

赫蘿是如此體貼。

關於她回到故鄉後有什麼打算，其實早就有了答案。

「久等了。」

所以，當羅倫斯面對早已做好準備的阿洛德和伊弗時，才能夠保持鎮定，比平時更穩重地打招呼。

「那麼，開始吧。」

伊弗用沙啞的聲音這麼說。

「那，你四處做了調查後的結論是什麼？」

伊弗甚至不要求介紹赫蘿。

她一副彷彿在說只要看赫蘿在長袍底下的臉蛋，以及坐上椅子時的動作就夠了似的模樣。

的確，這筆交易並非以販賣赫蘿為主要目的，所以伊弗會這樣表現或許很理所當然，但是她那注重實際的態度甚至讓人有種守財奴的感覺。

「我已經明白妳與教會有石雕像的生意往來，以及與教會鬧翻，還有只能以現金採買皮草的情報流出。」

丟出話語再觀察對方的反應，是基本中的基本動作。

以伊弗來說，她太擅長於掩飾表情，以羅倫斯的眼力無法完全掌握到她的反應，而且羅倫斯也不認為這樣就能抓到什麼線索。所以，羅倫斯方才的動作就像運動前的暖身操一樣。

「以我身為商人的經驗和直覺，我認為妳說的話沒有虛假。」

「喔。」

伊弗的沙啞聲音聽來顯得不太感興趣的樣子，她似乎也很習慣交涉。

「不過，有一點讓我覺得在意。」

「哪一點？」

「妳與教會吵架的理由。」

這件事情詢問本人當然是最不浪費時間的方法，不過羅倫斯暗自決定如果伊弗的回答與他收集到的情報不一致，他將立刻判斷伊弗扯謊。

雖然羅倫斯身邊的赫蘿能夠為他判斷真假，但如果這麼做，最後還是跟請求赫蘿洩露天機沒兩樣。羅倫斯告訴自己只要發現伊弗說的話與他的想法不一致，就立刻拒絕才是上策。

不管怎麼說，這次是在羅倫斯的判斷之下要把赫蘿賣給他人，所以羅倫斯覺得必須完全由自己做出這個判斷，方能對自己的行為負責。

「鬧翻的理由啊。說的也是，這當然會在意吧。」

伊弗一副這是極其當然的模樣說道，然後輕輕咳了一下。

想必她此刻正拚命動著腦筋思考。

如果沒有把羅倫斯扯進這次的交易，就算伊弗有什麼不良企圖，她的計畫也將告失敗。

伊弗應該是在思考羅倫斯今天一天在城裡看了什麼、聽了什麼事情。

如果伊弗扯謊，那麼她即將說出口的話語要能夠與羅倫斯所得到的情報一致，便幾乎是不可能的事。

「這裡的教會主教是一個無法遺忘古老美好教會時代，活在過去的遺物。」

然後，伊弗這麼說起故事。

「聽說主教年輕時在附近一帶參加傳教活動，每天過著如地獄般的生活。他之所以能夠忍受那樣的生活，是為了等到某天自己變得偉大時，能夠四處耀武揚威，是個有強烈權力傾向的男人；而這傢伙想在雷諾斯設置主教座。重點就是，他想當上大主教。」

「大主教啊。」

這是個有如權力代名詞般的單字。

伊弗點點頭後接續說：

「如我先前所說，雖說已經沒落，但我畢竟是貴族出身。就在我尋找著這附近有沒有什麼賺錢生意好做時，聽說有個主教用難看的招數賺錢，而那傢伙就是這裡的主教。當時主教利用捐贈金與受惠於教會的商行聯手從事皮草買賣，不過他到底是整天關在教會、只會追著文字跑的傢伙，落得生意年年虧損的下場，所以我向他提了一箭雙雕的方案。」

「也就是石雕像買賣。」

「沒錯。而且，我不是只賣石雕像給他而已。因為我是溫菲爾王國的貴族，要傳話給權力者們還難不倒我。我替他跟在溫菲爾王國擁有穩固權力基礎的大主教牽了線。」

「原來如此。」羅倫斯不禁喃喃說道。

這麼一來，從事石雕像加工的，就會是大主教為了整修其統轄的大聖堂時，所雇用的旅行石匠吧。只有在整修聖堂的複雜裝飾時，才會受到雇用的旅行石匠們，通常都是在完成整修後前往下一個城鎮，或是留在該城鎮從事計時工作。

因為城裡平時的工作量有限，只要有旅行石匠留在當地，就會成為與當地的石匠工會起紛爭的原因。而且，讓人感到諷刺的是，旅行石匠們走遍各地、歷經百般磨練，他們的技術壓倒性地勝過當地石匠，有時會出現只有旅行工匠們能夠整修聖堂複雜裝飾的情形。

所以，蓋有大聖堂的城鎮每次要整修聖堂時，當地的石匠們就會戰戰兢兢地想著飯碗會不會被人搶走，進而造成不必要的緊張氣氛。

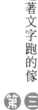

在這樣的狀況下，伊弗委託石頭加工的動作，就等於提供了能夠緩和緊張氣氛的工作。無論是對只在必要時雇用旅行石匠們的大聖堂也好，對城鎮也好，還是對旅行石匠們本身也好，這都是一場及時雨。提供這場及時雨的伊弗所要求的回禮，就是傳話讓大聖堂的大主教知道雷諾斯的主教想要認識大主教。伊弗則是藉由把加工好的石雕像賣給雷諾斯的教會來獲取利益。

這是所有人都有好處可拿的理想生意模式。

「謝謝你讓我省下麻煩的說明。反正呢，事情就跟你察覺到的一樣。當然了，我之所以甘願接受石雕像買賣的微薄利潤，是因為我賭這裡的主教能夠當上大主教，誰知道他……」

羅倫斯無法判斷出伊弗的聲音顯得僵硬是她的演技，還是壓抑憤怒情緒而造成。

不過，伊弗說出的一切與羅倫斯所得的情報一致，羅倫斯也判斷出到目前為止的描述是十分可能發生的事情。

「當主教藉由與我的交易取得資金、逐漸鞏固基礎後，周遭的人們當然會發覺主教的前途一片光明，而主教自身也開始除掉一些礙事的人。那傢伙心想沒有比這次事件更好的機會，就藉機砍斷了與我的往來。尤其是我對那傢伙有恩，他應該是在想如果一直讓我待在身邊，我一定會向他提出許多麻煩要求吧。我當然是這麼打算了，這麼點權利本來就是我該得的。不過，對主教來說，比起等待像我這樣的個體戶商人慢慢茁壯，倒不如與規模已經夠大的商行往來會好利用得多。這道理我也明白，可是，我就是沒辦法接受。」

羅倫斯不禁覺得人類的憤怒真的就像肉眼可見的火球一樣。

「所以呢，我就跟他鬧翻了。」

赫蘿坐在羅倫斯旁邊安靜地聽著，那入神的模樣讓人不禁懷疑起她是不是睡著了。

羅倫斯在腦海裡把伊弗說的話從頭到尾重新確認過一遍。

伊弗說的話果然還是找不到任何缺陷。

內容前後一致得甚至讓人覺得恐怖。

羅倫斯甚至覺得倘若伊弗是扯謊，他也甘願在伊弗底下工作。

「原來如此。這麼一來，石雕像庫存也很難變換成現金，而且也能明白妳為何沒辦法悠哉地等到明年大遠征時再展開交易。」

伊弗沒出聲附和，在頭巾底下陷入了沉默，彷彿她方才那饒舌的模樣不存在似的。

羅倫斯緩緩地、安靜地做了深呼吸。

然後，他在吸入滿滿空氣後止住呼吸，並且閉上眼睛。

在伊弗已經提示出如此前後一致的狀況後，如果仍然感到懷疑，恐怕其他任何交易都很難做成了吧。

或者應該說，面對這樣的狀況，就是掉入了陷阱也甘願。

正因為羅倫斯是會設下陷阱，也會掉入他人陷阱的商人，所以才能夠有這樣的感覺。

「我明白了。」

羅倫斯在呼出空氣的同時這麼說。

他看出伊弗在那瞬間微微動了一下肩膀。

也有自信說那絕對不是伊弗的演技。

因為在這個瞬間，絕對沒有一個商人能夠保持面無表情。

「我們是不是該重新討論一下計畫細節。」

「……嗯。」

伊弗在頭巾底下的嘴角似乎浮現了笑容。

她先伸出了手。

羅倫斯握住了伊弗的手，感覺到她的手微微顫抖著。

在那之後，羅倫斯與伊弗以及赫蘿三人來到了街上。

來到街上的目的當然不是為了慶祝契約成立。商人在利益到手的那一瞬間之前，不會先舉杯慶祝。

因為不知道五十人會議何時會公佈結論，皮草不知何時會被其他商人們壟斷，所以必須早一刻做好資金調度的準備。

三人此行，是為了拜訪以赫蘿為抵押品進行融資的商行。

這家商行名為德林商行。

德林商行儘管設置在能夠眺望港口的好地段，卻沒有卸貨場，建築物也十分狹小。代表商行的小巧旗子也只是不起眼地掛在門上。

不過，商行建築物的牆壁以石塊紮實堆砌，壁面縫隙就連一根頭髮也容不下；儘管有五層樓高，卻不會給人依靠在相鄰建築物上的感覺。

羅倫斯就著油燈的朦朧光線仔細一看，發現旗子雖然小巧，卻是刺有細緻刺繡的一級品；而褪了色的壁石，更是訴說商行在此地營運之長久，使得商行散發出如小巨人般的威嚴。

想必德林商行對於「宣傳」這個行為，與其他商行有著不一樣的態度吧。

「我是德林商行的代表魯茲．埃林基。」

買賣不同商品的商人之間，也有著完全不一樣的習慣。

德林商行出面迎接羅倫斯等人的人數共有四人，這四人各自有著足以代表商行的威嚴感，讓人看不出四人當中誰的穿著打扮最好。

羅倫斯曾經耳聞販賣人口時，會由多數人進行商品鑑定。相信德林商行的經營者就是眼前這四人吧。

「我是克拉福・羅倫斯。」

羅倫斯與埃林基握手說道。

埃林基的手顯得異樣地柔軟，臉上浮現彷彿戴上面具般的微笑，讓人看不出他在想什麼。面對羊隻時，狗的叫聲很管用；但面對人類時，或許就是這樣的笑臉才管用。埃林基也遲了一步與赫蘿握手，他那時看赫蘿的眼神有如蛇或蜥蜴的眼神一般。

伊弗只是脫去頭巾，沒有特別向對方打招呼。想必伊弗賣身給暴發戶時，德林商行也有參一腳吧。

「請坐。」

在埃林基的勸說之下，羅倫斯等人坐上貼有絨布的椅子。絨布椅子坐墊裡塞滿了棉花，想必是高檔貨。

「有關細節方面，波倫家的當家已經事前告訴過我們了。」

埃林基的意思應該是不用多做無意義的交談。

羅倫斯本來就沒打算與對方交涉價格，因為他完全不知道販賣貴族女孩這類交易有著什麼樣的行情。

「不過，有件事情想請教您。羅倫斯先生好像是羅恩商業公會的成員吧？」

埃林基身後的三名男子不聲不響地站起身子，直直注視著羅倫斯看。

儘管三名男子臉上都沒浮現帶有任何情緒的表情，卻散發出令人毛骨悚然的恐怖氣息。

就連習慣與人交涉的羅倫斯，也不自覺有種壓迫感。

在他們面前，孑然一身的商人想要說謊可說是難如登天。

「是的。」

羅倫斯一簡短地答完，埃林基身後的三名男子便不再散發令人毛骨悚然的氣氛。

這果然是對方為了讓羅倫斯說出實話的伎倆。

「說到羅恩，我們曾經與高登斯卿做過幾次交易。所謂獨具慧眼指的就是像他那樣的人吧。」

聽到羅恩商業公會中心人物之一的名字，羅倫斯的情緒不由地緊張起來。

就算明白這是對方警告自己別想逃跑的手段，羅倫斯還是無法保持平靜。

「您屬於羅恩，並且一身高雅裝扮。另外，您的同伴真是個散發出貴族氣質的女孩，我想在此宣布我們四人事前做過協議的結果。」

伊弗說過希望拿到兩千五百枚銀幣的融資。

埃林基裝模作樣地加深了笑意。

無論在任何時代，最強勢的永遠是出資者。

「崔尼銀幣兩千枚。」

雖然沒達到目標，但能取得兩千枚銀幣的作戰資金已經足以高喊「萬歲」了。

羅倫斯光是不想讓對方發現自己放鬆原先緊繃的身體，就耗盡了所有精力，而伊弗似乎也跟他一樣。

伊弗面無表情的側臉顯得很不自然。

「雖然伊弗小姐試探過我們兩千五百枚銀幣的金額，但以一介旅行商人為對象，要進行如此高金額的交易實有困難。這筆錢是那個……皮草相關交易的一環吧？所以相對地，我們不收取手續費，並願意借出全額。不過，因為我們沒有隨時準備這麼多銀幣，所以付款是以六十枚盧米歐尼金幣支付。」

一枚盧米歐尼金幣約能夠兌換約三十四枚崔尼銀幣。雖然羅倫斯不清楚雷諾斯的貨幣行情，但是比起貨幣之間的兌換，以金幣交換貨幣以外的東西能夠發揮更大的威力。

視狀況而定，這六十枚盧米歐尼金幣，或許能採買到總金額大幅超出兩千崔尼銀幣的皮草。

比起這點，更讓羅倫斯感到訝異的是全額融資。

高價貨幣本身就是很貴重的存在。必要時只要熔燬貨幣，就能夠成為萬能財產的金幣或銀幣價值，當然不會相等於紙上的金額。

在紙上簽名借出貨幣時，對方會扣除若干手續費是理所當然的事情。

然而，埃林基卻說不收取這個手續費。

「真慷慨呢。」

伊弗喃喃說道。

「這是投資。」

埃林基加深笑容這麼說。

「妳是個聰明人，很懂得如何從城裡的狀況與人際關係之中賺取利益。相信在這次交易成功的助勢下，妳的成就將更上一層樓吧。我們也希望能夠效仿妳。還有……」

埃林基的視線移向了羅倫斯。

「您是個幸運的人。兩位能夠在這個城鎮相遇除了幸運，沒有其他解釋了。另外，面對這麼大的交易，卻沒有表現得興奮不已的樣子，我認為這是因為您很習慣於幸運。做我們這行生意，運氣是很重要的要素。如果不是很習慣於幸運的人，一下子就會掉進陷阱。就這點來說，我們願意信任您。」

羅倫斯一方面有些佩服地想著「原來也有這樣評價人的方式」，一方面也想著原來自己能夠被人誇獎的地方只有運氣而已。

就在羅倫斯帶著這個說不上是自虐，也說不上是佩服的想法時，他身邊的赫蘿似乎稍微笑了一下。

「我們的生意類似挖掘金礦，為了得到協助者，就是做點投資也不會覺得可惜。」

「那麼，我們要怎麼提領能夠讓廢話連篇的一堆人閉上嘴巴的現金？」

聽到伊弗的話語，埃林基首次露出發自真心的笑臉說：

「您銷售皮草的對象是亞齊商行吧？您真是獨具慧眼。請務必教教我們怎麼尋找好顧客——」

「我聲音這麼沙啞，說話太累了。」

伊弗聽起來不像在開玩笑的僵硬聲音，以及可解讀成帶有威脅意味，也像是帶有如蛇般陰險感覺的埃林基話語。

這是羅倫斯不曾經驗過的異質互動。

商談者之間當然沒必要非得相處得融洽，但兩人之間的互動根本感覺不到人情味。

只要有錢賺，誰會理會對方的態度。

這股氣氛就跟空氣一樣瀰漫四周。

「有關提領方法，看您們怎麼方便都行。」

「你覺得呢？」

伊弗第一次看向身旁的羅倫斯說道。

因為事前並未與伊弗討論到這部分，所以羅倫斯照著自己的想法說：

「如果把耀眼奪目的金幣擺在身邊，晚上會刺眼得睡不著覺。」

羅倫斯之所以能夠稍微挺直背脊，讓臉上浮現淡淡笑容說道，或許是因為身邊有赫蘿陪伴。

埃林基先是表情驚訝地張圓嘴形，跟著肩膀不住晃動地笑著說：

「真是讓人精神為之一振的回答。當交易金額變大時，人們的架子也會無法控制地同時變大。這麼一來，為了在商談時表現出從容氣度，人們總認為說出越諷刺的話語，越顯得從容。能夠說出讓人感受到謙虛態度，又不失犀利感的話語，才是真正的從容氣度。我們應該好好向您學習才行。」

這筆金額大得驚人的交易對埃林基來說，一定就跟家常便飯沒兩樣吧。因為金額高達兩千枚銀幣的融資，一定會伴隨相當高額的手續費，而埃林基卻爽快地表示不收取手續費。

當商人一路爬上最高峰後，就會進入這樣的境界吧。

「那麼，就在您決定採買皮草的前一刻，付款給您好嗎？」

羅倫斯心想伊弗或許有什麼想法，所以刻意做了停頓好讓伊弗有插嘴的機會，但伊弗後來沒有插嘴。於是，他回答說：

「就這麼拜託您了。」

「我們會安排好的。」

埃林基伸出手示意握手。

羅倫斯握住埃林基的手，兩人比先前更有力地握了彼此的手。

與羅倫斯握手後，埃林基這會兒沒有向赫蘿，而是向伊弗伸出了手，伊弗也做了回應。儘管他們兩人有過方才那般話中帶刺的互動，卻感覺不到彼此心中有任何芥蒂。

「希望生意能夠順利進行。」

完全看不出有信奉神明之心的埃林基這麼說，然後閉上了眼睛。

他的模樣散發出就是踩著神明的頭，也會設法賺錢的氣概，甚至給人一種神聖的感覺。

「真討人厭的男人。」

在簽寫完眾多文件後，伊弗一走出商行便喃喃說道。

聽到伊弗如此明顯表現出情緒的話語，羅倫斯不禁感到意外。

「我第一次面對散發出這種感覺的人，這讓我切身感受到自己是多麼渺小的旅行商人。」

聽到羅倫斯坦率地說出感想，伊弗從頭巾底下看向羅倫斯，沉默了一會兒。

「……你真的這麼認為啊？」

然後，她這麼說。

「是啊。至少對我這個每次交易一百或兩百枚銀幣，孜孜不倦地做生意的商人來說，那是我第一次目睹到的境界。」

「你倒是給了不錯的回答嘛。」

「妳是說我拿金幣比喻的事啊？」

伊弗點點頭後，緩緩走了出去。

羅倫斯牽起赫蘿的手，緩緩跟上伊弗的腳步。雖然赫蘿一直乖巧地保持沉默，似乎完全掌握到自己應該扮演什麼樣的角色，但是她的手顯得有些發熱。

赫蘿一定是不喜歡埃林基的眼神吧。

「對我們來講，你那樣的反擊感覺比較新鮮。你有沒有看見埃林基的慌張模樣？他一定在想不能小看市井裡的旅行商人。」

「那真是榮幸。」

聽到羅倫斯這麼回答，伊弗發出輕咳似的笑聲說：

「你該不會其實是某家大商行的公子哥吧？」

「我確實夢見過自己擁有這樣的身世。」

伊弗嘀咕了句：「真不簡單。」然後從頭巾底下露出難得的溫和眼神看向羅倫斯說：

「你不覺得話說太多，口渴了嗎？」

雖然還沒完成所有交易，但算是度過了一個難關。

而且羅倫斯也沒有冷漠到會不贊同伊弗的意見。

就算到了晚上，港口一帶仍然有很多賣酒攤子在做生意。

羅倫斯點了三杯葡萄酒，並找了丟棄在附近的空木箱坐了下來。

「祝交易成功！」

伊弗起頭說出乾杯前的祝福話語。

三人拿著缺了好幾個口的陶瓷酒杯只做出要互撞酒杯的樣子後，喝下了葡萄酒。

「話說，雖然現在才問有點晚。」

「什麼事？」

「你是在哪裡撿到夥伴的？」

「咦？」

羅倫斯之所以沒能夠掩飾驚訝的情緒，並不是因為交涉已結束，使得他缺乏緊張感。而是因為他沒想到伊弗會在意這種事情。

「有這麼意外嗎？」

伊弗只在嘴角浮現苦笑說道，羅倫斯不禁心想，幸好赫蘿雙手抱著裝了葡萄酒的陶瓷酒杯，什麼也沒說。

「雖然我說過不會過問，但還是會在意吧。」

「沒……是啊，經常有人問我這個問題。」

「那，你在哪裡撿到的？你就算說她是受到農民暴動影響，因而沒落的領主獨生女，我也不會驚訝。」

雖然這是身為沒落貴族的伊弗才說得出來的玩笑話，但如果羅倫斯說出真相，就算是伊弗也會感到驚訝吧。羅倫斯聽見赫蘿身後傳來輕聲的「唰唰」聲響，他若無其事地輕輕踩了一下赫蘿的腳說：

「她說她是北方人，但卻在遙遠南方的麥子產地生活了很長一段時間。」

「是喔。」

「因為我和那地方的村子有過幾次交易，也有熟人在那裡，所以在行商途中順道去了那村子，結果她就擅自鑽進我的貨物裡。」

羅倫斯想起赫蘿鑽進的貨物正好也是皮草。

或許是因為赫蘿擁有尾巴，所以跟皮草特別有緣吧。

「因為她說想回故鄉，雖然經過了千迴百轉，但最後我還是答應帶她回故鄉。」

因為沒有扯謊，所以羅倫斯說起話來一點也不心虛，赫蘿也點了點頭。而伊弗則是啜了一口酒才說：

「很像廉價詩人寫的詩歌裡會出現的相遇情節。」

羅倫斯忍不住笑了出來。

因為伊弗說得一點也沒錯。

不過，羅倫斯與赫蘿相遇後的互動絕非金錢能夠買到的東西。

那是顯得愚蠢又愉快，如果行得通，會讓人希望能夠永遠持續下去的互動。

「不過，你說的千迴百轉才是最讓人在意的地方。那是連對著神父都不能說的事情嗎？」

「應該說正因為是神父，所以不能說吧。」

雖然羅倫斯說的是事實，但是他話中的意思，和伊弗所解讀的意思應該全然不同吧。

伊弗發出聲音笑了。不過，港口並沒有安靜得會讓人回頭注意她。

「不過，你都願意讓她穿這麼高級的衣服了，想也知道是個美好的相遇吧。」

「那是因為我一個疏忽，她就擅自買了衣服。」

「我想也是吧，她看起來很聰明的樣子。」

赫蘿此刻在帽子底下一定露出了得意的表情吧。

「你們的感情好像也很好的樣子。不過，我勸你們在民宿裡說話要小聲一點比較好。」

正準備喝一口葡萄酒的羅倫斯不禁停下了動作。他心想與赫蘿在民宿的談話該不會被聽得一清二楚吧，在這同時也察覺到伊弗是在套話。

赫蘿反踩了一下羅倫斯的腳，彷彿在說「別上這種當」似的。

「你要好好珍惜你們的關係。雖然金錢買得到相遇機會，但無法連相遇的好壞也一併決定。」

雖然被赫蘿踩了腳，羅倫斯的視線卻是看向說出這番話的伊弗頭巾底下。

頭巾底下露出伊弗的藍色眼眸。

她眼眸的藍是帶著高貴氣質的深藍。
「因為買了我的暴發戶就是個很慘的例子。」
說著，伊弗從羅倫斯身上挪開視線，先瞥了赫蘿一眼，然後看向港口的方向。羅倫斯之所以能夠從這般模樣的伊弗側臉挪開視線，是因為看見伊弗臉上浮現了自嘲的笑容。
「如果我說不想人家同情我，那是騙人的，不過一切都過去了。再說，那傢伙早就死掉了。」
「是這樣子……的啊？」
「嗯。我們國家的羊毛交易相當興盛，這你應該知道吧。那傢伙與外地商人競爭買期貨，就在他投入超出身價的資金買期貨時，碰上國王改變政策，結果沒兩下就破產了。對我這個要買三餐吃的麵包都成問題的沒落貴族來說，那是根本無法想像的交易金額。然後，因為那傢伙是個架子比貴族還要高的男人，在確定破產的當天，他就拿小刀刺進喉嚨死了。不過，就只有這點是配得上波倫家族的乾脆了斷方式。」
伊弗沒有顯得憤怒或悲傷，也沒有在嘲笑那名暴發戶商人的感覺，她看似懷念地說道。
羅倫斯覺得這如果是伊弗的演技，那世上恐怕沒有任何人值得他相信了。
「婚禮也辦得盛大無比。我爺爺還哭著說那是在波倫家族的歷史中，排名第一或第二的婚禮。不過，那場婚禮對我來說，跟葬禮沒兩樣就是了。即便如此，還是有好事發生。第一件好事是不用再擔心沒飯吃，另一件好事是沒有生小孩。」

沒有什麼人比貴族更重視血緣。

對貴族而言，小孩不是上天賜與的禮物，不過是政治道具罷了。

「還有，我一點一點地從那傢伙的荷包偷錢的事情沒被人發現。雖然破產後，包括住家等財產全數被沒收，但是我手頭上還留有足以展開商人生活的資金。」

雖說是暴發戶，但一個有能力買到貴族名號的商人，應該也擁有規模龐大的商行才對。

身為貴族女孩的伊弗之所以會選擇走上商人之路，而且能夠順利當上商人，想必是因為得到留在那家商行裡的人們協助吧。

「我的夢想呢，就是擁有一家超越那傢伙的商行。」

伊弗簡短地說道。

「那傢伙能夠買到我，只能用幸運來形容。我想證明自己不是像他那般程度的商人買得起的便宜商品，很小孩子氣吧？」

伊弗用著沙啞的聲音說道，她浮現笑容的側臉顯得如此地稚氣。

與伊弗決定合作皮草交易時，羅倫斯在最後與伊弗握手時發現她的手在顫抖。

羅倫斯心想，這世上絕對沒有人是不會被任何事打敗的完美存在。

「哈哈，忘了我剛剛說的話吧。我只是偶爾還是會希望有人聽聽我的故事而已，看來我還是太嫩了。」

伊弗說罷，飲盡杯中的葡萄酒，然後輕輕打了一聲嗝。

「不，不對。」

伊弗稍微掀高頭巾的邊緣說道，羅倫斯不明白她打算做什麼。

「我很羨慕你們。」

伊弗的藍色眼睛像是看到刺眼的東西似的瞇起。

羅倫斯煩惱了好一會兒不知道該怎麼回答，最後以喝酒來逃避。

他心想事後一定會被赫蘿調侃。

「咯咯，真是蠢極了。我們應該在意的只有賺錢這事情而已，不是嗎？」

羅倫斯聽了，看向自己映在葡萄酒酒杯中的臉。

他看見自己與伊弗同樣露出不像商人的表情。

「妳說的一點都沒錯。」

將自己的臉連同葡萄酒喝下後，羅倫斯這麼說。雖然羅倫斯很擔心赫蘿事後不知道會怎麼調侃他，但是當伊弗在最後發出簡短的清脆笑聲，並站起身子時，兩人已恢復了商人的表情。

「會議結論一公佈，我們就立刻展開交易。你記得隨時把行蹤告訴阿洛德老頭。」

「知道了。」

怎麼看都像個身經百戰的商人朝向羅倫斯伸出粗糙的手說：

「交易會成功吧。」

「那當然。」

羅倫斯握住對方的手，這麼做了回答。

羅倫斯記起了在進入雷諾斯之際，當他告訴赫蘿就算是發現有狼皮也別生氣時，赫蘿所給的答案。

赫蘿說雖然她自己不會特別在意，但是當看見熟人被狩獵時，還是無法保持冷靜。

這個道理同樣能夠用來形容生意。

因養子需求而存在的孩童買賣，或是作為勞動者的奴隸買賣都是不可或缺的生意，也不會遭人背後指指點點。

即便如此，羅倫斯只要稍微想到萬一發生當真必須賣掉赫蘿的狀況，他的內心就怎麼也無法平靜下來。

他覺得自己首次能夠理解，教會為何會用如此潔癖的態度指摘人口買賣的不是。

在完成這般買賣的交涉回到民宿後，只有伊弗一人表示要留在一樓，與阿洛德再喝上幾杯。

在與這筆交易有關的所有人當中，應該只有赫蘿一人露出厭倦的表情累倒在床上吧。

「真是的，浪費時間得教人生氣吶。」

羅倫斯一邊點燃動物油脂做成的蠟燭，一邊露出苦笑說：

「人家說扮成像小貓咪一樣乖巧安靜，指的就是這種狀況吧。」

「誰叫汝打算用這隻小貓咪借錢吶。咱除了裝成乖巧柔順、楚楚可憐的模樣，還能怎樣？」

羅倫斯判斷伊弗的話語值得信賴，而伊弗也讓交易順利進行，回應了他的信賴。只要不遇上預料外的事態，想必會成功完成皮草交易，並得到莫大的利益吧。羅倫斯覺得會有這樣的想法，並非自己看待事態太樂觀。

他心想自己就算現在已感受到乞丐所說「高興得快要升天的感覺」，也不會有人笑他才對。

羅倫斯好久不曾感受到這種感覺。

不管怎麼說，羅倫斯能夠走上城鎮商人之路的夢想已經有了眉目。

「真的，妳幫了我很大的忙。」

說著，羅倫斯輕輕撫摸下巴繼續說：

「謝謝。」

赫蘿露出不太友善的眼神瞥了羅倫斯一眼。她像是想揮去灰塵似的動了動耳朵，一副「誰理你」的模樣嘆了口氣後，從仰臥換成俯臥的姿勢翻開書本。

不過，說穿了赫蘿的模樣也像是害羞的表現。

「有看到什麼吸引妳的故事嗎？」

看見赫蘿一邊閱讀書本，一邊慢吞吞地脫起長袍，羅倫斯討好地幫忙她脫去長袍。因為赫蘿沒有表現出厭煩的態度，所以羅倫斯覺得赫蘿是在害羞的猜測，或許與事實相差不遠。

「有很多令人毛骨悚然的故事吶。有個故事提到在兩條道路交叉的位置，埋著吟唱不吉祥歌曲的惡魔。」

「喔，這故事經常聽到。」

「嗯？」

脫去長袍後，赫蘿的長髮彷彿在水中滴落油脂似的散開來，羅倫斯先幫赫蘿整理好散開的頭髮後，才回答說：

「帶著樂器遊走於各個城鎮、被稱為樂士的傢伙們，時而會被說成是惡魔的使者，說他們會把災難和疾病帶到城鎮來。然後，當人們要把這些傢伙處以絞刑時，一定會在城鎮外的交叉路口處行刑。」

「喔……」

因為看見赫蘿一副覺得礙事的模樣甩動尾巴，想要甩掉掛在尾巴上快要解開的腰帶，於是羅倫斯幫她取下腰帶後，赫蘿用尾巴在他手邊磨蹭以表達謝意。

羅倫斯惡作劇似地打算觸摸赫蘿的尾巴，結果赫蘿輕輕鬆鬆就躲開了。

「這麼做的用意是希望身為惡魔的樂士死去後，靈魂能夠飄到其他地方去。所以，城鎮外有兩條道路交叉的位置附近的石頭都會清掉，若有凹洞也會填補起來。因為據說如果有人在那個位置跌倒，埋葬在那兒的惡魔就會甦醒過來。」

「嗯，人類想的事情還真多吶。」

赫蘿發自真心感到佩服地喃喃說道，跟著把視線重新拉回書本上。

「狼不會迷信嗎？」

「……」

看見赫蘿突然露出認真的表情，羅倫斯還以為自己不小心踩了赫蘿的尾巴，但後來發現赫蘿似乎純粹只是在思考。隔了一會兒後，赫蘿看向羅倫斯說：

「被汝這麼一問，咱才發現咱們狼不會迷信。」

「不過，這樣就不會發生小孩子不敢在晚上去小便的事情，很好啊。」

赫蘿先是露出感到出乎意料的愕然表情，跟著笑了出來。

「我不是在說自己喔，聽到沒？」

「呵。」

赫蘿發出笑聲，而且不停甩動尾巴。羅倫斯輕輕頂了一下赫蘿的頭後，赫蘿一副覺得發癢的模樣縮起脖子。

然後，羅倫斯沒特別用意地把手放在赫蘿的頭上。

羅倫斯以為赫蘿會撥開他的手，結果赫蘿只是稍微動了一下耳朵，讓他的手繼續放著。羅倫斯透過手心，感受到赫蘿如孩子般稍高的體溫。

羅倫斯感受著這寶貴的時間，而四周安靜得讓他甚至有種悲傷的感覺。

這時，赫蘿一副總算做好準備似的模樣突然開口說：

「汝不問咱有關一連串話語的真偽嗎？」

赫蘿指的應該是伊弗所說的話吧。

這麼想著的羅倫斯從赫蘿頭上挪開手，只點了點頭代替回答。

而赫蘿甚至沒看向羅倫斯。似乎光憑感覺，就足以讓她知道羅倫斯的反應。

「如果汝問了咱話語的真偽，咱打算做出瞧不起汝的難以置信模樣揶揄汝一番後，再告訴汝真偽，然後做一大堆人情給汝的。」

「真是好險。」

聽到羅倫斯說道，赫蘿看似開心地笑笑。

然後，她「碰」的一聲讓頭部栽在床上，仰望著羅倫斯說：

「咱不是不知道汝想靠自己做出所有判斷的理由。對於要賣掉咱一事，讓汝的責任感特別重，是唄？可是，咱也知道人類沒那麼堅強。一旦知道有能夠分辨話語真偽的方法，任誰都會想依賴這個方法才對，但是汝為何不這麼做吶？」

雖然羅倫斯才想知道赫蘿會這麼問的真意為何，但是他心想如果動腦去猜測赫蘿的真意，一個不小心說不定會弄得滿身是傷，所以他決定老實地回答：

「如果我忘了這方面的道德分寸，是妳會生氣吧。」

「……還真是誠實吶。汝就不能向咱多撒嬌點嗎？」

只要一開始就依賴過他人一次，下一次會依賴他人的標準絕對會降低。

凡事都可能變成習慣。只有聖人能夠不忘記這點，而羅倫斯當然自覺到自己並非聖人。

「因為我很笨拙。」

「凡事只要多練習，都能夠像個樣。」

羅倫斯整理好的赫蘿頭髮發出「啪唰」一聲輕輕滑落。

「要練習看看嗎？」

「練習怎麼撒嬌？」

羅倫斯以開玩笑的口吻反問道，赫蘿原本不停甩動的尾巴緩緩垂了下來。

赫蘿閉上眼睛，然後緩緩張開眼睛。她臉上浮現柔和的笑容，並且露出彷彿無論羅倫斯做了什麼失敗事，都會原諒他似的溫柔眼神。

或許無論對方怎麼撒嬌，都願意接受對方要求的表情，指的就是赫蘿此刻的神情吧。

如果赫蘿是為了捉弄羅倫斯而刻意露出這種表情，或許也沒有比這樣更惡劣的行為了。

倘若羅倫斯掉進了這樣的陷阱，相信誰也不能責怪他吧。

所以，羅倫斯反而變得更冷靜了。

不僅如此，羅倫斯甚至思考到赫蘿會設下陷阱想要嘲笑他，就表示赫蘿此刻的心情可能是不悅的。

這時，羅倫斯發現赫蘿的主要目的似乎在於觀察他的這般心境變化。

不知不覺中赫蘿臉上的笑容已化為不懷好意的笑容。

「汝不氣咱設下如此惡劣的陷阱嗎？」

「就算生氣，又能怎樣……」

「那麼，這次不是陷阱。現在讓汝練習怎麼撒嬌個夠，好嗎？」

「……到時候妳又會那樣說吧？」

聽到羅倫斯聳了聳肩說道，赫蘿嘻嘻笑個不停。在笑過一陣後，赫蘿讓頭部枕在自己的手臂上說：

「會被汝識破實在有損咱身為賢狼的名譽。」

「都這麼多次了，也該習慣了吧。」

赫蘿沒有發笑，也沒有表現出懊惱的模樣，她讓笑容的餘韻留在臉上，指了指床角的方向。

赫蘿應該是要羅倫斯坐下的意思。

「可是，汝是個爛好人的地方一直都沒改變……」

羅倫斯在床角坐下後，赫蘿坐起身子接續說：

「就算咱設下了陷阱害汝，然後捧腹大笑地嘲笑汝，汝儘管心裡會生氣，卻不會因此對咱心生厭惡。」

羅倫斯邊笑邊回答說：

「難說喔，我不確定未來還能繼續保持下去。」

羅倫斯打算繼續說：「所以妳最好稍微注意一下言行舉止。」卻把話吞了回去。

因為羅倫斯以為，赫蘿會露出勝券在握的笑容妙語如珠地反擊他，卻看見赫蘿露出了有些悲傷的笑容。

「這是當然的唄，一定是這樣子唄。」

然後，赫蘿像在自言自語似地說道，並且採取了超乎羅倫斯預期的行動。

赫蘿站起身子後，慢吞吞地走到羅倫斯身旁，跟著面向側邊在羅倫斯的大腿上坐了下來。接著，赫蘿甚至還毫不猶豫地讓雙手繞過羅倫斯背後，用力抱緊了羅倫斯。

赫蘿的頭部正好倚在羅倫斯的左肩上。

羅倫斯當然看不見赫蘿露出什麼樣的表情。

不過，看見赫蘿做出如此明顯的舉動，羅倫斯當然也不覺得赫蘿有著什麼不良居心。

「原來人們會變是真的。要是早些時候的汝，咱一這麼做，汝肯定會立刻全身僵硬。」

雖然無論在任何時候赫蘿都能夠偽裝冷靜，但是她的耳朵和尾巴就不行了。

從傳來的聲音以及碰到左手的觸感，羅倫斯知道赫蘿的尾巴正不安地緩緩擺動著。

羅倫斯輕輕抓了一下赫蘿的尾巴。

就在那個瞬間，羅倫斯發現赫蘿驚訝得甚至僵住身子，於是急忙鬆開了手。

羅倫斯還來不及道歉，赫蘿就先用頭部側邊頂了一下他的頭說：

「不准隨便碰尾巴。」

羅倫斯想起赫蘿時而會說允許他觸摸尾巴以作為獎賞，他心想讓人觸摸尾巴似乎是赫蘿的一項弱點。

不過，羅倫斯並不是為了確認這點才抓住赫蘿的尾巴，也不是因為單純的惡作劇心作祟才會那麼做。

雖然羅倫斯不知道原因為何，但是他從赫蘿的反應看出赫蘿不是打從心底感到沮喪，稍微放心了一些。

「大笨驢。」

赫蘿補上這麼一句後，嘆了口氣。

沉默降臨兩人之間。

赫蘿甩動尾巴發出的「啪噠啪噠」聲斷斷續續地響起，其中夾雜著動物油蠟燭的燭芯燒焦時發出的短促聲響。

就在羅倫斯認為該由自己主動開口的同時，赫蘿開口說：

「如果連這點都得讓汝為咱設想，那真的是有損咱身為賢狼的名譽吶。」

赫蘿似乎憑感覺知道了羅倫斯打算開口說話。

不過，羅倫斯相信赫蘿是刻意裝出有精神的樣子。

「真是的，怎麼變成是咱在撒嬌吶，應該是汝要向咱撒嬌才是唄。」

赫蘿抬起倚在羅倫斯肩上的頭，並稍微挺高背脊後，視線便高過了羅倫斯。

她的琥珀色眼睛俯視著羅倫斯，嘴唇看似不悅地扭曲。

「汝什麼時候才肯為咱失去冷靜？」

「等妳願意說出妳在想什麼的時候。」

赫蘿聽了，瞬間露出像是喝了苦水似的不悅表情，讓身子往後退。

即便如此，羅倫斯卻沒有表現出特別狼狽的樣子，看見羅倫斯保持不變態度的赫蘿，立刻露出顯得悲傷的表情輕輕喊了聲：「汝啊。」

「什麼？」

「咱希望汝失去冷靜。」
「知道了。」
聽到羅倫斯回答後，赫蘿再次緩緩倚靠在羅倫斯胸前，一邊不鎮靜地微微動著身子，一邊低聲說：
「就在這裡結束旅行唄？」
如果要羅倫斯表達他這時候的驚訝程度，除了讓那個人親眼目睹當場的狀況之外，沒其他方法了。
羅倫斯的腦海會不由地浮現這樣的想法，可見他有多麼地驚訝。
不過，在驚訝之後，憤怒情緒隨即湧上。
因為羅倫斯不希望赫蘿說出這種話語當成玩笑話。
「汝覺得咱在開玩笑嗎？」
「覺得。」
羅倫斯之所以能夠即刻做出回答，並不是因為他很冷靜。
相反地，而是因為羅倫斯失去了冷靜。他抓住赫蘿的肩膀推開赫蘿，並看著赫蘿的臉。
羅倫斯看見赫蘿臉上露出笑容，但那絕不是他能夠發得了脾氣的笑臉。
「汝真的很可愛。」

羅倫斯不免在心中嘀咕起來。

如果妳要說這種話，還用手指搔我的下巴，就應該露出平時會有的、那種壞心眼到底的笑容才行啊。

「咱不是在開玩笑。如果咱拿這種事情開玩笑，汝一定會真的生氣。然後……」

赫蘿將手放在抓住她肩膀的羅倫斯手上，接續說：

「最後汝還是會原諒咱。因為汝是個溫柔的人吶。」

赫蘿有著纖細的手指，她明明沒有好好磨過指甲，指甲卻有著漂亮的形狀。

被這樣的指甲以幾乎不留情的力道刺進手背，當然會覺得痛了。

不過，就是被赫蘿刺痛手背，羅倫斯仍然沒有鬆開赫蘿的肩膀。

「我與妳簽訂的合約是……送妳回到故鄉。」

「已經來到距離不遠的地方了唄。」

「既然這樣，上次在村落時妳為什麼……」

「人會改變，狀況也會改變。當然，咱的心情也會改變。」

赫蘿這麼說完後，露出了苦笑。羅倫斯立刻猜想到赫蘿一定是看見他露出沒出息的表情。

雖然只有一瞬間，但羅倫斯確實露出了愕然的表情。

他心想：「難道只因為心情改變，就能夠輕易決定這種事情嗎？」

「呵，似乎還有咱沒開墾到的地方吶。可是，這不是能夠隨隨便便闖入的地方。」

當羅倫斯顯得狼狽或困惑時，以捉弄他為樂趣是赫蘿早有的習慣，但是當羅倫斯漸漸地不再上赫蘿同樣的當時，赫蘿捉弄他的方法當然也會漸漸變得劇烈。

不過，就如赫蘿所說，這是羅倫斯不希望赫蘿闖入的地方。

「可是，妳為什麼會突然這麼說？」

「那個女娃兒不是有說嗎？」

「……妳是說伊弗？」

赫蘿點點頭後，挪開刺進羅倫斯手背的指甲。

看見羅倫斯的手背稍微滲出了鮮血，赫蘿一邊用眼神道歉，一邊接續說：

「雖然金錢買得到相遇機會。」

「但是……無法連相遇的好壞也一併決定？」

「所以要好好珍惜這場相遇。人類的女娃兒竟然說得一副很了不起的樣子……」

赫蘿用惡毒的口吻說出她根本不這麼認為的話語，將臉頰貼著羅倫斯的手。

「咱希望與汝的相遇會是一場美好的相遇。為了達到這個目的，咱覺得應該在這裡就分手。」

羅倫斯不明白赫蘿的意思。

在特列歐村時，羅倫斯詢問過赫蘿回到故鄉後怎麼打算，但赫蘿岔開了話題。

羅倫斯覺得那是因為兩人之間早有預感，也就是當赫蘿回到了故鄉之後，兩人之旅會因此結束的預感。

照原本的約定來說，這是相當自然的結局。而且羅倫斯在初遇見赫蘿時也認為結局會是如此，他相信赫蘿的想法也一樣。

可是，兩人的旅行實在太愉快了。如果可以，羅倫斯希望旅行能夠延續下去，哪怕只是多一天也好。

如此像個小孩子在討東西般的心情，一直在羅倫斯心中揮之不去。

而且，他覺得赫蘿應該也抱著一樣的心情。至少在回頭看一路走來的旅行時，羅倫斯有自信敢說赫蘿的心情與他相同。

這麼一來，「在這裡結束旅行」怎麼會與「讓相遇成為一場美好相遇」畫上等號呢？

羅倫斯帶著困惑的眼神看向赫蘿，赫蘿的臉頰依舊貼在羅倫斯的手上，她露出有些困擾的表情笑著說：

「大笨驢，汝當真不明白嗎？」

赫蘿沒有捉弄羅倫斯的意思，也沒有顯得憤怒。她一副就像看見老是學不會的小孩子在煩惱而覺得難以置信的模樣，表情裡甚至有種慈祥的感覺。

赫蘿抬起頭後，將羅倫斯放在肩上的手挪開，跟著再次緩緩抱緊羅倫斯說：

「這趟旅行非常非常地愉快。有歡樂、有悲傷，如此冷靜又狡獪的咱也曾像個孩子般大吵大鬧地與汝吵架。對獨自度過漫長歲月的咱來說，這樣的日子美好得讓人覺得眩目，咱真的也想過希望旅行能夠永遠持續下去。」

「既然這樣……」

羅倫斯原本打算繼續說下去，卻驀地閉上了嘴巴。

因為他知道那是不可能的事情。

不管怎麼說，赫蘿不是人類。她與人類活在世上的時間長短相差太遠了。

「汝的腦筋固然轉得快，但經驗還是不夠。因為汝是勤於賺錢的商人，咱還以為汝會立刻明白……咱並非不願意陪伴汝直到汝死去，才會說出這樣的話。這種事情……咱早已習慣了。」

彷彿一陣風吹過冬季褐色世界的大平原似的，赫蘿爽朗地說道：

「如果咱更懂得自制，或許能夠持續到抵達咱故鄉的時候。在離開前陣子經過的村落時，咱還有這樣的自信……可是，汝是個徹頭徹尾的爛好人。無論咱做了什麼事，汝都願意接受，而且只要是咱要的，汝都願意給咱。咱很難控制自己不去要求汝的體貼，太難了……」

就算從赫蘿口中聽到如騎士故事最後一頁會出現的話語，羅倫斯也是完全高興不起來。

雖然羅倫斯仍然完全不明白赫蘿在說什麼，但是他至少明白一件事。

那就是在這些話語的最後，都會加上「所以在這裡分手吧」這句話。

「所以，咱……好害怕。」

赫蘿的尾巴就像湧出的不安情緒般，膨脹了起來。

羅倫斯記起在吃了整隻烤乳豬的那天晚上，赫蘿膽怯地說她好害怕。

雖然羅倫斯那時完全不明白赫蘿在害怕什麼，但是從一路的對話看來，讓赫蘿感到害怕的只有一件事。

只不過羅倫斯不明白這件事為何會讓赫蘿感到害怕。

而赫蘿希望羅倫斯察覺到讓她害怕的事。

那天晚上赫蘿說過如果被羅倫斯察覺了，她會很困擾。即便如此，她還是在對話中提出了這個話題，這一定是因為赫蘿做出如果羅倫斯沒有察覺到，反而會更困擾的判斷。

赫蘿是賢狼。她不會做出沒意義的舉動，也幾乎不會犯錯。

既然這樣，從赫蘿目前給的提示當中，應該能夠找出讓赫蘿感到害怕的理由。

羅倫斯拚命地動腦思考。

他使出商人自豪的記憶力回想著所有一切，拚命地思考。

他思考著伊弗的話語、赫蘿突然提出的分手、還有因為自己是商人，所以或許能夠明白的事情，以及讓赫蘿感到害怕的事情。

這些事情似乎都不相關，羅倫斯完全找不出其中究竟有著什麼關聯。

如果覺得旅行很愉快，就會希望永遠持續下去，這是極自然的感情表現。

旅行必然會有結束的一天，但赫蘿應該不是為了迴避根本無法逃避的那一天。赫蘿應該老早就明白會有這麼一天到來，而羅倫斯也是。在旅行應當結束的那一天，羅倫斯有自信能夠以笑臉與赫蘿告別。

所以，赫蘿會在旅行途中就說要結束，一定代表著某種意思。

因為在旅行途中、在現在這個時間點，赫蘿覺得兩人之旅無法持續到抵達故鄉的時候……思考到這裡，羅倫斯覺得好像找到了什麼關聯。

愉快、旅行、時間點、商人。

在這個瞬間，羅倫斯無法控制變得僵硬的身體。

「……汝察覺到了唄。」

赫蘿一副感到疲憊的模樣說道，然後從羅倫斯腿上站起身子。

「老實說，咱並不希望被汝察覺。可是，如果就這麼放著不管，將錯過最完美的結局。汝應該明白咱說這話的意思唄？」

羅倫斯點了點頭。

他現在再明白不過了。

不，羅倫斯心裡一直隱隱約約明白這事實。只是，他一直不肯承認而已。

赫蘿毫不留戀地從羅倫斯身上挪開身子，走下了床舖。

在赫蘿的琥珀色眼睛俯視下，羅倫斯喃喃說：

「連妳也沒看過那故事啊？」

「故事？意思是……原來是這樣，很不錯的形容。」

世上有兩種故事。一種是人們會過得幸福的故事，另一種是過得不幸的故事。

然而，事實上應該有四種故事才行。但是，另外兩種故事是人類難以編造的故事，而且憑人類的頭腦，想要完全理解這兩種故事也極為困難。

如果有能夠編造並閱讀這兩種故事的存在，那除了神明之外也沒了。事實上，教會也承諾人們死後的世界會有這兩種故事。

「能夠持續過得幸福的故事。」

赫蘿沉默不語地緩緩踏出步伐，她走向放在房間角落的行李旁，拿起裝有葡萄酒的水壺。當赫蘿轉過身時，臉上已帶著笑容。

「那種東西根本不存在。當然了，和汝在一起真的很愉快，非常非常地愉快，愉快得恨不得想把汝吞進肚子裡。」

如果是在初相遇時，看見赫蘿瞇起帶點紅色的琥珀色眼睛這麼說，羅倫斯肯定會心跳加速。現在的他卻不會感到內心有太大動搖。

赫蘿說的「希望時間停留在初相遇的時候」這句話深深刺痛著羅倫斯的心。

「可是，不管是再怎麼好吃的料理，如果老是吃同樣的東西，汝想會怎樣？會膩唄？而且，更棘手的是，咱為了追求更新的愉快感覺，就必須以越來越劇烈的態度與汝相處。這樣越爬越高的結果會怎樣，汝應該懂唄？」

原本只是牽了手，內心就會變得不平靜的羅倫斯，到了現在就是被赫蘿抱住，也不會顯得慌張，還能夠輕鬆地親吻赫蘿的手背。

羅倫斯扳著手指數一數未來還能夠做些什麼事情，不禁感到愕然，因為他一下子就數完了。

與漫長的時間相比，兩人能夠做的事情實在太少了。

就算嘗試各種不同的方法，也會在轉眼間結束。

兩人能夠不斷地爬上階梯。

但是，階梯不見得永遠存在。

「不久後，就算咱們都試著追求愉快的感覺，也得不到滿足，所有的愉快互動只會風化，最後剩下褪了色的愉快回憶存在於記憶裡。到時候可就真的會說出『剛認識的時候真是愉快吶』這番話了唄。」

赫蘿刻意露出壞心眼的眼神看向羅倫斯。

「所以吶，咱很害怕。咱害怕這份愉快的感覺會加速被磨耗，因為汝的……」

赫蘿喝了一口水壺裡的葡萄酒後，像在自嘲似地說：

「溫柔。」

賢狼赫蘿。

她是活了好幾百年、掌控麥子豐收、害怕孤獨且能夠變身為人類的狼。

她對孤獨懷抱的恐懼心，有著讓人有些無法理解之處。光是知道赫蘿討厭被人尊稱為神明敬仰這個理由，並不能完全理解她的恐懼。

當然了，因為赫蘿是走過漫長無盡歲月的存在，所以與她走過同樣漫長歲月的存在少之又少，或許是這樣的事實使得她對孤獨變得特別敏感。

不過，到了現在，羅倫斯總算知道了答案。

也就是既然赫蘿那麼討厭孤獨，她明明只要尋找與自己走過同樣漫長歲月的存在當夥伴就好，她卻不這麼做，不，應該說不能做的理由。

赫蘿說過她不是神明。

她這麼說的真正原因就在於這個理由。

據說神明創造出來的天堂是沒有生老病死、永遠幸福美滿的世界。

赫蘿根本做不到這點。

她和人類一樣，對於任何事情都會變得習慣、會感到厭煩，也會在深夜裡茫然想著「當初明明是那麼地愉快，怎麼現在……」

希望永遠都是那麼愉快。

對於這個少女願望似的心願絕不可能實現的事實，走過漫長歲月的賢狼再也清楚不過了。

「汝等人類會說：『只要是美好的結局，一切經過也會是美好的。』這句話真的說得很好，咱聽到時都忍不住佩服了起來。雖然咱明白這道理，但是遇到真的很愉快的事情時，總是無法下定決心放棄這件事。如果拖拖拉拉地與汝一起回到故鄉，咱不知道最後會變成怎樣。所以吶，咱覺得在此分手比較好，因為咱希望與汝的愉快旅行，能夠從頭到尾都是這麼愉快。」

赫蘿走近羅倫斯身邊說道，羅倫斯沒有說話，只是接過她遞出的水壺。

赫蘿所說的內容明明沒有半點積極之處，卻讓羅倫斯感受到一種想要向前進的決心，他心想這或許是因為赫蘿幾乎抱著放開一切豁出去的想法吧。

「正好汝的夢想也即將實現。為了讓汝的故事做一個段落，沒有比現在更好的時機唄？」

「這倒也是。」

正因為如此，所以羅倫斯方才也沒有打斷赫蘿說話。

「而且，咱本來想晚點說出來讓汝驚喜的。」

赫蘿沒出聲地笑著說道。她彷彿剛才什麼都沒發生似的，輕快地在羅倫斯身邊坐下，扭轉著上半身伸直了手拿起枕邊的書本。

「咱在書本上發現了咱的故事。」

赫蘿說罷，忽然露出苦笑。她一定是看見了羅倫斯在聽到的瞬間，露出驚訝的表情。

當羅倫斯聽到赫蘿說他的夢想即將實現時，明明顯得無動於衷，聽到有關赫蘿的事情時，反應卻如此之大。

「上面寫了很多很多以前的事。都是一些咱還沒看書前，全給忘了的事。」

說著，赫蘿先翻開書，再讓書頁朝向羅倫斯。

她應該是要羅倫斯看書的意思。

羅倫斯拿水壺與赫蘿換了書本後，讓視線落在頁面上。

四四方方、顯得神經質的字體寫下的故事，發生於人們仍然生活在懵懂無知之中的時代。

想必在那個時代裡，人們對於教會的認知，還只是個存在於遙遠國度的傳說吧。

書本上寫著在異教徒城鎮卡梅爾森時，從編年史作家狄安娜口中聽到的赫蘿名字。

「被人說是麥束尾巴……心情還真是複雜吶。」

雖然羅倫斯覺得這個形容與事實相差不遠，但是他當然沒有說出來。

「……妳的酒量好像從以前就很好的樣子。」

羅倫斯一邊閱讀有關赫蘿的內容，一邊難以置信地說道。赫蘿聽了，不但沒有不開心，反而挺起單薄得可以的胸膛，得意地用鼻子哼了一聲說：

「就是現在，咱仍然記憶猶新。與咱較勁，看誰酒量比較好的是個年輕女孩，咱與那女孩最後不是醉倒，而是肚子裝不下再多的酒。說到比賽的結束場面，那可是壯烈無比。」

「不，不用了，我不想聽下去。」

羅倫斯揮揮手插嘴說道。愛逞強的赫蘿，加上想必是同樣愛逞強的女孩，這樣的組合會有什麼樣的結束場面，羅倫斯就是不願意去想，也能夠知道。

不過，書本上確實寫著有關較勁酒量的故事，但是描述得比較像是與赫蘿較勁的女孩的英勇傳奇。

故事會這麼描述，說是理所當然也是吧。

「呵呵，不過還真是教人懷念吶。在還沒看書前，咱明明忘得一乾二淨了。」

「喝酒、吃飯、唱歌、跳舞啊。我想故事應該重新寫過好幾遍，但還是能夠感受到當時愉快的氣氛。原本的傳說肯定是屬於笑話那一類的故事吧。」

「嗯。當時真的很愉快。汝啊，站起來一下好嗎？」

「？」

羅倫斯照著赫蘿所說，從床鋪上站起身子。

然後，他在赫蘿用手指示的位置放下手中的書本。

羅倫斯才在猜想不知道赫蘿打算做什麼，赫蘿便動作迅速地走近他，跟著牽起了他的手。

「右、右、左，左、左、右。懂了嗎？」

羅倫斯不需要思考就明白了赫蘿的意思。

他心想這應該是赫蘿在書本中所跳的村落古老舞蹈吧。

不過，站到赫蘿身邊，羅倫斯便察覺到赫蘿的心情。

赫蘿擁有狼耳朵和尾巴。

羅倫斯不可能沒察覺到赫蘿的開朗模樣背後，藏著什麼樣的心情。

赫蘿告訴了他之所以想要結束旅行，是因為旅行太愉快了。

「喝了酒後跳這種舞蹈，一下子就會變得頭暈眼花。」

赫蘿垂下頭抬高視線地笑笑後，立刻把視線落在腳邊。

「別忘了是右、右、左，然後再左、左、右。喏，開始了。」

雖然羅倫斯根本沒好好跳過幾次舞，但是在異教徒城鎮卡梅爾森舉辦祭典時，羅倫斯還是被赫蘿強硬拉著跳了整晚的舞。

被強迫練習了整晚後，還有誰學不會跳舞呢？

配合著赫蘿一邊說：「開始！」一邊踏出的步伐，羅倫斯也踏出了步伐。

就像牧羊女諾兒菈為了表示自己是真正的牧羊人，也會跳舞一樣，舞蹈處處可見。雖然舞蹈的種類很多，但其實每種舞蹈都很相似。

羅倫斯踏出第一步時，就跟上了赫蘿的腳步，他眼前的赫蘿驚訝地說：

「唔。」

赫蘿八成是打算嘲笑羅倫斯的動作遲鈍，但羅倫斯當然不會讓她稱心如意。

咚、咚、咚，羅倫斯動作輕盈地移動腳步，反而是他引導著舞步有些亂了節奏的赫蘿。一旦明白跳舞這東西比起技術好壞，擁有自信才是最重要的道理後，接下來只要大膽去跳就行了。

不過，赫蘿因為驚訝而顯得遲鈍的動作，也只在剛開始的時候而已。

她的動作立刻變得靈活，時而還會以明顯看得出是刻意的動作讓舞步稍微亂了節奏。想必她是企圖讓羅倫斯在舞步亂了節奏時，不小心踩到她的腳吧。

羅倫斯當然不會上當。

「唔、哼。」

如果站在旁邊看，相信兩人看起來就像用針線縫在一起的兩個玩偶吧。

因為兩人的默契是如此地好。

雖然只是跳著「右、右、左，左、左、右」的單純舞步，但是在狹窄的房間裡，兩人不停地踏著舞步，一次也沒有停下。

出乎意外地，彷彿會永遠持續下去的舞步是因為赫蘿踩了羅倫斯的腳而結束。

「哇！」

羅倫斯輕輕發出聲音的下一秒鐘，兩人很幸運地都倒在床鋪上。
只有牽著的手仍然彼此緊緊握住。
羅倫斯壞心眼地猜想著赫蘿是不是刻意這麼做，不過他看見赫蘿一副不知道發生什麼事情了的愕然表情。
然後，赫蘿總算回過神來與羅倫斯視線交會。
笑容很自然地浮現在兩人臉上。
「……咱們到底在做什麼啊。」
「這種事情不要說出來比較好吧。」
赫蘿一副覺得發癢的模樣縮起脖子，露出了尖牙。
她看起來真的很開心。
想必也是因為如此，所以才有辦法繼續說話吧。
「書本上也寫出了咱故鄉的方位唄？」
羅倫斯讓臉上仍然掛著帶有「兩人剛剛的互動真是蠢極了」餘韻的笑容，回想一下書本內容後，點了點頭。
書本上寫著麥束尾巴赫珞是從以人類腳步約行走二十日的距離、位於沉睡與誕生方位之間的樂耶夫深山來到此地。

想必沉睡指的是北方、誕生指的是東方方位吧。賦予方位意思是人們常有的習慣。

而且，最具關鍵性的內容是有關樂耶夫深山的記述。

羅倫斯也聽過樂耶夫這個名稱。

那是由流經雷諾斯邊緣的羅姆河所延伸出來的支流名稱。

幾乎無庸置疑地，樂耶夫深山指的就是樂耶夫河源流流出的高山。這麼一來，赫蘿想要獨自回到故鄉，就真的沒有問題了吧。

而且，羅倫斯的這般預測應該不會有錯。

如果要說羅倫斯有錯，就只有在帕斯羅村時，在貨台上載了麥子這件事。

「那，妳全部看完了嗎？」

因為害怕沉默像是要戳破兩人明顯的謊言，羅倫斯沒停頓地這麼說。

兩人原本牽著的手也因為羅倫斯坐起身子而鬆開。

「嗯。最古老的故事是有關這個城鎮的最初始，一名連是不是人類都教人懷疑的男子為了居住而打下第一根柱子的故事。」

「那人妳也認識吧？」

聽到羅倫斯開玩笑地說道，赫蘿笑著說了句：「搞不好。」

「不過——」

赫蘿也坐起了身子。

「趁著還沒不小心讓書本滴到酒之前，或許先去還書比較好唄。需要的內容沒有多得必須抄寫下來，而且幾乎所有內容原本就在咱的腦子裡。」

「說的也是。也不知道妳會不會看書看到一半時睡著了，然後流了滿書口水。」

「咱才不會那樣。」

「我知道。妳當然也不會打呼，對吧。」

羅倫斯笑著說道，跟著動作迅速地從床上站起身子。

他誇張地假裝「如果呆呆不動，就可能被赫蘿狠咬一口」的模樣。

「汝想不想知道汝睡覺時說了什麼夢話吶？」

赫蘿瞇起一半眼睛這麼做出反擊。

這是赫蘿嚇唬過羅倫斯好幾次的話語。

為什麼這樣的互動會如此悲傷呢？這麼想著的羅倫斯努力不讓這樣的心情顯露在臉上。

「我應該是說，『拜託妳不要再吃下去了……』吧。」

羅倫斯經常夢見大快朵頤的美夢。

不過，自從與赫蘿一起旅行後，他夢見了幾次赫蘿在大快朵頤的惡夢。

「咱不是已經賺到自己的餐費了嗎？」

赫蘿一邊抗議說道，一邊走下床鋪另一邊。

她是為了表演出兩人在吵架的模樣。

「妳說的是結果吧。要不是在卡梅爾森賺到了錢，我的財產早就真的被妳吃光了。」

「哼。俗話說一不做二不休，到時候咱也會很快地把汝吃進肚子裡。」

赫蘿裝模作樣地舔了舔舌頭，然後露出妖豔的眼神看向羅倫斯。

羅倫斯當然從很久以前就明白赫蘿這真的只是在演戲。

不過，他也痛切地明白赫蘿現在戴著的面具底下，藏有與過去不同的表情。

羅倫斯知道在兩人之間，有某個決定性的聯繫斷了。雖然這讓他悲傷不已，但還不到無法忍受的地步。

而這點是讓羅倫斯感到最悲傷之處，他心想這一定老天爺太壞心眼了。

「真是的。那，還完書之後，回來的路上妳想吃什麼？」

聽到羅倫斯說道，赫蘿一邊發出「啪噠啪噠」聲響甩動尾巴，一邊壞心眼地說：

「不告訴汝。」

就只有這段互動，赫蘿顯得跟平時一樣地愉快。

第四幕

隔日，在剛過正午不久，羅倫斯在告知阿洛德要去拜訪里戈羅後，便離開了民宿。雖然會議內容不太可能在外出一會兒之間公佈，但還是謹慎點比較好。阿洛德聽了沉默地點點頭後，繼續注視著炭火。

來到街上後，兩人再次繞進上次的狹窄道路。

和上次不同的是，這次路面的水窪變少了，還有交談也變少了。

為了避免尷尬，沿路上赫蘿貼心地提出了幾次簡短的詢問，再次確認她早已掌握住的交易情形與預測狀況。

「一切都很順利唄？」

這是赫蘿之前也詢問過幾次的話語。

羅倫斯上次牽著赫蘿跳過的那個大水坑，似乎是愛惡作劇的小孩挖掘出來的大坑洞。今天雖然水面矮了不少，但坑洞裡依然有積水。

所以，羅倫斯還是像上次一樣伸出了手，而赫蘿依然抓住他的手跳過了水窪。

「嗯，很順利，順利得讓人有點害怕。」

「畢竟吃過了好幾次苦頭吶。」

聽到赫蘿說道，羅倫斯笑了出來。

不過，羅倫斯之所以感到害怕，大部分原因是因為交易成功後，有太過龐大的利益等著他。

羅倫斯不認為伊弗打算陷害他，也覺得伊弗想要狡猾地陷害他並不容易。

因為這是向人融資採買商品後，再賣出商品的單純交易。

只要商品買賣不失敗，就不會有什麼大問題。

假使伊弗想要蠻幹地陷害羅倫斯，打算在途中奪取商品，就不可能提議以船隻運送商品。

河川是比道路更重要的貿易通道，在這條貿易通道上行駛的船隻不計其數。

要暗中在河上展開爭奪戰可謂難如登天。

想到這裡，羅倫斯不禁鬆了口氣。

「用咱的身體能夠換得幾千枚銀幣吶？」

「嗯，差不多兩千枚。」

與其說赫蘿的身體，這應該是伊弗家族名號的價格。

「喔，如果拿這些錢買酒會怎樣？」

「那當然能夠買到妳想都想不到的大量上等酒。」

「汝打算拿這些錢來賺錢，是唄？」

赫蘿應該是要羅倫斯分一份利益給她的意思，而羅倫斯當然也是這麼打算。

「如果順利交易成功，妳要喝多少酒，我都請妳喝。」

「呵呵，那可真的要……」

說到一半時，赫蘿慌張地閉上嘴巴。

雖然羅倫斯瞬間感到訝異，但是他當然明白赫蘿原本打算說什麼。

赫蘿想說的八成是「那可真的要喝到一輩子都不會醒來的程度」。

然而，這是無法實現的夢想。

「那可真的要喝到咱還沒喝醉前，就先吐出來的程度吶。」

於是，賢狼赫蘿這麼開口。

而旅行商人羅倫斯當然就得接著說：

「什麼啊，妳和人拚酒拚輸啦？」

「嗯……可是，那也是當然的唄。汝想想看，雖然比不上咱，但對方是個相貌姣好的女孩。這樣的女孩居然會頂著紅通通的臉，鼓著兩頰，面目猙獰地把酒灌進肚子裡吶。當咱發現咱這高貴的賢狼也露出相同醜態的瞬間，喉嚨就自動關起來了。」

不管有沒有繼續喝，想必下場都是醜態畢露吧。但是這樣愛漂亮的表現很符合赫蘿的作風，使羅倫斯不禁笑了出來。

赫蘿把雙手交叉在胸前，臉上的表情像是吞了口苦水。

那模樣散發出如活潑少女般的天真氣息。

羅倫斯不禁心想，倘若這不是赫蘿的演技，不知道會有多麼地愉快。

「就算有過如此慘痛的經驗，妳還是會不知節制地大口喝酒吧。」

聽到羅倫斯說道，赫蘿抬起頭回答說：「除了大笨驢以外，還真找不到言語評論了唄。」

兩人來到里戈羅的住處後，發現里戈羅不在家。

出來迎接兩人的果然還是梅爾妲，而梅爾妲依舊是一身修女服裝扮。

「兩位閱讀的速度真快。我光是要閱讀一則短篇故事，就得花上將近一個月的時間。」

梅爾妲沒有顯得謙虛，而是有些害羞地微笑說道，那模樣給人一種非常溫柔的感覺。

雖然羅倫斯不禁這麼想著，但是自梅爾妲從里戈羅的書桌拿出鑰匙，直到為羅倫斯兩人帶路的這段時間，赫蘿一次也沒有踢他。

「里戈羅先生交代過我，如果兩位還想要閱讀其他書本，都可以借給兩位。」

梅爾妲打開書庫門鎖，一邊點燃蜜蠟，一邊說道。

「妳還想看什麼書嗎？」

羅倫斯這麼詢問赫蘿後，赫蘿含糊地點了點頭。

「那麼，請隨意翻閱不用客氣。雖說這些都是很貴重的書籍，但如果沒有人翻閱，它們就太可憐了。」

「謝謝妳。」

聽到羅倫斯的道謝話語，梅爾妲只是笑容可掬地傾了一下頭而已。

與其說因為梅爾妲是修女才有這樣的表現，或許應該說她原本的個性就是如此。

「不過，兩位歸還的書，是里戈羅先生的祖父以現代語重新編寫過的書本。但其他古書應該都是以古代文字編寫，當中或許會有艱澀難懂的書籍。」

赫蘿點點頭，接過蜜蠟燭臺後，緩緩往書庫深處走去。羅倫斯心想赫蘿應該沒有當真想要閱讀的書本，一定只是想消磨時間罷了。

赫蘿在民宿之所以會邀羅倫斯跳舞，想必是抱著某種期待吧。

也就是帶著在說清楚一切後，是否還能夠保持愉快、面帶笑容地結束這趟旅行的期待。

然而，她明白了那是不可能的事情。

「請問。」

「是？」

原本看著赫蘿手上光線的梅爾妲，回頭看向羅倫斯答道。

「我有個不情之請，可否讓我看看里戈羅先生的庭園呢？」

羅倫斯害怕在昏暗的書庫氣氛裡，想法會變得越來越消極。

不過，梅爾妲當然一點兒也沒察覺到羅倫斯的這般心情，她露出如蜜蠟光線般柔和的微笑說：「我想庭院裡的花兒們也會很開心的。」

「赫蘿。」

聽到羅倫斯的呼喚，赫蘿像是早已預料到似的，從書架背後探出臉來。

「拿書的時候別太粗魯啊。」

「咱知道。」

梅爾妲聽了，發出如銀鈴般的清脆笑聲。

「不用擔心，里戈羅先生拿書的動作還更粗魯呢。」

雖然羅倫斯覺得梅爾妲的話應該是事實，但他還是先叮嚀赫蘿一番，才在梅爾妲帶路下走回一樓。

羅倫斯心想，或許只要望著那片明亮的庭院，就能夠忘卻一切不做他想。

「我去幫您準備些飲料過來。」

「啊，不用客氣了。」

雖然羅倫斯這麼說，但是梅爾妲像當作耳邊風似的敬了個禮，便安靜地走出了房間。

如果是前來商談，對方幾乎也都是有利可圖，所以沒什麼好在意；但這次完全是前來叨擾，所以對方表現得太體貼，反而讓人覺得不好意思。

羅倫斯不禁心想，是不是因為自己是個滿腦子只想著損益計算的商人，才會有這般想法。與他人分享自己擁有的事物——這是教會的中心思想之一。

「算了……」

羅倫斯刻意發出聲音說道，一副「什麼都不想再想了」的模樣停止自己的思考。

他的視線移向了里戈羅的庭院。

羅倫斯曾聽說製作透明玻璃相當困難。相信里戈羅在打造這扇窗時，除了價格之外，一定也遇上了各式各樣的問題。

在連接了好幾片透明玻璃所製成的玻璃窗背後，是一座想必比玻璃窗更花費心力的庭院。

在這個正值嚴寒的季節裡，能夠看見綠色及白色花草，讓羅倫斯有種奇妙的感覺。

里戈羅曾得意地說只要善盡心力，就能夠讓庭園一整年都保有這般景色。

倘若里戈羅的話可信，那麼他一定全年坐在這張書桌前，百看不厭地眺望著庭院吧。

看似為里戈羅打理生活的梅爾妲，想必也是一面露出受不了里戈羅的笑容，一面眺望著他的背影吧。

這簡直是如畫一般的生活。

老實說這讓羅倫斯羨慕不已——想到自己居然會嫉妒這種事情，羅倫斯不禁露出苦笑，跟著把視線拉回了房間。

房間裡擺滿紙張以及羊皮紙，儘管乍看之下顯得雜亂，該整理的地方卻是相當整齊。房間的散亂程度，讓這裡給人與其說像住家或工作室，不如說像是巢穴的感覺更為貼切。這樣的房間裡卻擺有聖母石雕像，應該是里戈羅與伊弗關係親密的緣故吧。

或者也有可能是里戈羅被迫買下滯銷的石雕像。

聖母石雕像被細心地連同棉花收在木箱裡，木箱裡還擺了用紅線綑住的小張羊皮紙。羊皮紙一定是證明聖母石雕像經過神聖洗禮的證明書吧。

聖母石雕像的大小，約莫是兩手用力張開五指合抱的程度。

羅倫斯左一次右一次地仔細端詳著聖母石雕像，猜測著石雕像的價格有多高時，忽然發現了一件事。

他發現石雕像表面有些剝落。

「什麼東西啊？」

為了讓石雕像擁有美麗外觀，會在表面上塗抹石灰粉，有時也會塗抹黑墨。

聖母石雕像擁有柔和白色的外觀，所以應該是塗抹石灰粉吧。

不過，羅倫斯在表面剝落處看見某種奇怪的東西。

他輕輕搓了搓剝落處，用手沾起剝落物一看——

「……這該不會是——」

「怎麼了嗎？」

然後，羅倫斯聽到聲音回過神來。

他回頭一看，發現梅爾妲就站在那兒。

「啊，沒事……真是不好意思，我看見雕像雕刻得實在太像聖母了，所以想向聖母傾訴我的煩惱。」

「哎呀。」

梅爾妲稍微睜大了眼睛，露出柔和的笑容說：

「畢竟我是教會的小羊，需不需要我幫您除去煩惱呢？」

梅爾妲似乎不是頑固保守的修女。

羅倫斯用開玩笑的口氣回答：「不用麻煩了。」

「這是用麵包做成的飲料，不知道合不合您的胃口？」

表面切削得很平整的木頭托盤上，放著同樣是木頭做成的小巧木杯，以及唯一鐵製的水壺。

托盤和木杯有著柔和線條，或許是梅爾妲親手做的東西。

「是麵包啤酒嗎？」

「哎呀，商人真是博學多聞呢。」

梅爾姮一邊把淡茶色飲料倒進木杯中，一邊答道。
「不知道是不是不流行了，最近很少看見這種飲料。」
「比起神血，我比較喜歡喝這種……啊，當我什麼也沒說喔。」
神血指的應該是葡萄酒吧。
聽到個性文靜的梅爾姮盡最大努力說出口的玩笑話，羅倫斯臉上不禁掛起微笑。
他點了點頭，跟著豎起食指壓在嘴上。
如果是在留賓海根、卡梅爾森或是特列歐村的時候，羅倫斯或許會因為害怕赫蘿報復，而有不同的應對方式。
只是，如果詢問羅倫斯是否真心享受著與梅爾姮的互動樂趣，答案會是否定的。
此刻羅倫斯腦中正不停思索著有關聖母石雕像的事情。
「請用。」
梅爾姮露出笑臉，邀請羅倫斯喝飲料。
即便腦中想著其他事情，羅倫斯煩躁的心靈還是因為梅爾姮溫和的態度而得到了慰藉。他拿起木杯說：
「對了，里戈羅先生是去參加會議嗎？」
「是的。今天早上突然被叫出去……啊，里戈羅先生交代過我，不能把有關會議的事情告訴他人……」

看見梅爾妲一副很過意不去的模樣說道，羅倫斯當然在臉上浮現商談用笑容搖搖頭說：

「沒有，我不是想詢問會議內容的意思，是我提問的方法不好。我本來想問問里戈羅先生有關這扇玻璃窗的事情，所以覺得不能見到他很遺憾。」

「啊，玻璃窗是嗎……這扇玻璃窗是里戈羅先生耐心地收集一片又一片的玻璃，總共花了三年的時間。」

「原來如此。可以感受到里戈羅先生灌注在庭院的熱情有多麼深。」

羅倫斯刻意裝出很驚訝的表情說道，梅爾妲聽了，像是自己被人誇獎了似的展露微笑。

雖然伊弗曾說她不能理解里戈羅沒有任何世俗欲望，只會對庭院灌注熱情的行為。但如果身邊有個像梅爾妲這樣了解自己的人，又能埋首於自己的樂趣，想必每天會過得相當充實吧。

「看見里戈羅先生灌注了這麼多熱情在這座庭院上，我想就能理解他想辭掉會議書記的大膽發言吧。」

梅爾妲一副感到傷腦筋的模樣笑笑，跟著點了點頭。

「就算是得出門工作的時候，里戈羅先生也是一直眺望著庭院，直到不得不出門的那一刻為止呢。」

「就算想乾脆辭去工作，也不是那麼容易的事吧。畢竟書記是很重要的工作。」

「神明也告訴我們勞動確實是值得尊崇的事。可是我不禁會想，讓一整天悠哉地望著庭院度日般平凡的心願實現，應該也不為過吧。」

梅爾妲說罷，露出了笑容。

雖然這是虔敬修女不被允許的墮落夢想，但是從梅爾妲口中說出來，卻讓人臉上不禁掛起微笑，想必這是因為梅爾妲正在戀愛吧。

梅爾妲的這番話，就像在說「里戈羅的幸福就是她的幸福」。

依解讀的方式不同，甚至可以說梅爾妲這麼說是為了自身的夢想。

梅爾妲的夢想，或許就是待在日復一日、悠悠哉哉地眺望庭院的里戈羅身邊，勤快地幫他打理大小事。

「越是平凡的心願，就越難實現喔。」

「呵呵，或許是吧。」

梅爾妲用手摸著臉頰，一副感到耀眼的模樣看著庭院。

「而且，有著希望能時時刻刻、永永遠遠都能夠看見的想法，或許才是最美的時候吧。」

梅爾妲的話語讓羅倫斯感到意外，不禁直盯著她看。

「怎麼了嗎？」

「妳的話語讓我欽佩不已。」

「哎呀，您真會說話。」

雖然羅倫斯的話語不完全是假的，但似乎被梅爾妲當成了玩笑話。

希望時時刻刻、永永遠遠與赫蘿在一起，還能夠抱有這般想法的時候才是最美的——如此犀利的話語深深刺進了羅倫斯的心。

事實上，如果一直在一起，知道隨時能夠見到彼此，見面時的喜悅一定會減少許多吧。

這不是什麼難懂的世間真理。

正因為這是很簡單的道理，所以赫蘿那彷彿想顛覆這事實的夢想，才會那麼地難以實現。

「不過，我認為能持續追尋平凡的夢想，真的是件很幸福的事情。」

但是，因為想忘卻無法避免的現實，羅倫斯口中還是逞強地這麼說。

然後，就在羅倫斯與梅爾妲交談之間，赫蘿手持燭臺走回了一樓。

雖然赫蘿說是燭火熄滅了，所以才走上樓，但羅倫斯覺得她一定是扯謊。

就像羅倫斯逃了出來一樣，赫蘿一定也受不了書庫的沉悶氣氛才逃了出來吧。

至於要說為什麼，那是因為羅倫斯看見赫蘿一走進灑滿耀眼陽光、面向庭院的房間，便露出怨恨的目光盯著他。

她沉默不語地站到羅倫斯身邊。

羅倫斯直直看向這般模樣的赫蘿，開口說：

「有找到什麼不錯的書嗎？」

赫蘿搖了搖頭。相對地，她以眼神詢問羅倫斯「汝呢？」

赫蘿永遠是赫蘿。

她輕輕鬆鬆就能夠看出羅倫斯的心境有什麼變化。

「我這邊嘛，聽了有所助益的話語。」

羅倫斯這麼做出回應。就在他打算開口說出「所以……」的瞬間——

屋外傳來敲打大門的聲音。

在那之後沒隔多久，就傳來打開大門的聲音。

接著一陣毫不客氣的「碰碰碰」腳步聲響起後，出現了那名人物。

梅爾妲當然露出了驚訝的表情。但看見非法闖入者後，她之所以沒有生氣，也沒有顯得慌張，是因為闖入者是她非常熟識的人物吧。

那名人物就是伊弗。

「跟我來，事情不妙。」

伊弗的呼吸顯得急促。

「發生暴動了。」

「記得關緊大門，除非是妳直接認識的人，否則絕對不要開門。」

聽到伊弗說道，梅爾妲像是吞下硬石似的點點頭說：

「是、是的。」

「就算對會議結論再怎麼不滿，應該也不會誇張到前來攻擊書記的住處吧，所以這裡應該不會有事。」

說著，伊弗輕輕擁抱了一下梅爾妲。

「當然，里戈羅也不會有事。」

聽到伊弗的話語，梅爾妲露出悲壯的表情點點頭。

她的模樣看起來像是在說比起自身性命，里戈羅的安危更重要似的。

「好，走吧。」

伊弗這次是對著羅倫斯兩人說道，羅倫斯也輕輕點頭回應她。

雖然赫蘿一副不感興趣的模樣獨自站遠了些，但羅倫斯看得出來赫蘿帽子底下的耳朵正不停轉向各個方向。或許她是在聆聽城鎮警戒森嚴的氣氛吧。

「我們走了喔。」

看見伊弗離開大門後，梅爾妲一副擔心模樣雙手合十地祈禱著平安。

「妳說發生暴動，具體來說是什麼人暴動？」

羅倫斯一邊以接近小跑步的速度在不見行人的路上行走，一邊問道。

「皮革工匠，還有買賣加工所需商品的商人們。」

突然來到里戈羅住處的伊弗，一開口就說事情不妙。

原因是會議意外地提早公佈結論。

會議方打算在中央廣場豎起記述會議結論的木牌時，受到手持加工道具作為武器的工匠與商人阻礙，他們要求取消會議結論。

雖然五十人會議的結論感覺上是個很好的方案，但是對於依狀況不同，到了明天就可能會失去工作或商品的一群人來說，自然會覺得絕對無法接受吧。

而且，伊弗也說過五十人會議的結論把事情預測得太天真。

對於這般結論所抱持的不安與擔憂情緒，會演變成武裝暴動一點也不奇怪。就算雷諾斯的皮草產業僥倖存活下來，對已經破產的人們來說根本毫無意義。

另外，聽說發生暴動的情報轉眼間已傳遍整座城鎮。城鎮的核心地帶湧進大批群眾，形成十分混亂的狀況。

就算只憑羅倫斯的耳力，也聽得見人們的喊叫聲從遠方傳來。

當他看向赫蘿時，赫蘿點頭回應了他。

「當然，會議決定的事情不可能被推翻吧？」

聽到羅倫斯的話語，伊弗點了點頭。

所謂的五十人會議，是集合城裡擁有各式各樣立場的當權者所召開的會議，會議做出的決定就代表城鎮做出的結論。這個結論優先於任何事情，只要居住在雷諾斯，就必須無條件地遵從。如果有部分人士以利益相衝突為由否定五十人會議所做的結論，將使得會議權威嚴重受損，甚至會有城鎮無法正常營運下去的危險性。

最重要的是，所謂城鎮，本來就是利害關係相衝突的人們聚集在一起才能夠形成的。會議每次做出的結論，不可能永遠都是所有人能夠接受的萬全結論。

想必皮草加工的相關人士們是明白這樣的事實，才發起暴動的吧。

「因為事關會議名譽，所以勢必會實施結論，城門外的商人們也已經進到城裡來了。聽說工匠們為了阻止他們進來，還發生流血事件。不過，應該很難阻止吧。」

伊弗沒迷失方向地在錯綜複雜的小巷子裡走著。

時而會看見可能與羅倫斯等人擁有類似目的、看似商人的人在狹窄的小巷子裡全速奔跑。羅倫斯有些擔心赫蘿會跟不上他的腳步，但目前看來，似乎沒什麼問題。赫蘿握住羅倫斯的手確實跟在後頭。

「皮草的交易呢？」

「會議結論與我掌握到的情報內容一致。只要實施了結論，當然有可能進行皮草交易。」

這麼一來，現在面臨的狀況就是必須爭取一分一秒的時間。

「妳打算怎麼做？要先直接去採買皮草，事後再交付現金嗎？」

然而，對於羅倫斯的詢問，伊弗給的答案是「不」。

「我不想給對方找碴的機會，還是確實帶著現金去交涉吧。你先去德林商行提領現金。」

伊弗不在意地踩過水窪走著，並在羅倫斯反問前搶先一步接續說：

「我去安排船隻。」

說著，伊弗停下了腳步。

三人走出狹窄曲折的小巷子，突然來到一片寬敞的地方，而這個位置正是港口的正前方。

羅倫斯看見人群在這裡來回穿梭，而每個人都鐵青著臉。

看在羅倫斯眼中，那些慌張地奔走的商人們，每一個都像是為了調度皮草在奔波。一陣近似惡寒的感覺迅速爬上羅倫斯的背脊。

想必在此刻，廣場上的皮草工匠們，正與死守著記述會議結論木牌的人們對峙，而那邊的場面必然是一觸即發。

「我們要在這些對手中勝出。所以，只知道慌張行事是沒用的。」

伊弗轉過身子說道。

「我們在民宿會合。做好所有準備後，再全力應付皮草交涉。」

伊弗的藍色眼眸充滿決心，沒有半點動搖。

羅倫斯想起在港口前方與伊弗喝酒時，她說過自己會想賺錢是為了孩子氣的復仇。

他當然不能決定伊弗這樣的動機是好是壞。

不過，他明白了伊弗是個膽量十足的優秀商人。

「知道了。」

羅倫斯輕輕握住伊弗伸出的手說道，伊弗淡淡一笑後，轉過身消失在人群之中。

相信伊弗一定能夠順利安排好船隻，確保住皮草的銷售路徑吧。

羅倫斯一邊注視著伊弗消失的方向，一邊這麼想著。

「那麼，咱們也該走了嗎？」

赫蘿搭腔說道。

她的聲音沒有顯得緊張，也沒有催促羅倫斯的意思。

「是啊。」

簡短做了回答的羅倫斯準備踏出腳步，卻又立即停住。

正確來說，他是被赫蘿那彷彿能貫穿人心的視線固定住了。

「汝為何不向咱說明剛剛看見了什麼？不，應該說汝看了後的想法？」

羅倫斯臉上不禁浮現笑容，他心想果然什麼事情都瞞不過赫蘿。

「汝察覺到危及這次交易的風險。咱說錯了嗎？」

所以，羅倫斯沒打算隱瞞地立即說：

「沒說錯。」

「那為何汝不向咱說明？」

「妳想知道嗎？」

赫蘿把手伸向羅倫斯的胸口。想必她這麼做，並不單純因為羅倫斯以問句回答她的問題。

羅倫斯握住赫蘿觸及他胸口的手。在輕輕放下她的手後，挪開身子說：

「我原本打算告訴妳我剛才所察覺的危機。這件事情會危及我自身，也會危及妳的安全。但是，在考慮過所有狀況後，我還是會不顧一切繼續追求利益吧。這是因為能夠到手的利益值得我賭上性命，而且就算會危及妳的性命安全，憑妳自己的力量隨隨便便也能脫身。當然——」

赫蘿聆聽著，但臉上卻收起了所有的情緒。

「這麼一來，我們恐怕很難再見面了吧。」

赫蘿沉默不語。

羅倫斯繼續說：

「而且，如果我告訴了妳危及這次交易的事情後，妳一定會這麼說吧？」

「……沒必要拋出一切利益、迴避所有危險，只為賭上一縷希望。」

羅倫斯聳聳肩笑了出來。

他之所以沒有說出察覺到的事情，就是因為不想從赫蘿口中聽到這樣的話語。

如果這次交易成功，羅倫斯就幾乎可以實現他的夢想。當羅倫斯變成有錢人回到雷諾斯時，出來迎接他的赫蘿在祝福他的同時，也會露出笑臉道別吧。

或者，當交易失敗時，不可能乖乖被賣掉的赫蘿在逃跑後，會認為這是下定決心的好機會而返回故鄉。雖然這麼想有點像在撒嬌，但赫蘿或許會擔心羅倫斯的安全而前去找他。然而在那之後，羅倫斯還是找不到話語挽留打算離去的赫蘿。

也就是說——

「與妳繼續旅行下去的可能性，只有在拋出一切進行這次交易時才可能存在。」

同時還要加上「就算自己的夢想有可能實現，也不能讓妳遇上危險」這句裝模作樣的話語。

「汝以為這樣咱就會覺得開心嗎？」

羅倫斯毫不害羞地說：

「會。」

然後，赫蘿就在這個瞬間賞了羅倫斯一巴掌。

「咱不會表示高興，也絕對不會道歉。」

赫蘿用那纖細的手全力甩出巴掌，應該是她的手比較痛吧。

羅倫斯一邊這麼想著，一邊看著赫蘿打著哆嗦的臉。

這下子不論是羅倫斯開口，還是赫蘿開口，「未來也想一起旅行」這句話，將永遠都說不出口了吧。

這是要求在雷諾斯結束旅行的赫蘿所期望的結果，但並非羅倫斯所期望的。

就是做出並非自己所期望的事情，也要讓對方的期望實現。

這肯定是世間被稱為溫柔的行為當中，最為尊貴的表現，也是讓赫蘿感到害怕的行為。

重點在於，這是羅倫斯對突然提出要結束旅行的赫蘿所做的小小報復。

「咱會記住汝是個擅於算計的冷靜商人。」

聽到赫蘿的話語，羅倫斯總算能夠真心展露笑容。

「如果一直被認為是個少根筋的商人，那可會損及我的名譽。那麼，要去借作戰資金了嗎？」

羅倫斯走了出去，赫蘿隔了一會兒後，才跟上他的腳步。

他聽見赫蘿抽搭鼻子的聲音，心想應該不是因為天氣冷吧。

雖然覺得自己狡猾，但羅倫斯的心胸還不夠寬大，如果連小小的報復都沒做，教他如何與赫蘿道別。

然而，報復永遠會讓人感到空虛。

當來到德林商行前時，赫蘿已經恢復比平時更正常的模樣。

報復會再引來報復。

不過，這樣就可以了。

「這世上肯定根本沒有神明。」

赫蘿簡短地喃喃說道。

「如果如汝等所說，真有全知全能的神，那為何看著咱們這麼痛苦，卻什麼也不做吶？」

羅倫斯停下準備敲門的手。

「嗯，是啊……」

並點點頭回應赫蘿的話語後敲了門。

德林商行依舊散發出質樸的氣氛，商行內也彷彿與外頭騷動無緣似的平靜。

商行的人當然已掌握到外頭發生了什麼事。他們一看見羅倫斯出現，便立刻拿出了現金。

雖然對方露出深藏不露的恐怖笑臉，但在對方挺起胸膛說出「一定會保證您同伴的性命安全」時的模樣，還是讓羅倫斯產生了些許信賴感。

雖然說對方是內心冷漠的商人，但也正因為這份冷漠，才讓人能夠對於其處置商品的態度心生信賴。

不過，對方不是把裝有金幣的袋子直接交給羅倫斯，而是先交給了赫蘿。

這是貸方的智慧。

藉由成為抵押品的赫蘿親手遞出金幣的動作，讓赫蘿的存在能夠在借方心底烙下更深的印子，相信這也帶有防止借方捲款逃跑的意味。更重要的一點是，這麼做能夠大大提升借方想讓借來的錢增加的欲望。

赫蘿仔細注視著連她的小手都能夠輕易握住的袋子，然後看向羅倫斯說：

「如果賺了錢，當然有特級葡萄酒可以喝唄？」

——可以喝到一輩子都不會醒來的程度。

——可以成為最後的回憶永遠留在赫蘿的心中。

赫蘿依舊板著臉說道。

「嗯，當然。」

羅倫斯答道。

「我們也會為您的成功祈禱。」

對方之所以會插嘴，想必是依其經驗得知如果不主動這麼說，借方永遠也無法定下決心吧。

不過，赫蘿與羅倫斯早已互相道了別。

「下次見面的時候，我就是個成就非凡的商人了。」

聽到羅倫斯誇耀地說道，赫蘿笑著說：

「如果咱的夥伴是個無聊的商人，那咱會很困擾。」

羅倫斯不知道自己以什麼樣的表情回應了赫蘿這句話。

雖然不明白，但羅倫斯離開商行時回頭一看，看見在門邊的赫蘿低下了頭。

羅倫斯拿著僅僅裝了六十枚金幣的袋子在城裡奔跑。

此刻的他根本無法靜下心來慢慢走路。

羅倫斯沒有把握這麼做是否是正確的選擇。

他完全沒有把握。

儘管根本沒有其他選擇，羅倫斯還是無法肯定這麼做是否正確。

沒有什麼可疑之處。在不遠的前方，連作夢都沒想過的莫大利益在等著自己。

即便如此，心情卻雀躍不起來。

他抱緊金幣奔跑著。

羅倫斯抵達民宿後，發現房客與其同伴們在入口處幾乎臉貼著臉，不知在談論些什麼。

不需要豎耳聆聽，也能猜出他們是在談論城裡發生的騷動。

羅倫斯把腳步移向馬廄的方向，決定從倉庫進入民宿。

馬廄裡有兩匹馬及一輛馬車，其中的一匹馬和一輛馬車當然是羅倫斯的所有物。那是一輛相當氣派的馬車，獨自坐在駕座上似乎太寬敞了。

羅倫斯之所以不禁皺起眉頭，當然不是因為手上裝有金幣的袋子太重。而是因為塞滿他胸口的情緒太沉重了。羅倫斯甩開這些情緒，走進了倉庫。

倉庫裡仍然堆有高度快要超過人頭的各種貨物，貨物與貨物之間有勉強形成的狹窄通道，應該沒有人能夠完全掌握這裡放了什麼東西吧？這裡似乎很適合用來藏些小東西。

羅倫斯邊走邊想著這些事情時，正好撞見了那個人。

「啊，喔，我等你好久了。」

那個人是蹲在貨物堆旁，翻找著東西的伊弗。

「我借到作戰資金了。」

看見羅倫斯舉高手中的麻袋說道，伊弗隨即露出像是隔了三天才終於喝到水似的模樣，閉上了眼睛。

「我也安排好船隻了。我找到一個被人巧妙利用皮草騷動，讓他裝載的貨物價格被砍的船主。我在他面前擺上大把現金後，他就說即使河川被軍隊封鎖，也會幫我們出船。」

伊弗果然很懂得把著眼點放在哪裡。

再來就得看在這場騷動中，能否順利採買到皮草。

然後只要拿著皮草坐船南下，就能夠賣出三倍價格。

光是這麼想像而已，就教羅倫斯感到一陣暈眩。

伊弗從翻找的貨物裡取出一只單手即可掌握的小袋子，迅速塞進懷裡後，站起身子說：

「只要丟出金幣，商行那些傢伙不可能搖頭拒絕，他們的視線會離不開金幣吧。就是不想賣，也會賣給我們。」

因為很容易就能想像出那樣的畫面，讓羅倫斯不禁笑了出來，但是他不確定自己是否擠出了像樣的笑容。

「那好，我們走吧。去進行像笑話一樣的交易吧。」

伊弗顯得多話是因為她也感到緊張吧。

這是換算成崔尼銀幣高達兩千枚的金額，也就是以六十枚盧米歐尼金幣──就算稱為幻想出來的產物也不為過──的夢幻金幣所進行的大交易。

這筆交易能夠帶來的利益之大，甚至可能使得人命都變得微不足道。

不，事實上，人命確實已經變得微不足道了。

伊弗似乎打算從羅倫斯身後的馬廄入口走出倉庫，但因為羅倫斯沒有讓開身子，所以被擋住了去路。

「怎麼了？」

伊弗抬起頭，一臉懷疑地問道。

「只要用這些金幣買到皮草，最終獲取的利益就是四千枚銀幣，沒錯吧？」

矮了羅倫斯一個頭的伊弗往後退了一、兩步後，藏起頭巾底下的所有表情說：

「沒錯。」

「船隻也安排好了，所以接下來只要採買皮草就好。」

「沒錯。」

「只要運送買來的皮草，販賣對象也大概有了底。」

「沒錯。」

伊弗要求羅倫斯提供資金，但相對地提供了她的智慧和經驗。

想必伊弗絞盡腦汁計畫很久了吧。

她最後畫出在這場騷動之中，能夠從利害關係錯綜複雜、各懷鬼胎的城裡各種立場的人們之間，找出交易的可能性，並且創造出利益的構圖。

伊弗那副就算此刻一陣狂風大作，也不會移動半步的安穩模樣說出了她的自信。

在荒野出沒的旅行商人。

這是羅倫斯對伊弗抱有的第一印象。

受盡乾風吹襲而變得沙啞的聲音。

還有，儘管時而會吐露藏在厚重頭巾底下的脆弱心聲，卻有著不怕欺騙羅倫斯的大膽。伊弗就是一個如此狡猾的商人。

羅倫斯只要就這麼保持沉默，佯裝成沒察覺到的樣子，繼續當個笨蛋交給伊弗去交易，或許不會有任何問題發生吧。

何況，即使伊弗欺騙了羅倫斯，那也不會是打算奪走羅倫斯利益的企圖。而是更具有緊迫性的企圖，據實來說，這個企圖甚至可說是為了順利完成這次交易的智慧。伊弗不是個笨蛋，她不可能是個會參與沒勝算生意的淺見商人。

所以，羅倫斯只要保持沉默就好。

只要等到交易成功，就算運氣再差，羅倫斯也至少能成為一名城鎮商人。

沒錯，所以只要繼續保持沉默——

「你還在懷疑我嗎？」

伊弗簡短地說道。

「沒有。」

「那這樣你是怎麼了？害怕了啊？」

羅倫斯自問：

我害怕了嗎？

不，不是。

羅倫斯之所以無法保持沉默地繼續當個笨蛋，是因為赫蘿在他腦海裡揮之不去。

「不快點行動的話，外面那些傢伙可能很快就會找到現金來源。他們應該早做好事前交涉了，誰知道他們會從哪裡調度現金。難道你打算咬著手指發呆，看別人搶走莫大的利益嗎？喂，你有在聽——」

羅倫斯打斷伊弗說：

「妳不會害怕嗎？」

伊弗露出了極度愕然的表情。

「我？哈，說什麼蠢話。」

伊弗不屑地說道，嘴唇變得扭曲。

「當然會害怕。」

儘管聲音微弱，但確實響遍了整間倉庫。

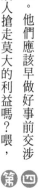

「這可是幾千枚銀幣的交易耶，怎麼可能不害怕。面對鉅款時，人命也會變得不值錢。我的膽子可沒有大到面對這樣的狀況，還能夠處之泰然。」

「……再說我也有可能突然態度改變攻擊妳。」

「哈哈，沒錯，但也有可能反過來。不對，就是因為會有這種想法，彼此才會變得疑神疑鬼……這種事情也有可能發生吧。不管怎麼說——」

試圖讓心情平靜下來的伊弗深呼吸一次，跟著靜靜地補充說：

「這麼危險的行為不能一再嘗試。」

伊弗確實有自覺這是一次危險的交易。

不，正因為有自覺，所以伊弗才會欺騙羅倫斯。

在寧願欺騙他人，也非弄到手不可的利益前方，伊弗究竟看見了什麼？

「哈哈哈，你那表情好像很想問我無聊的問題。你想問我為什麼寧願這麼做，也要賺到這筆錢，對吧？」

伊弗用著乾澀的聲音笑笑，然後在腰際擦了一下右手掌心。

那動作自然得讓人幾乎察覺不到。

「很抱歉，我不能讓你在這裡退出交易。」

伊弗手上握著用小刀來稱呼顯得太客氣、有著厚實長刀鋒的柴刀。

「其實我並不想拿出這種東西，但是畢竟金額這麼大，你如果退出，我會很傷腦筋的。你應該懂吧？」

手持強力武器時，人們會在不知不覺中血液上衝，變得興奮不已。然而，伊弗的聲音卻依然冷靜且乾澀。

「只要順利完成交易，我一定會把你的利益分給你。所以，把袋子交給我。」

「畢竟面對六十枚金幣時，人命會變得不值錢嘛。」

「對，沒錯……你應該不想親身體驗那種感覺吧？」

羅倫斯在臉上浮現商談用的笑容伸出右手，遞出赫蘿親手交給他的袋子。

「願神祝福有智慧與勇氣者。」

伊弗低聲說道。就在她準備抓住袋子的瞬間——

「……唔。」

「……！」

兩人互相發出無聲的氣勢，完成了各自的動作。

羅倫斯讓身子往後退，伊弗則是揮下了右手。

兩人的動作在剎那間結束。

下一秒鐘，裝了金幣的袋子發出「咚鏘」一聲掉落在地上。

伊弗的目光如藍色火焰般不住晃動，羅倫斯毫不訝異地注視著她。

不過，兩人在幾秒鐘後，同時察覺到自己犯了錯。

「你和我都犯了一個錯，不是嗎？」

如果羅倫斯沒有縮回手臂並往後退，伊弗的柴刀早已打中他。

然而，伊弗太狡猾了。

伊弗讓刀背朝下，看得出來她沒有砍傷羅倫斯的打算。

相對地，羅倫斯會認真閃躲攻擊而非擺擺樣子，並且沒有顯得驚訝，是因為他確信伊弗會揮下柴刀。

如果他信賴伊弗，應該會做出伊弗不會揮下柴刀的判斷而站在原地不動，或者是在躲開後露出驚訝神情。

羅倫斯之所以沒有信任伊弗，而且沒有顯得驚訝，是因為他知道伊弗對他有所隱瞞。

「我犯的錯誤是被你察覺到那件事。就是因為這樣，你才會反問我會不會害怕吧？」

伊弗看也沒看掉落在地上的金幣一眼。

這證明了她很習慣面對暴力場面。

如果抱著對手是女人的想法，一眨眼就會被殺了吧。

「至少放在里戈羅先生家的石雕像就是一項證物，沒錯吧？」

伊弗的嘴角扭曲，她把原本朝向自己的柴刀刀刃轉向對著羅倫斯。

「妳以進口石雕像為名義，其實是利用把岩鹽加工成石雕像的方法，大規模地走私鹽巴。」

「這個嘛……」

羅倫斯看得出來伊弗一邊說話，一邊稍微壓低了身子。

如果要賭羅倫斯能否逃過這一劫，恐怕他是處於下風吧。

「雖然我得知某情報後，曾懷疑過妳可能在走私鹽巴，但是我沒想到會是以加工岩鹽的方式。因為我想到如果是把岩鹽加工成石雕像的大規模走私，教會必定會發現。」

不過，當然有辦法迴避這個問題。

方法就是讓教會也參與走私。

而且，雷諾斯的教會迫切地渴望得到金錢。

想必教會毫不猶豫地就決定走私比石雕像利潤更高的鹽巴吧。

羅倫斯當初之所以沒有立刻有這樣的聯想，是因為聽到伊弗是從港口卸貨後，再運送石雕像到雷諾斯來的情報。

就常識而言，如果是採用海運方式，基於空間和重量的考量，一般都會運送製鹽過的鹽巴。

在商人的常識裡，不會有特地把既佔空間又笨重，而且必須耗費時間製鹽的岩鹽從海上運來的想法。

當然，伊弗在經過城門關卡時，肯定是利用了這個常識。

「妳與教會應該度過了好一段蜜月期吧。因為我聽說這裡的教會花錢花得兇，讓人猜不透他們打哪兒來那麼多錢。誰知道蜜月期一過，妳就突然被甩了。我想，北方大遠征應該是起因。教會的權力基盤已經逐漸穩固，萬一被發現走私鹽巴，那可是會引起一波又一波的騷動。就在教會覺得差不多該收手時，皮草問題成了話題，於是狡猾的妳向主教這麼提議——」

伊弗讓柴刀刀鋒朝向了下方。

羅倫斯也往後退了半步。

「與其讓城門外的商人們買走雷諾斯的皮草，不如自己來壟斷市場。」

伊弗說過她是透過教會裡的協助者，得知有關五十人會議結論的情報。

話雖如此，但伊弗的手腕之高超還是讓人覺得不尋常。

與其說伊弗是一步一步地完成臨時想出的點子，不如說她老早就想好了計畫，只是照著計畫行事顯得比較合理。

而且，只要思考一下「僅限以現金採買雷諾斯皮草」這樣的提案能夠為誰帶來最大利益，不用說也知道答案。

對於擁有名為「捐贈金」、無法掌握總金額多寡之大量現金的教會來說，這樣的提案當然最有利。

當商行規模變得越大時，莫大金額的交易只會在紙上進行，所有流進、流出的現金也必須記在帳簿上，所以想要在背地裡把現金帶出商行是很困難的事情。

而且，藉由在城門關卡仔細進行身體檢查，並在採買皮草之際詢問現金來源的動作，能夠限制住相當多企圖背叛城鎮的人們。

即便如此，伊弗仍向教會表示有信心壟斷皮草市場。

或許外地來的商人們確實已做好事前交涉，但是在加工皮草的工匠和商人們引起暴動的現在，應該沒有人會願意冒險把現金交給外地商人才對。

明明這樣，伊弗卻顯得焦急。

這麼一來，只有一個結論。

伊弗知道有某處正準備把現金交給外地商人。而且，她知道無法阻止這件事情發生。

教會決定甩開共同走私鹽巴，而且幫助教會與對岸國家大主教牽了線的沒落貴族商人，其真意是——

伊弗曾說教會是認為與其與個體戶合作，不如與某家商行往來會好利用得多。

她說的一點兒也沒錯。

如果教會與企圖壟斷雷諾斯皮草生意的商行聯手，就等於得到足以讓教會願意捨棄伊弗的強力後援。

雖然大家想必都認為從遠方而來的商人們不可能帶著大量現金前來，但如果教會拚命地從城裡把捐贈金搬出城外，狀況可就不同了。

工匠和商人們會引起暴動，想必是得知外地商人出乎預料地帶來了大量現金，進而發現城裡有背叛者出現的緣故吧。

伊弗向羅倫斯提出交易時所說的每句話都不是謊言。

雖然沒有扯謊，但也沒有說出半件事實。

「放在里戈羅家的石雕像確實是岩鹽。然後，我向那個下三濫主教提出採買皮草的提議也讓你說中了，還有甩掉我並得到新後援也是事實。至於要不要相信我，就得看你自己了。」

伊弗笑著說道，然後忽然鬆手讓柴刀掉落在腳邊。

她應該是要羅倫斯相信她的意思。

羅倫斯並不認為伊弗事已至此就不會扯謊。

不管伊弗是不是扯謊，羅倫斯都會以她扯謊為基準來行動。

事情就這麼簡單。

「關於我向你提出交易的理由……應該就跟你想的一樣吧。」

「為了拿我當妳的擋箭牌。」

伊弗晃動著肩膀說：

「因為我是知道教會走私鹽巴這個一級醜聞的存在嘛。不過，教會向我翻牌時，承諾了會保障我的人身安全。雖然口頭上的約束當然不一定可信，但是他們應該是在想等哪天我又有利用價值的時候再利用我，所以他們會守承諾吧。再說，我也托教會的福賺了錢。我沒有刻意要引起糾紛的意思，而對方應該也知道我的想法才對。」

「但是，妳沒辦法眼睜睜看著自己提案的這筆交易溜走。」

「沒錯。雖然這麼做會阻礙教會的企圖，但是我沒辦法看著這個賺錢機會溜走。」

「所以妳就想，單槍匹馬很容易被擊敗，但如果是兩個人……」

寧願把女伴當成抵押品融資，也要進行違反城鎮意向的交易。對於做出這般舉動的羅倫斯，不知道教會是抱著什麼樣的觀點看待。

從旁觀角度來看，教會一定會認為羅倫斯是知道伊弗裡外一切的協助者吧。

即使對象只有一人時能夠輕易滅口，一旦變成兩個人時，卻會變得困難。而且，如果是超出預備知識範圍外的對象，那就更難了。因為在不知道這個對象擁有什麼樣的背景下，如果輕率出手，某處公會或商行有可能因此殺進城裡來。

羅倫斯在不知不覺中，扮演了這樣的角色。

而且，因為不知道自己扮演了這樣的角色，所以羅倫斯可謂表現得相當光明磊落。

或許在他人眼中，羅倫斯就像個不怕死的人，或者是手上握有根本不用害怕教會的憑證。

如果羅倫斯沒察覺一切，裝作一副什麼都不知情的模樣，交易一定能夠順利完成吧。

「那，你打算怎麼做？」

伊弗說道。

「這麼做。」

說著，羅倫斯朝向柴刀和裝有金幣的袋子伸出了手。就在這個瞬間——

「……………」

「……………」

兩人沉默不語地互瞪著。

羅倫斯的額頭上冒出冷汗。

就在羅倫斯伸手準備拿起柴刀的瞬間，伊弗手握小刀準備從他的頭上揮下。

這次伊弗可不是用刀背攻擊。

雖然羅倫斯能夠這麼預測，但能不能躲過攻擊會是一場賭注。

「妳這麼想賺錢嗎？」

或許是上天庇祐，羅倫斯抓住伊弗的左手腕，扭轉並舉高了她的手。

雖然伊弗絕非柔弱女子，但畢竟還是女性。小刀隨即掉落地面。

「難、難道你不想嗎……」

「想啊。不……」

羅倫斯頓了一下後，繼續說：

「應該說曾經很想過。」

「很有趣的——」

伊弗應該是打算接著說「玩笑話」，但沒能夠把話說完。因為羅倫斯更用力扭轉她的手腕，將她壓在堆高在一旁的木箱上，並且用另一隻手揪住了她的胸口。

「只要殺了我，然後把屍體藏起來，在交易結束之前，短時間內應該不會被發現，教會也不會想到同夥人竟然會關係決裂吧。妳這樣的行動力實在教人佩服，或者妳只是純粹想奪走金幣逃跑嗎？」

伊弗踮著腳站立，看似痛苦地扭曲著臉。

額頭上的油汗證明了她不是在演戲。

「不對，妳應該不會這麼做吧。妳會想殺死我，是因為方才我來到倉庫時，看見被妳塞進懷裡的袋子。因為妳說什麼都想用那只袋子，對吧？」

伊弗瞬間臉色一變。

直到面對這個如果羅倫斯繼續揪緊胸口，就算被勒死也不足為奇的狀況，伊弗才第一次變了臉色。

金錢比性命更重要。

羅倫斯不禁笑了出來。

「那些是走私鹽巴賺到的錢嗎？一點一滴慢慢存下來的利潤金額跟我借來的金額一樣？還是更多呢？妳打算把這筆錢全額用來採買皮草，而且是在我不知情的情況下。」

伊弗沒有回答。

她看似痛苦的表情與其說像是擔心詭計被人發現，更像害怕藏在胸口的錢被人奪走的模樣。

「妳之所以沒有獨自交易皮草，是因為手頭上的資金過於龐大。妳預料得到如果獨自進行金額如此龐大的交易，很快就會遭到教會殺害。所以，妳把我扯進了交易。要殺害一個人或許簡單，但是要殺害兩個人就沒那麼容易了。然後，妳把賭注金加碼到教會很可能當真發狠消滅我們的極限。甭說他人的性命了，就是連自己的性命妳也不顧，只是一味地追求利益。」

如果不是因為這點，或許羅倫斯會一直保持沉默下去。

或許他會佯裝沒察覺到伊弗走私鹽巴的樣子，觀望交易進行下去。

然而，他不可能在察覺到如此危險的行為後，繼續佯裝不知情。

無論是哪種利益，可承受的危險都有其限度。

伊弗打算做的事情等於是自殺行為。

而且，對於寧願這麼做也要賺錢的伊弗，羅倫斯有個問題想問。不管怎麼樣都想問。

「妳……」

「……？」

「妳在寧願冒這樣的險也要賺錢的盡頭，看見了什麼？」

儘管被羅倫斯揪緊胸口使得臉色變得鐵青，伊弗仍然面帶微笑。

「畢竟我也是個商人，賺錢能夠讓我感覺到幸福。不過，我不知道在那盡頭有著什麼。賺到第一枚銀幣後，就再賺第二枚，賺到第二枚後，就再賺第三枚。妳會去思考無論賺了多少錢，也無法得到慰藉的飢渴心靈，在不斷得到點滴滿足的盡頭有著什麼嗎？」

就是提問的羅倫斯本人，也根本不曾思考過這個問題。

那是因為他根本也沒有餘力去思考這個問題。

然而，自從與赫蘿相遇後，旅行突然得到滋潤。羅倫斯原本執著於賺錢的緊繃心弦放鬆了。與赫蘿的互動，乘著這個縫隙溜進了羅倫斯的心。

赫蘿選擇了如果得不到滿足，不如不去追求的決定。

伊弗想必是做了與赫蘿相反的選擇。

因為伊弗認為賺錢比性命更重要。

所以，羅倫斯才會想問出答案。

「有……有著什麼……」

伊弗的聲音顯得沙啞，但並非她原本的聲音使然。

羅倫斯稍微放鬆揪緊伊弗胸口的手臂力量後，伊弗儘管像在喘氣似的吸進空氣，並咳了幾聲，卻依然面帶笑容地接續說：

「盡頭……有著什麼是嗎？」

伊弗的藍色眼珠直直注視著羅倫斯，以嘲笑的口吻說：

「你還是個少年嗎？天真地以為盡頭會有什麼東西嗎？」

羅倫斯之所以沒有再用力揪緊伊弗的胸口，是因為伊弗說中了他的心聲。

「我……看著買了我的暴發戶時，經常會想『這些傢伙賺那麼多錢，到底要做什麼』。明明知道沒有盡頭，不管賺了再多的錢，到了隔天如果沒有設法賺錢，就會變得坐立難安。那時候我真的覺得有錢人是種不幸的生物。」

伊弗咳了幾聲，深呼吸一次後接續說：

「在你眼中，想必我正是這種不幸的生物吧，因為我選擇走上與那傢伙同樣的路。」

下一秒鐘，羅倫斯感覺到伊弗的手好像動了一下。

然後，羅倫斯不知道發生了什麼事情。當他發覺自己被毆打時，局勢也在轉眼間逆轉。

「我親眼目睹了那傢伙的愚蠢行為，也目睹了整個始末。即便如此，我還是選擇了這條路。你知道為什麼嗎？」

抵住羅倫斯頸部的不是小刀。

伊弗手上握的是柴刀，或許她一直虎視眈眈地等待著反擊的機會吧。

「因為——」

伊弗說罷，以柴刀柄用力擊中羅倫斯的臉部。羅倫斯感覺到視野裡一片紅光，覆蓋半張臉的灼熱衝擊在瞬間爆發。

儘管羅倫斯發覺身體變得輕盈，卻根本無力挺起身子。甚至無力閉上嘴巴的羅倫斯，陷入了與其說疼痛，更像落入難以忍受的痛苦漩渦之中，連聲音都無法發出。即便如此，羅倫斯還是勉強用手肘頂住地面，從俯臥在地變換成爬行的姿勢。但是，他已經沒有多餘的力氣再動身體，只能用摻雜淚水的眼睛看著血滴發出「滴滴答答」的聲響落在地面。

即便如此，羅倫斯的耳朵卻能夠冷靜地辨別聲音，他知道伊弗已經走出了倉庫。

伊弗應該拿走金幣了吧。

這個事實如冰水般冰鎮著羅倫斯發暈的腦袋，讓他覺得舒服極了。

在那之後不知過了多久，一名素昧平生的房客來到倉庫，慌張地跑到羅倫斯身邊抱起他。

那是一名肥胖的男子，男子的衣服到處都有皮草鑲邊。

男子或許就是阿洛德口中說的北方皮草商。

「你、你沒事吧？」

聽到遇見這種事態必定會說的台詞，讓羅倫斯忍不住笑了出來，然後他說了句「抱歉」，並點了點頭。

「你遇到小偷了嗎？」

看見有人倒在倉庫裡，會有這樣的聯想很自然。

不過，男子看見羅倫斯做出搖頭回應後，隨即詢問說：

「啊，那麼是交易決裂了嗎？」

商人可能遭遇的災難根本沒有幾種。

「喲？是什麼東西掉在這裡……」

說著，男子撿起了一樣東西。羅倫斯看見男子撿起的東西時，發出聲音笑了出來，連臉部的疼痛都忘卻了。

「你怎麼了？」

肥胖男子可能是不識字，他就是看了那紙張，也只是頻頻做出傾頭的動作。羅倫斯伸出手後，男子一臉感到不可思議的表情把紙張遞給了他。

羅倫斯再次讓視線落在紙張上。

他果然沒有會錯意。

無論發生任何事情，伊弗都不能取消與羅倫斯的交易。

「因為執著？」

羅倫斯吞下嘴裡的鮮血，喃喃說道。

然而，他覺得應該不是這樣的原因。

在伊弗用柴刀柄毆打羅倫斯的前一刻，羅倫斯稍微瞥見了伊弗的表情。

那不是顯得執著，也不是充滿欲望的表情。

「你、你真的沒事嗎？」

看見羅倫斯站起身子，男子慌張地伸手攙扶他，但是羅倫斯一邊點點頭，一邊回絕了男子的攙扶。

伊弗留下的紙張是阿洛德親筆寫下、表示願意將這家民宿轉讓給羅倫斯的字據。

看見伊弗留下這種東西，同樣身為商人的羅倫斯當然能理解伊弗的想法。

傷勢使得羅倫斯使不上腿力，他一邊拖著不穩的腳步，一邊踏出步伐。

羅倫斯搖搖晃晃地走出倉庫，往馬廄走去。

「因為有所期待，是嗎？」

羅倫斯被奪走了所有現金。

此刻的他只有一個去處。

「因為有所期待。」

羅倫斯再次笑笑，吐出一口滿是鮮血的唾液。

終幕

在城鎮的中心位置，打算公佈會議結論的人們以及阻礙的人們，一定吵得天翻地覆吧。羅倫斯為了走出港口而經過中心位置的廣場附近時，發現人群擁擠得根本無法走近廣場一步。怒吼聲和驚叫聲在空中交錯，空氣中彌漫著肅殺氣氛。

而且，沒有人因為看見羅倫斯的嚴重傷勢而顯得驚訝。想必在此刻，像羅倫斯這樣的人隨處可見吧。

只要看得見太陽或月亮，就算是第一次來到的城鎮有多麼錯綜複雜的小巷子，羅倫斯也能夠根據曆象及方位得知位置。他在小巷子裡奔跑，前往德林商行。

在那之後，伊弗應該直接去採買皮草了吧。

想必她一定不會把令人頭昏目眩的龐大利益分給羅倫斯。即便如此，羅倫斯也覺得無所謂。留下阿洛德讓出民宿的字據已是伊弗的最大讓步，羅倫斯覺得這樣就已經足夠了。

以這張字據的價值償還羅倫斯向德林商行借來的現金，或許還有些不足。但是，以德林商行的立場來說，他們至少已經做了人情給身為貴族的伊弗，所以算是達到了目的。能否立刻回收羅倫斯的借款，應該會是次要的問題才是。對於不足的款項，相信他們會願意多少給羅倫斯一些時間來償還。

問題在於赫蘿。

赫蘿得知羅倫斯錯過事關自己夢想的交易後，不知道會露出什麼樣的表情。

她肯定會氣極發狂吧。

羅倫斯一打開顯得質樸卻充滿威嚴感的德林商行大門，立刻與埃林基的視線交會。

「這太教人驚訝了。」

應該說是了不起吧，不僅是埃林基，德林商行的每個人看見羅倫斯後，都沒有變換表情。

羅倫斯詢問赫蘿的所在後，對方引領羅倫斯到了商行深處的某間房間。

不過，當羅倫斯伸手打算打開房門時，對方以眼神制止了他。

那眼神應該是「不准觸碰抵押品」的意思。

羅倫斯取出伊弗留下的字據，交給了德林商行。商行的人計算損益的速度，當然比起旅行商人高超許多。

對方立刻把字據收進懷裡，只有在這時露出真心笑容讓開了身子。

羅倫斯伸手握住門把，打開了房門。

「不准進來！」

在那瞬間，赫蘿的怒吼聲響起，隨即安靜了下來。

羅倫斯期待著赫蘿是在為他哭泣，結果他似乎太小看了赫蘿。

即便如此，赫蘿還是露出了驚訝得不能再驚訝的表情，然後轉為憤怒神色。

「汝……汝、汝……汝這個……」

嘴唇不停顫抖的赫蘿無法順利說出話語。

羅倫斯一副如耳邊風掠過似的關上房門，接著走向房間正中央的椅子坐了下來。

「汝這個大笨驢！」

赫蘿撲向羅倫斯說道。那動作讓羅倫斯不禁覺得「撲向前」這個形容一定是為了這個瞬間而存在。

因為羅倫斯早預料到赫蘿可能這麼做，所以沒有在椅子上翻倒。

「那、那、那是什麼臉……汝該不會、該不會是放棄了交易唄。」

「不是，我沒有放棄交易，只是整個被搶走而已。」

彷彿像是少女看見自己心愛的衣服沾上了污垢似的，赫蘿的表情變得無比驚愕。她隨即使出全力，揪緊羅倫斯的胸口說：

「那不是汝的夢想嗎？」

「曾經是。不，現在也是我的夢想。」

「那這樣，為何、為何……」

「為何如此鎮靜是嗎？」

赫蘿露出一副泫然欲泣的表情，嘴唇不停顫抖。

羅倫斯一直以為無論這次的交易成功與否，都無法躲過必須在這個城鎮與赫蘿分手的結局。

他相信赫蘿也這麼認為。

「商人之間會發生很多狀況，不過她留下了能夠把妳從這家商行贖回的東西。」

看見赫蘿的表情，羅倫斯不禁想在她臉上寫上「難以置信地說不出話來」的字樣。

「汝、汝還記得咱害怕汝的什麼嗎？」

「太難為情了，我說不出口。」

在那瞬間，赫蘿打了羅倫斯被柴刀柄毆打的右臉頰。因為感到極度的劇烈疼痛，羅倫斯不禁彎下身子。

然而，赫蘿毫不留情地抓住羅倫斯的胸口，讓他挺起身子。

「然後汝這個滿不在乎地跑回來的大笨驢，出現在咱這個約伊茲的賢狼面前，究竟想說什麼？渴望什麼？有什麼願望？說來聽聽，汝大可說出來無妨！」

羅倫斯記起從前也有過類似的狀況。

那時羅倫斯也是遭人毆打，並且被奪走所有財產，險些遭到殺害。

那時羅倫斯沒有開口請求，赫蘿便主動助他一臂之力。

那麼，現在赫蘿會怎麼做呢？

遭人強奪走現金、被人毆打後，狼狽不堪地跑回來的模樣，或許不像一心只想確保赫蘿安全的模樣吧。

這麼一來，赫蘿期待聽到的只有一句話。

因為赫蘿希望在這個城鎮以笑臉與羅倫斯道別。

「要妳變身成……狼的模樣。」

赫蘿聽到的瞬間，點點頭並露出尖牙。

「放心交給咱唄。汝因為遇見了咱，所以幸運成為成就非凡的商人。故事將以笑容畫下句點，一定要這樣才行。」

赫蘿一邊從胸前的小袋子取出麥粒，一邊說道。羅倫斯面帶笑容地注視著赫蘿的舉動。

「……怎麼……」

羅倫斯沒讓赫蘿說完「著？」便開口：

「妳以為我是要妳變身成狼的模樣幫我討錢回來嗎？」

羅倫斯抱緊赫蘿說道，下一秒鐘傳來東西掉落地面的聲音，他心想應該是麥粒從袋子撒了出來吧。

也說不定是赫蘿的眼淚滴落聲——不過這樣的猜測或許太過浪漫化了。

「伊弗打算進行近乎自殺行為的交易。要是被教會發覺，連我們都有生命危險。在城裡的騷動平息之前，趕緊逃跑吧。」

「唔。」

羅倫斯制止赫蘿想要挪開身體的動作，徹底保持冷靜地說：

「我沒能識破伊弗的本性，那傢伙是個守財奴。她為了賺錢，根本不把性命看在眼裡。如果陪她繼續交易下去，有再多條命也不夠。」

「那這樣，有什麼交易是汝願意陪的？」

赫蘿說道，並且仍打算從羅倫斯懷裡掙脫。不久後，她終於死了心。

「危險的行為，只要嘗試一次就夠了。」

「……」

羅倫斯當初拜訪帕斯羅村時，鑽進貨台的赫蘿根本沒理由非得與他一同旅行。赫蘿如果拿著麥子、偷走衣服悄悄地離去，羅倫斯絕對不會察覺吧；而且憑赫蘿的能力，相信她獨自一人也能夠過活。

倘若赫蘿當真堅信一旦與人變得親密，最後只會面臨絕望的結局，並且害怕面對這般結局，就算再怎麼想與人接觸，也不可能向羅倫斯搭腔。

只要被爐火灼傷了一次的狗兒，就絕對不會再靠近暖爐。

只有猜測暖爐裡有烤栗子的人才會靠近暖爐，靠近的原因當然是因為忘不了栗子的香甜。

就算預測得到未來會很痛苦，或者是知道未來有可能什麼都得不到，還是會控制不住地把手伸進暖爐裡。

那是因為心裡有所期待。

期待著未來有可能得到什麼。

伊弗毆打羅倫斯時，露出了有些難為情的笑容。那笑容宛如少女。

想要成為一個對一切有所領悟的隱士，羅倫斯還太年輕了。

羅倫斯把手繞到赫蘿頭部後方，赫蘿吃驚地縮了一下身子。

變得比以往更親密絕非正確的選擇，羅倫斯認為赫蘿的意見很正確。

如果必定會有結束的一天，變得更親密絕非正確的選擇。

即便如此，羅倫斯還是抱緊赫蘿開口說：

「我喜歡妳。」

然後，羅倫斯輕輕吻了一下赫蘿的右臉頰。

赫蘿一臉愕然，在額頭就快與羅倫斯互碰的距離，直直注視著羅倫斯的眼睛，然後臉上緩緩化為憤怒的表情。

「汝知道咱什麼？」

「什麼都不知道。不過，我也不知道活了好幾百年的妳所做的判斷是否正確。只不過呢，我知道一件事情。」

赫蘿帶點紅色的琥珀色眼睛彷彿就快融化滑落似的。

羅倫斯肯定會比赫蘿早死，而且會變老的事實，也代表著他的價值觀會比赫蘿更早改變。

相信磨耗樂趣的速度也會快過赫蘿吧。

儘管這樣，羅倫斯還是不肯放開赫蘿。

「就算去追求，也不一定能夠到手。但是，如果不去追求，就絕對不會到手。」

赫蘿垂下了頭，然後用力扭轉身體，最後終於從羅倫斯懷裡掙脫。

她的尾巴脹得膨大，耳朵也直直挺立得不能再挺。

但赫蘿還是沒有變身成狼，她保持人類的模樣瞪著羅倫斯。

「伊弗應該會賭上性命，不斷追求利益吧。就算知道利益會在到手的瞬間褪色，她還是會這麼做。這是商人應該學習的態度，甚至可說是商人的典範。所以，我打算效法她看看。」

羅倫斯以毫不難為情的表情說完後，咳了一聲。

然後，他開始撿起掉落在椅子底下的麥粒。

赫蘿一直站著不動。

她沒有看向特定方向，只是一直站著不動。

撿著麥粒時，羅倫斯發現有水滴滴滴答答落了下來，於是抬起頭看。

「大笨驢……」

說著，赫蘿用單手擦拭眼淚。儘管淚水不斷湧出，她卻執意用單手擦拭著。

羅倫斯把收集好麥粒的小袋子放在赫蘿空出來的手上後，赫蘿用力握緊袋子說：

「汝會負責唄？」

雖然不是故意，但羅倫斯不禁笑了出來。

「只要該來的時候到來時，我們能夠以笑臉道別就好了，因為世上沒有不會結束的旅行。不過呢……」

不斷湧出的淚水，或許是赫蘿自身覺得自己沒出息而哭泣。

就是少女也不會輕易讓人看見這般醜態。

羅倫斯笑著說：

「我只是覺得照現在這樣，實在很難以笑臉道別罷了。」

赫蘿聽了，一邊擦拭眼淚，一邊點了點頭。

「說起來，妳怎麼會這麼悲觀啊？」

赫蘿一路走過的歲月之漫長，肯定足以讓她變得膽小。

即便如此，赫蘿還是擦乾眼淚、握緊裝有麥粒的袋子，用著稍微空出的食指與羅倫斯的手指相扣。儘管歷經漫長歲月、看過太多人心改變及樂趣風化而痛苦不堪，相信赫蘿還是抱著些許期待鑽進了貨台。

「為了能夠永遠幸福，只能什麼都不追求」這樣的結論根本無法讓人接受。

因為就算活了好幾百年的赫蘿，也無法忘卻如孩子般的天真。

不久後，赫蘿抬頭仰望天花板，抽抽鼻子。

隔了短短幾秒鐘後——

「為什麼咱會如此悲觀，是嗎？」

赫蘿收回視線後，隨即說：

「還不是因為汝比較喜歡這樣哭哭啼啼的女孩。」

冷不防地被赫蘿這麼一說，羅倫斯只能露出笑容。

所以，羅倫斯沒有站起身子，他當場重新牽起赫蘿的小手，並且像個騎士般輕輕吻了一下赫蘿的手背。

對方可是賢狼赫蘿。她當然立刻擺出合乎其身分的姿態，以像在宣告似的口吻從上方說：

「汝否決了咱的提案。未來不管發生什麼事情，汝都會負起一切責任唄？」

「……嗯。」

聽到羅倫斯的回答，赫蘿沉默了一會兒後，嘆了口氣說：

「汝認真面對了咱的愚蠢行為，甚至不惜捨棄賺錢的機會。所以吶，咱……」

赫蘿頓了一下後，一邊傾著頭一邊說：

「咱也願意接受汝的愚蠢想法……可是吶……」

「可是？」

下一秒鐘，赫蘿一腳踢開羅倫斯的肩膀，一副彷彿看見臭蟲似的冷漠表情從正上方俯視羅倫斯說：

「咱的夥伴如果是個沒志氣的膽小商人，咱會很困擾。汝該不會當真打算任憑賺錢機會被人搶走，就這麼夾著尾巴逃跑唄？」

如果說這是屬於赫蘿的溫柔表現，那麼羅倫斯應該說出的只有一句話。

他扶著赫蘿的手站起身子後，拭去仍然留在赫蘿眼角上的淚水說：

「妳的溫柔也讓人感到害怕呢。」

羅倫斯不確定赫蘿是不是打算回答「大笨驢」。

至於不確定的原因，相信在赫蘿千古流芳的美談中也不會被提起吧。

在一陣暈眩之中，羅倫斯腦中不禁浮現這樣的想法。

因為能夠打斷赫蘿說話的理由屈指可數。

「……那，汝打算怎麼討回？」

赫蘿露出冰冷徹骨的冷漠眼神說道。

那模樣彷彿在說不管用盡任何手段，也要討回利益似的。

即便如此，羅倫斯還是忍不住以開玩笑的話語回應她。

因為，羅倫斯從眼神看出赫蘿是在掩飾自己的難為情。

「比起討回利益，我更想從妳身上討回主導權。」

「大笨驢。」

這次赫蘿清楚地說道，最後甚至還賞了羅倫斯的紅腫臉頰一掌，挪開身子說：

「汝以為咱會允許這種事情發生嗎？」

彷彿對因為劇烈疼痛而彎起身子的羅倫斯毫不關心似地，赫蘿用苛薄的口吻說道。

而且，約伊茲的賢狼赫蘿像是要炫耀自豪的尾巴似的轉過身子，跟著一邊雙手叉腰背對著羅倫斯，一邊轉頭越過肩膀說：

「咱吶，如果被汝愛上會很困擾的。」

羅倫斯一定永遠不會忘記赫蘿此刻露出的淘氣笑容吧。

搖晃著亞麻色長髮的赫蘿，咯咯笑個不停。

真是愚蠢透頂的對話。

羅倫斯真心這麼想著。

「說的也是。」

「嗯。」

羅倫斯與赫蘿一同走出了房間。

沒有誰主動或被動，兩人一副難為情的模樣互相扣住牽起的手指。

完

後記

好久不見，我是支倉凍砂。這是第五集了。

為了寫這篇後記，我另外開了Word的新檔案，但不知道怎麼搞的，就是沒辦法讓Word環境跟之前的一樣，再加上濕答答雨夜的悶熱空氣，害得我險些就要把電腦砸了。當我花了相當多的精力才發現原來是顯示比例設成了115%時，已經忘記打算在後記寫什麼了。

該寫些什麼好啊……

不然寫寫我在寫第五集原稿時的生活狀況好了。

其實我在寫第五集原稿時，過著非常健康規律的生活。早上八點起床後，一邊吃早餐，一邊上網四處逛逛，一到八點五十分就守著股市，度過開盤後時喜時憂的一個小時，然後帶著筆記型電腦到附近二十四小時營業的家庭快餐店寫稿。

雖然外掛電池加上內藏電池最長能夠撐到六小時左右，但別說是精力，就連體力（還有服務員的目光）都撐不了那麼久。所以我通常都是在快到股市收盤時間的三點鐘前回家。

回到家後，直到收盤時間為止，我依舊隨著股價時喜時憂。股市收盤後，我會玩玩網路遊戲或熟讀資料，到了晚上如果精力、體力都奇蹟似的恢復，就會再寫稿。很多時候我也會累得倒頭睡午覺，睡完午覺後，我會做些校稿之類的事情。就寢時間是晚上十二點前。

因為週末股市休息，所以週末有時起床後會直接去二十四小時營業的餐廳，有時會在避開中午擁擠時段後再去。

那麼，說到我怎麼有辦法維持如此健康的生活，完全是因為時間緊迫到如果不這麼做，就趕不及截稿日。但是在完成原稿、心情一放鬆後，又會立刻變回夜貓族生活。即便如此，不管我是在凌晨四點還是七點睡覺，都會在股市開盤的九點鐘前醒來，實在太恐怖了。

我最近的夢想是到南方的避稅天堂（Tax Heaven）小島寫作，看能不能逃避稅金。

只要明年申報所得稅時，不會為了繳稅而頭痛，就能在南方島嶼找到我。

可是，我總是有種到了南方島嶼後，就會因為日子太悠哉而不想寫作的預感。世事真的很難兩全啊。

那麼，我們下次再見了。

支倉凍砂

國家圖書館出版品預行編目資料

狼與辛香料 / 支倉凍砂作 ; 林冠汾譯. -- 初
版. -- 臺北市 : 臺灣國際角川, 2007.08-
冊 ; 公分. -- (Kadokawa fantastic
novels)
譯自 : 狼と香辛料
ISBN 978-986-174-451-3(第2冊 : 平裝). --
ISBN 978-986-174-492-6(第3冊 : 平裝). --
ISBN 978-986-174-560-2(第4冊 : 平裝). --
ISBN 978-986-174-646-3(第5冊 : 平裝)

861.57 96013203

Kadokawa
Fantastic
Novels

狼與辛香料 V

（原著名：狼と香辛料V）

2008年4月30日　初版第1刷發行
2024年6月17日　初版第17刷發行

作　者：支倉凍砂
插　畫：文倉十
日版設計：渡辺宏一
譯　者：林冠汾
發行人：台灣角川股份有限公司
總　監：呂慧君
總編輯：蔡佩芬
主　編：林秀儒
編　輯：黎夢萍
設計指導：陳晞叡
美術設計：莊捷寧
印　務：李明修（主任）、張加恩（主任）、張凱棋、潘尚琪

發行所：台灣角川股份有限公司
地　址：104台北市中山區松江路223號3樓
電　話：（02）2515-3000
傳　真：（02）2515-0033
網　址：www.kadokawa.com.tw
劃撥帳戶：台灣角川股份有限公司
劃撥帳號：19487412
法律顧問：有澤法律事務所
製　版：巨茂科技印刷有限公司
ISBN：978-986-174-646-3